HAYMON taschenbuch **111**

MIX
Papier aus verantwortungsvollen Quellen
FSC www.fsc.org
FSC® C083411

Auflage:
4 3 2 1
2019 2018 2017 2016

HAYMON tb **111**

Ungekürzte Taschenbuchausgabe

www.haymonverlag.at

Originalausgabe: Ullstein, München 2002

ISBN 978-3-7099-7854-2

Umschlag- und Buchgestaltung nach Entwürfen von
hœretzeder grafische gestaltung, Scheffau/Tirol
Umschlag: Eisele Grafik · Design, München, unter Verwendung einer
Bildvorlage von Jan Martin Will/bigstockphoto.com
Satz: Da-TeX Gerd Blumenstein, Leipzig
Autorenfoto: Deff Westerkamp

Gedruckt auf umweltfreundlichem,
chlor- und säurefrei gebleichtem Papier.

Es regnete und roch nach Hund. Während Jean Beringer in den Taschen seines Trenchcoats nach dem Haustürschlüssel suchte, sah er dem Taxi nach, dessen Rücklicht das einzig Lebendige in der nassen Finsternis war, bis der Fahrer um die Ecke bog und die Lichter nicht mehr zu sehen waren. Da hatte er auch den Schlüssel gefunden und schloss die Haustür auf. Die Luft drinnen roch, als sei seit mindestens sechs Wochen niemand im Haus gewesen. Er brauchte eine Weile, um sich klar zu machen, dass dieser Niemand er selbst war.

Er hängte den Mantel so über die Garderobenhaken, dass er trocknen konnte, ohne allzu sehr zu verknittern. Dann stellte er die Reisetasche auf die unterste Treppenstufe, ging über den kurzen Hausflur und öffnete die Tür zum Wohnzimmer. Das alles tat er, ohne eine Lampe anzumachen. Für das Wohnzimmer aber reichte das Licht der Straßenlaterne nicht mehr aus. Also knipste er die Deckenbeleuchtung an und sah, was er erwartet hatte: das Wohnzimmer eines kleinen Reihenhauses, möbliert mit Möbeln, die ihm nicht vertraut waren, an die er sich aber erinnerte; eine schmale Terrassentür, die, auch daran erinnerte er sich, in einen schmalen, verwinkelten Garten führte, an dessen Ende ein wackeliger Schuppen stand. Er befand sich also in dem Reihenhaus, das sich ein früh pensionierter Kripomann, der einen Teil seiner Pension dazu verwendet, seiner geschiedenen Frau ein einigermaßen erträgliches Leben zu finanzieren, ohne seine stille Reserve anzugreifen, gerade noch leisten kann. Was er sah, machte ihn nicht glücklich, aber es beruhigte ihn.

Die Tür zur Küche stand offen. Als er eingezogen war, vor zwei Monaten, hatte er vorgehabt, sie auszuhängen, um so das Wohnzimmer zu vergrößern. Dann war er nicht mehr dazu gekommen, denn die Kur war schneller bewilligt worden, als er gedacht hatte. Im Grunde war die Idee, die Tür auszuhängen, auch nicht seine gewesen. Dem Makler, der ihm das Haus vermittelt hatte, war das eingefallen. Obwohl er wusste, dass es ihm nun besser ging, jedenfalls körperlich, war ihm klar, dass er die Tür jetzt nicht mehr aushängen würde.

Der Kühlschrank war leer. Hunger hatte er nicht, aber er hätte gern etwas zu trinken gehabt. Er setzte Wasser auf und suchte nach Teebeuteln. Es würde sowieso besser sein, Tee zu trinken. Die Ärzte hatten sein Knie so weit repariert, dass er ohne Beschwerden laufen konnte, wenn man davon absah, dass er das rechte Bein dabei nachzog. Er war regelmäßig zum Training gegangen, sodass er für einen Mann von Mitte vierzig gut in Form war, was Arm- und Bauchmuskeln anbetraf. Seinen Magen hatten sie nicht wirklich beruhigen können. Die Anfälle von Magenschmerzen kamen aber nicht mehr so häufig. Dafür war er dankbar, denn sie waren ziemlich unerträglich gewesen. Der Magen lauerte sozusagen im Hintergrund und manchmal schlug er eben immer noch zu. Das waren dann Schläge, die ihm den Schweiß auf die Stirn trieben und auf die er gern verzichtet hätte.

Mit einem Becher Tee in der Hand ging er zurück ins Wohnzimmer. Er hatte das Haus zusammen mit den Möbeln gemietet, aber noch kaum Gelegenheit gehabt, darüber nachzudenken, ob sie ihm gefielen. Wahrscheinlich würden sie ihm nicht gefallen, wenn er über sie nachdächte, deshalb beschloss er, während er sich auf einem geblümten Sessel niederließ, fortan keine Gedanken mehr an sie zu verschwenden. Im gleichen Moment fiel ihm der Satz ein: Es gibt Wichtigeres zu tun. Dann, nach einer kleinen Pause, begann er zu überlegen, was das wohl sein mochte.

Es gibt immer zwei Möglichkeiten: Entweder man ist am Ende oder am Anfang. Das Schwierige ist mitunter, herauszufinden, wo man sich gerade befindet. Selbstverständlich waren ihm während der Kur psychologische Beratungen angeboten worden. Er hatte aber darauf verzichtet, sie in Anspruch zu nehmen; nicht etwa, weil er etwas gegen Psychologen gehabt hätte. Er wollte einfach lieber selbst versuchen, sich auf die Schliche zu kommen. Seit er aus dem Dienst entlassen worden war, hatte er das Bedürfnis entwickelt, allein zu sein, darin wäre er durch die Gespräche mit einem Psychologen nur gestört worden. Außerdem gab es in der Klinik Leute, die diese Beratungen nötiger hatten als er. Ihm fiel der junge Motorradfahrer ein, dem auf dem Weg zu einem Rendezvous mit seiner Freundin beide Beine abgefahren worden waren. Sie hatten eine Weile zusammen in einem Zimmer gelegen. Der Junge trank, und wenn er betrunken war, versicherte er ein um das andere Mal, er werde sich umbringen, wenn er hier raus wäre. Wenn er nüchtern war, sagte er nie etwas. Beringer überlegte, in welchem Zustand er ihn besser hätte ertragen können. Wahrscheinlich im Betrunkenen. Der Junge trank besonders hemmungslos, wenn er von den Sitzungen beim Psycho-Doktor zurückkam, aber er sprach nie darüber, was dort geschehen war. Er redete ausschließlich davon, dass er sich umbringen würde.

Es war ihm unangenehm, an diesen armen Menschen zu denken. Deshalb stand er auf und ging noch einmal in die Küche. Während das Wasser heiß wurde, stand er am Küchentisch und sah auf die Straße. Eine Weile geschah gar nichts. Es fuhren nur noch wenige Autos vorüber. Im Lichtschein der Laterne vor dem Haus konnte er den Regen beobachten, der gleichmäßig und schnurgerade vom Himmel fiel. Unter der nächsten Laterne, etwa dreißig Meter entfernt, stand eine SOS-Notrufsäule. Sie war orange gestrichen. Die Buchstaben SOS leuchteten in Schwarz, falls Schwarz überhaupt leuchten kann. Er hörte, dass hinter ihm das Wasser im Kessel zu brodeln anfing, und wollte sich vom Fenster abwenden, als er beobachtete, wie ein Auto neben der Notrufsäule stoppte. Er hätte nicht sagen können, weshalb er am Fenster stehen blieb, Neugierde, vermutlich. Eine junge Frau sprang aus dem Auto, stellte sich vor die Notrufsäule und starrte sie an.

Sie liest die Gebrauchsanweisung, dachte er. Dann sah er, dass sie entschlossen den Hebel herunterzog und sich vorbeugte, um in das Mikrofon zu sprechen. Sie sprach nur dreißig Sekunden, höchstens. Dann lief sie zurück zum Auto und fuhr schnell weiter. Er wendete sich vom Fenster ab und goss sich noch einen Tee auf. Das da draußen ging ihn nichts mehr an. Mit dem Becher in der Hand schritt er zurück ins Wohnzimmer.

Er hatte schon während der Kur über die Frage „am Ende oder am Anfang“ nachgedacht. Dass er jetzt noch einmal damit begann, geschah lediglich, um zu überprüfen, ob seine Überlegungen auch außerhalb der Klinik Bestand hätten. Sie hatten. Der Weg, den er gehen würde, war klar. Nichts, aber auch gar nichts, würde ihn davon abhalten können, den zu finden, dem er das steife Knie zu verdanken hatte. Er würde ihn finden und unschädlich machen. Es war ihm egal, wie lange er dafür brauchen würde. Er hatte Zeit. Er war am Anfang.

Irgendwann stand er auf, brachte den leeren Becher in die Küche zurück, ging in den Flur, zog den Mantel an und verließ das Haus. Eigentlich hatte er nicht vorgehabt, schon am ersten Abend seinen Posten zu beziehen. Er hatte nur, als er im Taxi daran vorbeifuhr, mit einem gewissen Gefühl der Zufriedenheit auf die blaue Insel in der Dunkelheit gesehen. Aber seit ihm klar geworden war, dass der Entschluss, den Mann zur Strecke zu bringen, für die nächste Zeit sein einziges Ziel sein würde, hatte er das Gefühl, seinem Magen ginge es besser. Er würde eine kleine Portion Alkohol durchaus vertragen können. An diesem Abend betrat er zum ersten Mal die Blaue Lagune.

***

Er fiel mir auf, als er hereinkam. Der merkwürdige Gang, er sah nicht wirklich alt aus, aber seine Schritte, seine ganze Haltung wirkten alt. Gegen elf Uhr abends ist bei uns oft ziemlich viel los. Selbst wenn ich gewollt hätte, wäre keine Zeit da gewesen, um ihn länger zu beobachten. Man beobachtet die Gäste, wenn man Langeweile hat. Dann haben wir manchmal ein Spiel gespielt, das eine ältere Kollegin eingeführt hat. Man muss versuchen, den Beruf der Gäste zu raten. Manchmal habe ich mir vorgestellt, in einem Laden zu arbeiten, in dem die Kunden viele verschiedene Berufe haben könnten. Hier war die Raterei ziemlich einfach: Kraftfahrer, Automechaniker, Rentner, arbeitslose Ungelernte. Dass da mal einer aus der Reihe tanzt, Lehrer ist oder Arzt, kam selten vor. Sogar Vertreter haben wir nicht oft gehabt, obwohl die doch angeblich die ganze Woche über auf der Landstraße liegen. Es war deshalb ganz normal, dass er mir auffiel. Und genauso normal war es, dass ich ihn gleich wieder vergaß.

Während ich an der Mikrowelle stand, um Bratkartoffeln aufzuwärmen, rief Tita an. Sie hatte schlecht geträumt, und sie weiß, dass sie dann anrufen darf. Ich hab mit ihr geredet, während ich die Bratkartoffeln mit Tomatenscheiben dekorierte und zum Schluss das Sülzkotelett daneben legte. Als ich den Teller zum Tisch brachte, hab ich noch einmal einen Blick auf ihn werfen können. Er saß noch an der Fensterscheibe, und es war ziemlich dunkel an seinem Tisch, weil da gerade die Tischlampe kaputt gegangen war. Er saß da und sah nach draußen auf den Parkplatz neben den Zapfsäulen. Weil es so dunkel war, lag etwas von dem blauen Licht auf seinem Gesicht. Ich dachte: komischer Typ, sieht gar nicht so schlecht aus. Aber mehr Zeit war nicht. Wenn weniger zu tun gewesen wäre, hätte ich mich vielleicht an seinen Tisch gestellt und ein Gespräch mit ihm angefangen. Obwohl ich nicht glaube, dass er damals sehr gesprächig gewesen wäre. Aber seinen Beruf hätte ich vielleicht herausgefunden. Und? Hätte es was genützt?

Meine Ablösung kam an diesem Abend um Mitternacht. Da saßen nur noch wenige Gäste im Restaurant.

Solange es ging, bin ich mit dem Fahrrad nach Hause gefahren. Das ging eigentlich das ganze Jahr, nur bei Schnee und Eis habe ich mich abholen lassen. Sturm und Regen haben mir nichts ausgemacht. Manchmal musste ich das Rad eine Weile schieben, na und? Dann bin ich eben etwas später nach Hause gekommen. Außer Tita hat keiner auf mich gewartet, und die wusste, dass ich so pünktlich bin wie möglich.

Das Team war in Ordnung, auch die, die im Laden arbeiteten. Wir hatten vierundzwanzig Stunden geöffnet, immer mit derselben Besatzung, schon seit zwei Jahren. Wir wussten, dass wir uns aufeinander verlassen konnten. Natürlich waren die Kolleginnen nicht alle gleich nett. Aber ich war zu allen gleich freundlich und das machte sich auf die Dauer bezahlt. Es war ein Zufall, dass Tita und ich im gleichen Haus eine Wohnung gefunden haben wie die Chefin. Aber es war kein Zufall, dass ihr Mann irgendwann bereit war, mich nachts abzuholen, wenn mit dem Fahrrad kein Durchkommen war. Ich hab mir Mühe gegeben, auch gute Nachbarschaft zu halten. Ihr Mann war in Ordnung. Er hat nur einmal versucht, mir näher als erlaubt auf die Pelle zu rücken. Es war nicht schwer, ihm klar zu machen, dass ich niemals etwas mit den Männern von Kolleginnen anfange. Dann wurden wir Freunde, und er erzählte mir manchmal, was ihm zu Hause auf die Nerven ging. Ich hab ihm Tipps gegeben. Natürlich riecht man in diesem Job manchmal nach Bratkartoffeln, wenn man nach Hause kommt. Das weiß man selbst. Ein Mann in der Wohnung, der einen freundlich darauf hinweist, ist dazu nicht nötig.

Innerlich war ich froh, dass ich allein lebte.

Ich habe mir angewöhnt, noch einmal vom Rad zu steigen und mich umzusehen, ehe ich den Autohof verlasse und in den Fahrradweg einbiege. Der Fahrradweg war nachts nicht beleuchtet, deshalb störte mich kein Licht, als ich auf die Lagune zurücksah. Das blaue

Licht war so stark, dass es ziemlich viel von den Glaswänden und dem ganzen Drumherum verschwinden ließ. Die Lagune schwamm in der schwarzen Luft, blau und viel weiter weg, als sie in Wirklichkeit war. Ich habe diesen Anblick immer gemocht und auch das Bewusstsein, dort gearbeitet zu haben: mitten in der schwarzen Nachtluft in einer blauen, schwimmenden Lagune.

Unterwegs dachte ich mir Geschichten aus, die ich Tita erzählte, wenn sie noch wach lag. Sie hat nie geweint, wenn sie allein war, aber sie war ein nervöses Kind und ist oft erst eingeschlafen, wenn ich wieder da war. Die Geschichten haben uns beiden Spaß gemacht. Dann hab ich schnell geduscht, meine Haare trocken gerubbelt und bin noch kurz zu ihr ins Bett gekrochen.

„Ich hab schon deinen Platz angewärmt", sagte sie, während sie zur Seite rückte. Und da war eine schmale, warme Stelle in meinem Rücken, eine kleine, zärtliche, warme Stelle im Bett, auf die ich mich freute.

Mit fünfunddreißig vermisst man noch einen anderen Körper, aber ich habe gedacht, ich brauchte niemanden. Ich hatte ja Tita. Das war natürlich Quatsch, aber das habe ich erst viel später verstanden.

An dem Abend schlief meine Tochter, als ich nach Hause kam. Ich duschte und ging in die Küche, um noch eine Zigarette zu rauchen. Es gab in der Gegend einen kleinen, privaten Regionalsender, den ich gern hörte. Die Stimmen der Sprecher waren so normal, dass man sich einbilden konnte, sie säßen mit am Tisch. Ich fühlte mich nicht einsam. Nicht in der Lagune und nicht in meiner Wohnung. Ich hatte Kolleginnen, mit denen ich mich verstand, Gäste, die sich freuten, wenn ich an ihren Tisch kam und ihnen das Essen brachte. Nachbarn, die mir freundlich gesinnt waren. Manchmal wurde ein Gast unangenehm, meist, wenn er so viel getrunken hatte, dass er eigentlich nicht mehr fahren konnte. Nachts war oft Polizei unterwegs, das wussten die Leute, besonders die, die ihren Führerschein noch brauchten. Dann ließen sie ihre Angst, erwischt zu werden, an uns aus. Im Grunde wollten sie saufen, ohne Alkohol im Blut zu haben, und dafür, dass das nicht geht, gaben sie uns die Schuld. Mit solchen Leuten wurden wir aber immer schnell fertig. Manchmal kam auch jemand, meistens nachts, der unsere Tankstellenkneipe mit einem Edel-Restaurant verwechselte und sich darüber beschwerte, dass wir keine Stoffservietten hatten.

Über so einen amüsierten wir uns einfach nur. Aber es war auch interessant, solche Menschen zu beobachten. Sie kamen aus einer anderen Welt, man sah es ihnen deutlich an, auch an ihrer Sprache konnte man sie erkennen.

„Würden Sie mir, bitte, etwas Salz bringen? Danke, das ist sehr freundlich von Ihnen."

„Liebster, würdest du mir, bitte, das Kleid öffnen? Danke. Darf ich dir ebenfalls behilflich sein?"

Mit solchen Sätzen vergnügten wir uns hinter der Theke, während die vom anderen Stern am Tisch saßen und Zeitung lasen und Messer und Gabel betätigten, als wollten sie an einem Wettbewerb „Schöner essen" teilnehmen. Es hat mir Spaß gemacht, die Welt mit den Augen meiner Kolleginnen zu sehen. Ich habe von ihnen gelernt.

Der Mann, der mir aufgefallen war, als er zur Tür hereinkam, hatte nichts von alldem an sich. Das konnte ich sehen. Später, als ich ihn kennen gelernt hatte, habe ich mich darüber manchmal gewundert. Er schien das zu haben, was man ein gutes Elternhaus nennt, er hätte mit denen aus der anderen Welt durchaus mithalten können. Aber es war nicht nur so, dass er keinen Wert darauf legte, das hätte mich geärgert. Es stört mich zum Beispiel, wenn Leute gebildet sind und erklären, auf Bildung komme es gar nicht an, viel wichtiger sei Herzensbildung. Der Grund dafür, dass man ihm seine Herkunft nicht anmerkte, war: Sein Beruf hatte sich in ihm oder an ihm festgesetzt. Er war so sehr Polizist, dass daneben nichts mehr Platz hatte. Aber jetzt war er kein Polizist mehr, jedenfalls nicht offiziell. Und das war sein Problem.

***

Für den Besuch in der Lagune war es, er hätte es sich denken können, aus verschiedenen Gründen zu früh. Er hatte noch keinen konkreten Plan und sein Magen vertrug nicht einmal ein lächerliches Bier. Er saß eine Weile in einer Ecke, sah nach draußen und wartete auf nichts. Dann rebellierte sein Magen, und er sah zu, dass er schnell hinauskam. Eine Kotzerei im Raststätten-Klo wäre vermutlich der Auslöser für eine Drei-Tage-Depression geworden. Er ging nach Hause, das heißt, er ging in diesen Arme-Leute-Reihen-Bungalow, den er bewohnen würde, bis er seine Arbeit erledigt hätte, und legte sich schlafen. Bevor er ins Bett ging, putzte er sich die Zähne und sah dabei sein Gesicht im Spiegel an. Er versuchte, den Polizisten darin wieder zu erkennen, aber das war nicht einfach. Er musste ziemlich lange hinsehen. Trotzdem schlief er nicht schlecht. Vielleicht, weil er wusste, dass er zu tun haben würde, wenn die Nacht vorüber wäre.

Am Morgen war es im Haus kalt und die Möbel sahen noch schäbiger aus als am Abend bei Lampenlicht. Er hatte sie nicht so heruntergekommen in Erinnerung gehabt. Er nahm sich vor, ihnen nicht ähnlich zu werden. Er ging in den Keller. Der Makler hatte behauptet, die Heizung sei überholt worden und der Tank mit Öl gefüllt. Er hatte nicht zu viel gesagt. Die Heizung sprang sofort an. Das bollernde Geräusch, das sie dabei von sich gab, klang wie ein Versprechen nach Wärme und erweckte in ihm eine kleine Unruhe, die ihn erstaunte.

Sieh an, doch noch nicht ganz tot, hätte er denken können, aber das dachte er selbstverständlich damals nicht. Er verließ das Haus, um an der nächsten Ecke beim Bäcker zu frühstücken. Wegen des Magens, der sich ein bisschen wie eine offene Wunde anfühlte, nahm er nur ein Milchbrötchen mit Butter, aber das Brötchen oder der Kaffee bekamen ihm nicht. Er kaufte irgendeine der Zeitungen, die im Laden auslagen, brachte sie aber noch einmal zurück, um sie gegen die Regionalzeitung auszutauschen. Welcher Schützenverein die neue Bank gestiftet und welcher Kaninchenzüchterverein im Bundeswettbewerb den Sieg davongetragen hatte, interessierte ihn zwar nicht. Aber er würde von jetzt an die Regionalzeitung nach Spuren durchsehen. Da er annahm, dass sein Gegner noch hier in der Gegend war, würde er irgendwann auf Spuren stoßen, auch in der Regionalzeitung, davon war er überzeugt.

Auf dem Weg zurück dachte er darüber nach, ob es sich lohnen würde, das Haus wohnlicher zu gestalten.

Er wusste nicht, wie lange er in der Gegend bleiben würde. Früher oder später würde er ihn finden. Nur wann, das war völlig offen. Im Keller hatte er einen Blick auf die Kisten und Kartons geworfen, die dort noch unausgepackt herumstanden.

In einer Familie wie der seinen, in der die Männer über Generationen Militärs und Polizisten waren, sammeln sich bestimmte Gegenstände an, die weitergegeben werden wie der verdinglichte Ausdruck der Tradition, in der man sich bewegt. Solche Gegenstände, in Gelehrtenfamilien vielleicht Bücher, in Künstlerfamilien vielleicht Bilder oder Fotos oder Garderobe, gibt man nicht weg, auch nicht, wenn man geschieden wird und der andere Teil nach jedem Wertgegenstand giert.

Er dachte einen Augenblick an den Inhalt der Kisten und beschloss, sie unausgepackt stehen zu lassen bis auf die beiden Porträts, die auch bisher schon in seinem Arbeitszimmer an der Wand gehangen hatten. Wie um nicht zu vergessen, was er sich vorgenommen hatte, ging er nach seiner Rückkehr sofort in den Keller, um die Bilder heraufzuholen.

Im Haus war es inzwischen warm geworden. Er stand mit den Bildern in der Hand im Wohnzimmer, als ihm einfiel, dass er ja frei wäre, die Möbel so hinzustellen, dass ihre Anordnung den Raum einem Arbeitszimmer ähnlich machte. Er schob den Esstisch unter das Fenster neben der Terrassentür und nahm die Tischdecke ab. Einen der Esstischstühle stellte er als Schreibtischstuhl davor und einen links für Besucher daneben. Er schob das Sofa auf den Flur hinaus und stellte den Couchtisch und die beiden Sessel in eine Ecke – die Besprechungsecke. Er holte ein paar leere Einkaufstüten, die er in der Küche fand, packte den Nippes aus der Schrankwand hinein und trug ihn auf das Sofa im Flur. In die leeren Fächer legte er den Stadtplan und ein paar Landkarten und Messtischblätter der Umgebung. Er nahm sämtliche Bilder von der Wand, drehte sie um und untersuchte die Rückseite. Drei von ihnen, erfreulicherweise die größten, eigneten sich als Pinnwand. Die beiden anderen legte er zu dem Nippes im Flur. Die Pinnwand brachte er an der Wand neben der Küchentür an. Die Porträts seines Vaters und seines Großvaters hängte er rechts und links von seinem Schreibtisch auf. Sein Großvater saß auf einem schwarzen, glänzenden Araberhengst. Er trug eine Polizeiuniform, die 1905 für preußische Polizeioffiziere üblich gewesen war. In den Rangabzeichen kannte er sich nicht mehr genau aus, aber man hatte ihm schon als Kind, wenn er voller Bewunderung auf das Bild geschaut hatte, erklärt, so sehe ein Polizeigeneral aus. Deshalb nannte er seinen Großvater bei sich „den General“, obwohl er nicht sicher war, dass der Alte es tatsächlich zum General gebracht hatte.

Sein Vater war in Zivil porträtiert worden. Er wunderte sich ein wenig darüber, wie immer, wenn er das Bild ansah. Er hatte ihn als Kind sehr oft in Uniform gesehen. Jean Beringer erinnerte sich gut an ihn, auch wenn der Vater schon fünfzig gewesen war, als er geboren wurde.

Im Grunde, dachte er, brauchte er die Uniform überhaupt nicht. Sein Vater war der Inbegriff von Korrektheit und Disziplin gewesen, unabhängig davon, wie er gekleidet war.

Er ging in die Küche, um nach Aschenbechern zu suchen, die er auf dem Schreibtisch und auf dem Besprechungstisch zu verteilen gedachte, als es an der Haustür klingelte. Mit den Aschenbechern in der Hand schlängelte er sich an der Couch im Flur vorbei und öffnete die Tür. Er war überrascht, obwohl er es sich hätte denken können: Inge Dellbrück.

Er bat sie herein, sie schlängelten sich nacheinander am Sofa vorbei, er blieb in der Tür zum Arbeitszimmer stehen, sie stellte sich neben ihn.

„Sieht aus, als wenn du hier arbeiten willst", sagte sie, und obwohl er lieber allein gewesen wäre, war er ihr ein klein wenig dankbar für diese Bemerkung. Er überlegte, ob er sie bitten sollte, Platz zu nehmen. Es würde sich nicht umgehen lassen, abgesehen davon, dass er bei seinen Nachforschungen vielleicht irgendwann auf sie angewiesen sein könnte. Er bat sie, sich auf den Stuhl neben dem Schreibtisch zu setzen. Ein Sessel am Besprechungstisch wäre der Situation vielleicht angemessener gewesen, aber im letzten Augenblick fiel ihm ein, dass er es dort schwerer haben würde, das steife Bein unterzubringen.

Inge Dellbrück war die Kollegin, die am meisten davon profitiert hatte, dass er nicht mehr im Polizeidienst war. Sie mochte ein paar Jahre jünger sein als er, aber nicht jung genug, um ihre Karriere noch vor sich zu haben. Und dort, wohin sie hätte aufsteigen können, hatte er gesessen. Wahrscheinlich war sie ihm dankbar dafür, dass er ausgeschieden war. Vielleicht gab es aber noch einen anderen Grund, weshalb sie sich seinetwegen mehr bemühte, als unter Kollegen üblich. Er hatte nie viel Lust gehabt, darüber nachzudenken.

Sie war verheiratet. Seine Frau und er waren, als sie noch zusammen gewesen waren, manchmal zu den

Dellbrücks nach Hause eingeladen worden, das übliche Gartenfest oder ein Essen zwischen Weihnachten und Neujahr. Sie hatten ebenfalls keine Kinder, aber, im Gegensatz zu ihnen, großes Interesse daran, immer nach der neuesten Mode eingerichtet zu sein. Jedenfalls hatte seine Frau das gesagt und es dabei fertig gebracht, in ihrer Stimme sowohl Neid als auch Verachtung mitklingen zu lassen. Dellbrück machte irgendetwas Kaufmännisches, ein rundlicher, jovialer Typ, der gern gut aß, Rotwein trank und regelmäßig nach dem Essen zu Grappa überging. Sicher war er kein Trinker, aber damals, als er, Jean, sich selbst noch in jeder Beziehung für kräftig und gut trainiert und männlich hielt, hatte er nach so einem Abend kurz daran gedacht, was die Kollegin Inge wohl, wenn sie gegangen waren, mit ihrem betäubten Ehemann im Bett anfangen würde. Er hielt es für möglich, dass sie bei irgendeiner Gelegenheit diese Gedanken in seinem Gesicht gelesen hatte. Es waren, da war er sicher, sozusagen neutrale Gedanken gewesen, einfach nur routinemäßige Beobachtungs- und Kombinationsgabe. Sie wurden wahrscheinlich falsch interpretiert. Jedenfalls schien ihm das von Anfang an die einzig sinnvolle Erklärung dafür zu sein, dass sich das Interesse seiner Kollegin an seiner Person über dienstliche Belange hinaus entwickelt hatte. Trotzdem war er erstaunt, sie nun zu sehen. Er war nicht mehr im Dienst. Die Situation „Zimmer an Zimmer“ war endgültig aufgehoben. Aus den Augen, aus dem Sinn wäre angemessen gewesen, jedenfalls für sein Gefühl. Deshalb fand er es bequemer, nichts zu sagen und darauf zu warten, dass sie erklärte, weshalb sie gekommen wäre. Was sie auch tat.

„Ich hab mich erkundigt“, sagte sie, „gesundheitlich scheinst du wieder in Ordnung zu sein.“ Er schwieg.

„Ich hab mir überlegt, was du jetzt tun wirst.“

Er schwieg und sah sie an.

„Ich bin darauf gekommen“, fuhr sie fort, „du wirst versuchen, den zu finden, der verantwortlich ist für das da.“

Sie wies mit dem Kopf auf sein Bein, das bequem unter dem Tisch lag. Er rührte sich nicht, sodass sie gezwungen war, weiterzureden.

„Das ist Wahnsinn“, sagte sie. „Wenn wir ihn alle zusammen nicht gefunden haben, dann wirst du allein ihn doch erst recht nicht aufspüren können.“

Er fand, dass ihre Stimme einen Unterton bekommen hatte, der das Gegenteil von dem ausdrückte, was ihre Worte sagten. Das schien ihm interessant zu sein, deshalb sah er sie aufmerksamer an als vorher, sagte aber noch immer nichts.

„Jedenfalls meinen das die Kollegen“, fügte sie nach einer kurzen Pause hinzu.

Jetzt war es endlich an ihm, etwas zu sagen. Er wollte nicht unhöflich sein.

„Und du?“, fragte er, „was meinst du?“

„Das weißt du ganz genau“, antwortete sie. „Du wirst nicht aufgeben, bis du ihn hast. Ich bin gekommen, um dir meine Hilfe anzubieten.“

Im Grunde hatte er seit ein paar Minuten mit so etwas Ähnlichem gerechnet. Trotzdem wusste er nicht sofort, wie er darauf reagieren sollte. Einerseits wollte er keine Mitwisser, denn er war sich darüber klar, dass er nicht für ein rechtsstaatliches Verfahren garantieren könnte, wenn er am Ziel wäre. Andererseits hatte die Dellbrück Zugriff auf den gesamten Polizeiapparat samt aller angeschlossenen Labors, ohne die heute eine effektive Polizeiarbeit gar nicht mehr denkbar ist. Natürlich konnte man jede Analyse auch auf eigene Kosten vornehmen lassen. Nur würde das vermutlich seine finanziellen Möglichkeiten erheblich übersteigen. Er musste nicht sofort auf ihr Angebot reagieren, aber wenn er die Entscheidung hinauszögerte, würde er sich erneut mit ihr verabreden müssen, wozu er nicht die geringste Lust verspürte.

„Ich würde die Sache gern etwas weniger dramatisch und dafür pragmatischer handhaben", sagte er schließlich. „Ich weiß nämlich noch nicht, ob ich etwas unternehmen werde."

Er sah ihrem Gesicht an, dass sie ihm nicht glaubte, aber er ließ sich nicht beeindrucken.

„Wenn ich tatsächlich aktiv werde, dann kann es durchaus sein, dass ich ohne deine Mithilfe klarkomme. Wenn ich dich aber brauche, wie kann ich dich dann erreichen, ohne dass gleich der gesamte Apparat informiert ist?"

Es war nicht ganz das, was sie gern gehört hätte, aber sie gab sich zufrieden. Sie dachte einen Augenblick nach, bevor sie antwortete.

„Wenn es nicht sehr eilig ist, rufst du mich am besten mobil an und wir verabreden uns. Wenn du es eilig hast, kommst du persönlich. Du weißt ja, wo ich zu finden bin."

Das wusste er, auch wenn er die protzige Villa schon lange nicht mehr aufgesucht hatte. Plötzlich erinnerte er sich daran, was bei ihrem letzten Besuch dort geschehen war. Der wirkliche Grund, weshalb er dafür gesorgt hatte, dass sie ihre Besuche dort einstellten, war seine Eifersucht gewesen.

Natürlich hatten die Dellbrücks einen Pool im Garten, einen ziemlich großen sogar. Sie gaben eines ihrer kleinen Gartenfeste für er wusste nicht wie viele Leute. Die Frauen in leichten Sommerkleidern, alle hübsch und sexy und übermütig, weil der Abend so schön war und der Champagner so gut gekühlt. Irgendwann belustigten sich einige Gäste damit, angezogen in den Pool zu springen, hauptsächlich Frauen, und seine eigene war dabei. Natürlich hatte sie ihr Kleid noch an, als sie aus dem Wasser stieg, aber sie sah trotzdem aus, als sei sie nackt. Und unter dem Kleid war sie es ja auch. Sie sah aus wie eine pralle, nackte Venus, so umwerfend, dass es für eine kleine Weile ganz still wurde um diesen Scheißpool herum. Irgendjemand, kann sein, der Hausherr persönlich, brachte ihr dann ein Badetuch. Das hatte er später in den Müll geworfen, nein, um bei der Wahrheit zu bleiben, nicht später, sondern gleich nachdem sie das Haus verlassen hatten, in einen der Mülleimer, die an der Straße standen. Sie ging vor ihm die Treppe hinauf, als sie nach Hause kamen. Ihr Anblick war das Erregendste, was er jemals gesehen hatte.

Er dachte daran, während er der Dellbrück gegenübersaß, und auch daran, wie die Nacht gewesen war, die dann folgte. Und er registrierte, dass die Erinnerung an den Anblick des Hinterteils seiner inzwischen von ihm geschiedenen Frau auf einem mit dunkelrotem Velours ausgelegten Treppenaufgang ihn noch immer in eine gewisse Erregung versetzen konnte.

„Ja“, sagte er, „das ist ein praktikabler Vorschlag“, und war froh, dass sie seine Gedanken nicht lesen konnte. Dann wusste er nichts mehr zu sagen, jedenfalls nichts, was den Erwartungen der Dellbrück in irgendeiner Weise entsprochen hätte. Sie saßen sich noch eine Weile schweigend gegenüber, bevor die Dellbrück aufstand und er sie, an dem Sofa im Flur vorbei, zur Haustür brachte. Er bedankte sich bei ihr, während sie sich voneinander verabschiedeten. Wenigstens hoffte er später, dass es so gewesen war, wenn er an die Szene zurückdachte.

Dann ging er spazieren. Die Reihenhäuser lagen am Rand der Stadt, und nach zwanzig Minuten konnte auch ein Krüppel das freie Feld erreichen. Er fand einen Radweg, auf dem niemand unterwegs war. Schon während seines Kuraufenthalts war er kürzere Wege gegangen, aber er hatte sich vorgenommen, sobald er wieder zu Hause wäre, jeden Tag mit einem Fünf-Kilometer-Fußmarsch zu beginnen. Die Hoffnung, dadurch das rechte Bein wieder beweglich zu machen, bestand nicht, aber wenigstens würde er nicht wegen Bewegungsmangels verfetten. Den Besuch der Kollegin Dellbrück vergaß er beinahe sofort. Er dachte darüber nach, weshalb nachgewachsener Klee heller ist als älterer, und verglich das verrottete Kartoffellaub mit den Trümmerlandschaften auf Fotos von neunzehnhundertfünfundvierzig. Er war ziemlich stolz auf diesen, wie er fand, gelungenen Vergleich. Unterwegs begegnete er niemandem, außer ein paar ungewöhnlich großen Raubvögeln, die in niedriger Höhe über die Äcker segelten. Eine Weile lief ein kleiner Fuchs vor ihm her, der dann in einem Graben verschwand. Er dachte lange darüber nach, wie das Wort hieß, das Jäger für das Laufen der Füchse benutzen, und war beinahe fröhlich, als es ihm endlich einfiel.

„Sie schnüren, Füchse schnüren“, murmelte er vor sich hin.

Als er seine fünf Kilometer hinter sich gebracht hatte und auf die Uhr sah, war er enttäuscht. Für die Strecke, die ein gesunder Mann in fünfzig Minuten schafft, hatte er anderthalb Stunden gebraucht. Dabei war er, wie er glaubte, schnell gegangen und würde sich, er spürte es deutlich, im Haus erst einmal hinlegen müssen.

Im Halbschlaf, eine Decke über den Knien, den Kopf neben dem Radio, aus dem leise Musik kam, begann er, sich wieder wohl zu fühlen. Er merkte es daran, dass süße Rachefantasien seinen Kopf ausfüllten.

Er musste schon eine Weile geschlafen haben, als er durch die Haustürklingel geweckt wurde. Irgendjemand war anscheinend ungeduldig geworden, denn er nahm seine Finger nicht mehr vom Klingelknopf. Beringer stieß sich den Fuß an dem verdammten Sofa im Flur, als er auf dem Weg zur Tür war. Davor standen zwei Kollegen, ehemalige Kollegen, die ein ernstes Gesicht machten.

„Wir würden dich gern einen Augenblick sprechen“, sagte der eine, während sie eintraten, als habe er sie hereingebeten. Er kannte diese Art, er hatte sie selbst oft genug praktiziert.

***

Dann stand diese Geschichte über ihn in der Zeitung, und ich begriff, weshalb ich nicht sofort darauf gekommen war, welchen Beruf er hatte. Er hatte nämlich keinen mehr. Es war alles genau beschrieben. Seine Karriere hatte er nicht nur seiner Herkunft zu verdanken, stand da. Das Bild mit dem Haus, das zu Zeiten seines Großvaters gebaut worden war, nahm einen großen Platz auf der Doppelseite ein. Das Haus gefiel mir, eine alte Villa im Tudor-Stil, weiß gestrichen und mit viel dunklem Holz. Es gab einen offenen, überdachten Balkon über die gesamte Vorderseite im ersten Stock und dahinter einen verglasten Gang, von dem Türen ins Innere abgingen. Das Haus hatte einen Turm, den man bewohnen konnte, wunderschöne, bunt verglaste Fenster und einen riesigen Balkon über der Terrasse auf der Gartenseite. Die Fotografen hatten sich sehr viel Mühe gegeben, die prächtigen Seiten des Hauses richtig ins Bild zu setzen. Es sollte so aussehen, als wäre es zumindest merkwürdig, dass sich ein Kripo-Mann so ein luxuriöses Haus leisten konnte. Und so war es auch. Es gab auch ein Bild seiner geschiedenen Frau. Sie sah gut aus, ein bisschen sehr blond, eine Art Marilyn-Monroe-Typ, von der man schrieb, das Haus gehöre ihr, sie habe auf einer dicken Abfindung bestanden und sie auch bekommen. Jeder, der das las, musste sich sofort fragen: Woher hatte der das Geld? Auch von ihm waren Bilder in der Zeitung. Eins zeigte einen finster, beinahe bösartig blickenden Mann mit dunklen Augen und Schatten im Gesicht, die daher kamen, dass er sich nicht rasiert hatte. Im Grunde sah der Mann auf dem Foto krank aus. Sie schrieben dazu, dass er bis zu seiner Verletzung der härteste und erfolgreichste Verbrecherjäger gewesen sei. Als ich das Foto sah, musste ich unwillkürlich denken: Kein Wunder, dass der seine Pappenheimer kennt, der gehört ja dazu. Der ganze Bericht war darauf abgestellt, den Mann niederzumachen. Ich hätte ihn auch auf dem Foto nicht erkannt, wenn nicht noch das zweite gewesen wäre. Auf dem stand er in der Haustür seiner Wohnung und die Polizisten sagten ihm offenbar gerade, dass man seine Kollegin erschossen in der Nähe seines Hauses gefunden habe. Auf diesem Foto sah er aus wie der Mann, der bei uns gewesen war.

Die ganze Geschichte ging so: Eine ehemalige Kollegin hatte ihn besucht, um sich nach seinem Gesundheitszustand nach der Kur zu erkundigen. Vielleicht ist das üblich bei der Polizei. Sie haben ein Auge aufeinander, auch wenn einer aus dem Dienst ausgeschieden ist. Die Verabredung mit ihm hatte sie in ihrem Terminkalender eingetragen, auch ihre Sekretärin hatte Bescheid gewusst. Sie hatte sie unterwegs noch auf ihrem Handy erreicht. Das Handy war nicht bei der Leiche gefunden worden. Jean Beringer, das war sein Name, und er gefiel mir von Anfang an, auch schon, als ich ihn noch gar nicht persönlich kannte, Jean Beringer hatte zugegeben, dass die Frau bei ihm gewesen war.

„Sie wird vielleicht eine halbe Stunde bei mir gewesen sein, vielleicht auch etwas weniger, auf keinen Fall länger. Sie hat sich nach meinem Gesundheitszustand erkundigt und danach, was ich jetzt tue. Ich hab ihr gesagt, dass ich mich noch schonen müsse und dass ich noch keine Ahnung hätte, was ich tun würde."

Seine Kollegen hatten ihn mitgenommen, nicht verhaftet, wie ausdrücklich betont wurde. Man wollte seine Aussagen zu Protokoll nehmen. Später hat er mir erzählt, dass sie im Präsidium seine Hände nach Schmauchspuren untersucht hätten. Natürlich haben sie nichts gefunden.

Er hat ihnen gesagt, dass er spazieren gegangen und gerade erst zurückgekommen sei, als sie bei ihm klingelten. Seine Aussage konnte nicht widerlegt werden. Spuren fanden sie weder an ihm noch in seinem Haus. Also ließen sie ihn gehen. Und nach ein paar Tagen hatten ihn auch die Zeitungen wieder vergessen.

Zu uns kam er wieder am Abend dieses Tages. Da ahnte ich noch nicht, wer er war, denn die Berichte hatte ich erst am nächsten Tag gesehen. Er fiel mir nur wieder auf, weil er so absolut einsam wirkte. Es lag aber nicht daran, dass niemand etwas mit ihm zu tun haben wollte. Ich konnte zweimal beobachten, wie jemand versuchte, mit ihm ein Gespräch anzufangen. Zuerst die Kollegin, mit der ich an dem Abend hinter der Theke stand, Waltraud. Wir hatten kurz über ihn gesprochen, sie ging hin, er bestellte ein Bier, sie brachte es ihm und blieb neben seinem Tisch stehen. Meistens sagen die Gäste dann etwas, vor allem wenn es Männer sind, die allein da sitzen. Sie sind froh, dass sie jemanden zum Reden haben. Deshalb kommen sie doch abends noch einmal aus ihrem Bau gekrochen. Aber er hat Waltraud nur angesehen und gesagt: „Ist noch etwas?"

Sie kam zurück hinter die Theke und war gekränkt. Wenn wir Zeit haben, nehmen wir unsere Arbeit ernst. Man weiß doch, in welchem Zustand die Leute sind, die abends hier allein reinkommen. Aber im Grunde hätte ich vorher sagen können, dass er nicht auf ihr Angebot eingehen würde. Dann sprach ihn ein junger Mann an, den wir schon länger kannten. Wir waren uns nicht ganz sicher, ob er in Ordnung war, ob er richtig tickte, sozusagen. Sie hatten ihn seine Lehre nicht zu Ende machen lassen.

„Weil ich zu blöd bin", hatte er uns erzählt und dabei so gelacht, als mache er sich über die anderen lustig und nicht sie sich über ihn. Vielleicht war er wirklich ein bisschen zu dumm für eine Bäckerlehre gewesen, aber er war harmlos und es gab keinen Grund, ihn anzublaffen, nur weil er das Bedürfnis hatte, ein paar Worte zu dem Mann zu sagen, der da allein am Tisch saß und vor sich hin starrte. Den Jungen, Ronny, hatte er total eingeschüchtert. Viel hätte nicht gefehlt, und wir, eine von uns, hätte ihn in den Arm nehmen müssen, um ihn wieder zu beruhigen. Am nächsten Morgen stand die ganze Sache dann in der Zeitung.

Vielleicht hätte ich unter anderen Umständen von Anfang an versucht, Beringer aufzutauen. Aber ich war total mit meinen eigenen Problemen beschäftigt. Der Mann, mit dem ich zu der Zeit hin und wieder zusammen war, fing an, Ansprüche zu stellen, deren Erfüllung ihm nicht zustand. Wir trafen uns alle vierzehn Tage am Freitag oder am Sonnabend und verbrachten die Nacht miteinander. Wir trafen uns bei ihm, um Tita nicht zu beunruhigen. Alle vierzehn Tage konnte ich mir einen Babysitter leisten. Die Nächte waren nicht unangenehm. Wir gingen irgendwo essen, dann in eine Bar und anschließend ins Bett. Manchmal brachte er mir etwas mit, ein Wäschestück oder Pralinen. Die Pralinen aßen wir nachts gemeinsam. Das Wäschestück musste ich ihm vorführen. Es war alles ganz harmlos, gemessen an dem Sex, von dem ich manchmal träumte.

Aber so harmlos war es eben doch nicht. Er wollte dann irgendwann, dass wir das ganze Wochenende miteinander verbringen.

„Und Tita?“, fragte ich ihn.

„Herrgott, die wirst du doch irgendwie loswerden können", war seine Antwort.

Das hat mich natürlich hellhörig gemacht. Also, um es kurz zu machen, er wollte mich für sich allein haben. Er konnte Kinder nicht ausstehen und lag mir schließlich dauernd damit in den Ohren, dass ich ihn heiraten und das Kind weggeben sollte. Ich hätte mit ihm Schluss machen sollen, aber es hat eine Weile gedauert, bis ich so weit war. Für eine Frau mit Kind, Anfang dreißig und nicht besonders reich, ist es nicht so einfach, einen Liebhaber wegzuschicken, wenn nicht schon ein neuer vor der Tür steht. Ich hatte keine Lust, immer allein zu sein, und ich dachte, das würde mir bevorstehen, wenn ich mit ihm Schluss machte. Das war dumm, aber es war so. In den Wochen bevor es endgültig so weit war, stand er manchmal nachts vor der Tür, wenn ich die Lagune verließ. Ist natürlich angenehmer, mit dem Auto abgeholt zu werden, als mit dem Fahrrad durch die Nacht zu gondeln. Aber ich hatte schon verstanden, dass dieses Abholen mit dem Auto so etwas wie ein Bestechungsversuch war.

„Da, siehst du, wie gut du es bei mir haben könntest. Du brauchst nur zu wollen."

Ich wollte, aber nicht ohne Tita.

Also gab es vor der Tür eine lange Diskussion, und das Ergebnis war, dass ich in diesen Nächten noch später nach Hause kam als sonst. Zum Schluss bin ich ein paar Mal durch den Hintereingang abgehauen. Aber dann habe ich gemerkt, wie lächerlich ich mich benehme. Und dann kam auch ganz schnell das Ende.

***

Damals hätte er gern gewusst, wie sich sein Großvater in seiner Lage verhalten hätte. Oder, noch lieber, einer von dessen Vorfahren. Er nahm an, dass sie mutige Leute gewesen wären. Mutig und starrköpfig. Es gehört schon etwas dazu, wegen seines Glaubens sein Land zu verlassen, noch dazu, wenn man tatsächlich Land besitzt. Zu großem Landbesitz hatten sie es in Preußen nie mehr gebracht. Aber angesehene Ämter und ein kleines Vermögen – das, immerhin, hatten sie bald wieder. Die Hugenotten verstanden es, sich am preußischen Hof unersetzbar zu machen, was wahrscheinlich ziemlich einfach war für intelligente Franzosen. Außerdem waren sie immer so klug, sich auf die konservative Seite zu schlagen. In Preußen und in Deutschland ist man damit jedenfalls nicht auf der Verliererseite. Was das Vermögen betrifft, so hatte diese Taktik allerdings schließlich nichts mehr genützt. Ende der Zwanziger verschwand es im großen Schlund, wie so viele andere. Das Haus blieb übrig und hat sogar später den Krieg heil überstanden. Es gibt in jeder Stadt Gegenden, die bei Auseinandersetzungen kriegerischer Art vom Feind verschont werden. Im Grunde weiß man das, wenn man ein Haus baut. Die Schwierigkeit besteht nur darin, in einer solchen Gegend zugelassen zu werden. Und so eine Zulassung läuft über Geld und Familie. Beides hatte sein Großvater noch, als er das Haus baute. Jean hatte ihn nicht mehr gekannt, aber es kam ihm manchmal trotzdem so vor, als hätte er sich mit ihm unterhalten und könnte das Gespräch jederzeit wieder aufnehmen, wenn er es wollte. Er nahm an, das lag an dem Porträt. Aus einem Grund, den er nicht kannte und bisher vergeblich versucht hatte herauszufinden, waren die Augen darin so gemalt, dass sie den Betrachter in jeder Ecke des Raumes ansehen. Und diese Augen waren, jedenfalls wenn der Maler den Großvater so porträtiert hatte, wie er aussah, und es gab keinen Anlass, daran zu zweifeln, dunkelbraun, beinahe schwarz. Was dieser stolze Mann wohl getan hätte in einem Streit mit seiner Obrigkeit? Es gab natürlich eine Menge Geschichten über ihn, die alle darauf hinausliefen, dass er nicht nur sehr selbstbewusst, sondern auch sehr jähzornig gewesen war. Beringer hatte beides von ihm geerbt, und er fürchtete, damit nicht unbedingt mit den Eigenschaften ausgestattet zu sein, die ihm jetzt weiterhelfen würden. Deshalb trainierte er nun, sein Selbstbewusstsein nicht zur Schau zu tragen und seinen Jähzorn im Zaum zu halten. Der Zeitungsbericht war dabei eine gute Hilfe.

Er hatte während seiner gesamten Laufbahn mit der Presse zu tun gehabt und in dieser Zeit nicht einen einzigen Reporter kennen gelernt, vor dem er bereit gewesen wäre, den Hut zu ziehen. Weil er diese Leute kannte, hätte er gewarnt sein können. Und wäre doch beinahe explodiert, als er den Bericht über Inge Dellbrücks Tod und seine Rolle dabei zu Gesicht bekam.

Er betrachtete seinen Jähzorn eher als ein körperliches Gefühl, weniger als eine geistige Haltung. Seine Haut wurde auf der Oberfläche heiß, der Atem ging schneller, die Bauchmuskeln, die Hände krampften sich zusammen, im Gehirn wurde es weiß, ja, für einen kurzen Augenblick wurde es weiß im Gehirn, anders konnte er es nicht bezeichnen. Das war der Augenblick, in dem er dann bereit dafür war, die Dinge zu tun, mit deren Bereinigung er hinterher eine Menge Zeit vertun konnte. Es kostete ihn sehr viel Kraft, ruhig zu bleiben. Es fiel ihm auch schwer, weil er seine Kur zwar einigermaßen erfolgreich hinter sich gebracht hatte, was das Bein betraf, aber weil sein dickes Fell, wie er es vor der Verletzung gehabt hatte, ihm noch nicht wieder gewachsen war.

Er rief die Redaktion nicht an. Er sagte dem Reporter und dem Fotografen nicht, dass er sie für Abschaum halte. Er warf das Telefon nicht gegen die Wand. Er saß im Sessel und wartete darauf, dass seine Hauttemperatur normal, der Atem ruhig, die Muskeln locker und das Gehirn wieder rosa würden. Als er die Übung beendet hatte, zitterten ihm die Knie, und es war klar, dass er frische Luft brauchte. Als er aus der Haustür trat, sah er, dass ins Nachbarhaus junge Leute einzogen. Ihm war bis dahin gar nicht bewusst gewesen, dass das Haus leer war. Er nutzte die Gelegenheit und fragte sie, ob sie ein Sofa und ein paar Bilder gebrauchen könnten. Sie holten die Sachen so schnell aus dem Flur, als fürchteten sie, er könnte es sich am Ende noch anders überlegen.

Auf dem Weg durch die Felder war er so weit, dass er gelassen über den Zeitungsartikel nachdenken konnte. Wie immer in solchen Fällen stimmte das wenigste. So hatten sie geschrieben, seiner Frau gehöre die alte Villa, sie nutze sie aber nicht, weil sie darin zu sehr an ihr Ehe-Martyrium erinnert werde. In Wirklichkeit hatte sie das Haus haben wollen, aber es nicht bekommen. Die Bank, bei der seine Familie schon immer ihre Konten gehabt hat, war in dieser Angelegenheit außerordentlich großzügig gewesen. Jetzt war das Haus bis unters Dach mit Hypotheken belastet, aber sie würde ihren Hintern nicht vor einem anderen Mann die Treppe hinauf –

Er blieb einen Augenblick stehen, um durchzuatmen. Es war sein Haus. Es war sein Haus. Es war immer noch sein Haus.

Auch von ihr waren natürlich Fotos in dem Artikel gewesen. Sie machte sich gut auf Fotos. Er kannte die Bilder nicht, also nahm er an, dass man sie extra für diesen Artikel fotografiert hätte. Beim Nachdenken über diese Bilder fiel ihm ein, dass es allerdings merkwürdig war, sie nicht mit einem ihrer Sätze wörtlich zitiert zu finden.

„Mein geschiedener Mann ist ein brutaler Liebhaber. Ich spreche aus Erfahrung. Niemand weiß um das Martyrium, das ich an seiner Seite erlebt habe."

Das hätten sie mit Vergnügen gedruckt, wenn sie es gesagt hätte. Alles in allem brachte es nicht viel, weiter über den Artikel nachzudenken. Er war geschrieben worden, um ihn in ein schlechtes Licht zu rücken. Na gut, damit konnte er leben. Was ihn beunruhigte, war etwas anderes.

Es war heller Tag gewesen, als die Dellbrück ihn aufgesucht hatte. Auch als sie ging, war es draußen hell. Er hatte wenige Minuten nach ihr das Haus verlassen. Er war sicher, dass er sogar hinter ihr die Haustür offen gelassen hatte, weil er das Haus ja ebenfalls gleich verlassen wollte. Er hatte weder im Haus noch auf seinem Weg in die Felder jemanden gesehen oder einen Schuss gehört. Er hätte aber wenigstens einen Schuss hören müssen.

Er ging durch die Felder, bis es anfing zu dämmern. Erst nach einer Stunde oder noch später hatte er den Kopf wieder frei. Ihm fiel ein, dass es wahrscheinlich ein Glück gewesen war, dass sein Arbeitsplan, seine

Skizzen und Verbindungsschemata noch nicht an der Wand gehangen hatten, als die Kollegen ihn besuchten. Sonst hätten sie eine Menge Kopien aus Akten gesehen, die er eigentlich nicht hätte haben dürfen. Er hätte sie geradezu mit der Nase auf das gestoßen, womit er sich in den nächsten Monaten oder Jahren zu beschäftigen gedachte. Er war erleichtert und schwor sich, sobald die Pläne angebracht wären, vorsichtiger damit zu sein, wen er ins Haus ließe.

Von einem bestimmten, etwas erhöhten Punkt in den Feldern, genau genommen auf einem Weg, der eine Weile am Waldrand entlangführt, konnte man in der Ferne die Lagune schimmern sehen. Er wunderte sich nicht, dass ihm bei ihrem Anblick der Gedanke kam, er müsse unbedingt etwas trinken.

Er ging am Waldrand entlang und dann auf dem Feldweg zurück. Am Boden lagen dicht beieinander Blätter eines Baumes, den er nicht kannte. In der Nacht musste es einen Sturm gegeben haben, den er nicht bemerkt hatte, obwohl er der Überzeugung war, er habe kaum geschlafen. Nicht nur die herbstlich gelben Blätter lagen am Boden, sondern auch die noch grünen waren in großen Mengen abgerissen worden. Grüne und gelbe Farbflecke bildeten auf dem Boden ein dichtes Muster von ungewöhnlicher Schönheit.

Auf dem Weg zur Lagune kam er an seinem Häuschen vorbei. Es war dunkel, und er hielt einen Augenblick an, um das Licht über der Haustür anzuschalten. Durch die niedrigen Fenster rechts und links neben der Haustür des Nachbarhauses sah er die jungen Leute von nebenan. Sie waren noch immer mit dem Auspacken von Kartons beschäftigt. Das Haus schien voll von Möbeln und Geräten zu sein. Es sah so aus, als liefen sie hin und her, um für die Dinge, die sie auspackten, noch irgendwo einen freien Platz zu finden. Geschützt durch die Dunkelheit, sah er ihnen einen Augenblick zu, bevor er weiterging.

In der Lagune nahm er den Platz am Fenster ein, an dem er auch an den letzten Abenden gesessen hatte. Er saß nie in der Mitte eines Lokals, den Blicken der Leute preisgegeben. Und in der Lagune war er nicht einmal zu seinem Vergnügen. Er war sozusagen beruflich da und deshalb auf Tarnung angewiesen. Er hatte festgestellt, dass sein Platz von außen nicht besonders gut einzusehen war. In der Ecke, in der er saß, war es einfach zu dunkel dafür. Vermutlich sparte der Pächter nachts den Strom, denn das Lokal war nur in der Mitte einigermaßen ausgeleuchtet. Um den großen Raum zu unterteilen, hatte er nicht nur zaunähnliche Gitter um die Tische herum stellen lassen, sondern ihn zusätzlich mit Kübelpflanzen dekoriert. In der Nähe seines Platzes stand ein künstlicher Gummibaum von ungeheuren Ausmaßen, hinter dem er sich vor den Blicken der anderen abgeschirmt fühlte. Während er auf sein Bier wartete und aus dem Fenster sah, dachte er darüber nach, ob ihm so ein Verhalten von den Männern in seiner Familie als feige ausgelegt worden wäre. Er nahm an, dass sein Vater und Großvater sein Verhalten unterschiedlich beurteilt hätten. Aber dann wurde er von diesen völlig sinnlosen Gedanken befreit durch eine Szene, die sich draußen auf dem Parkplatz abspielte.

Eine der Frauen, die im Restaurant als Bedienung arbeiteten, war nach draußen gegangen, um, wie er annahm, ein wenig frische Luft zu schnappen. Im Restaurant war es warm und hinter der Theke, zwischen Mikrowelle und Kaffeemaschine, bestimmt ziemlich unerträglich. Er sah sie ein wenig abseits auf dem Parkplatz stehen und wunderte sich darüber. Um frische Luft zu haben, hätten ja durchaus auch ein paar Schritte vor die Tür gereicht. Dann stellte er an ihrem Gehabe fest, dass sie auf jemanden wartete. Sie ging auf und ab und sah dabei in die Dunkelheit. Wieder wurde ihm der Inselcharakter der Lagune bewusst, der durch die genau abgegrenzten, irisierenden blauen Neonröhren entstand. Dahinter begann schwarze Dunkelheit, nur hin und wieder von den Scheinwerfern eines Autos durchbrochen, das spät abends noch an eine der Zapfsäulen gefahren wurde.

Er hatte die Frau am Abend zuvor mit dem Fahrrad die Lagune verlassen sehen. Unwillkürlich nahm er an, sie wartete auf einen Radfahrer, der sie später nach Hause begleiten würde. Deshalb war er überrascht, als ein Auto in ihre Ecke fuhr und neben ihr anhielt. Es war eins von diesen Pseudodingern, die Landrover Vortäuschen wollen, weil sich ihre Besitzer keinen Landrover leisten können. Der Mann am Steuer stieg nicht gleich aus, sondern blieb an dem heruntergekurbelten Seitenfenster sitzen und tätschelte der Frau, die zu ihm herangetreten war, den Kopf. Natürlich konnte er nicht verstehen, was die beiden miteinander sprachen. Irgendwann bequemte sich der Mann auszusteigen. Beringer merkte an den Gesten der beiden, an ihrer Körperhaltung, dass ihre Unterhaltung heftiger wurde. Plötzlich ließ der Mann die Frau stehen, ging einige Schritte zur Seite, verschwand in der Dunkelheit und aus seinem Gesichtsfeld; allerdings nur für eine Minute. Dann kam er zurück, in den Händen ein Damenfahrrad, das, so vermutete Jean, abgeschlossen war, denn sonst hätte er es wahrscheinlich geschoben. Mit dem Fahrrad in den Händen ging er auf die Hintertür seines Wagens zu. Es sah aus, als wollte er das Rad einladen. Aber er kam nicht einmal dazu, die Autotür aufzumachen. Die Frau rannte auf ihn zu und riss ihm das Rad weg. Er schnappte sich einen der Lenkergriffe, aber er hielt ihn nicht fest genug, sodass er ihm nach kurzer Zeit aus der Hand rutschte. Die Frau hatte das Rad mit dem Vorderrad auf den Boden gesetzt und rannte damit quer über den Platz auf die Tür des Restaurants zu. Der Mann war verblüfft. Er tat zwei oder drei Schritte, blieb stehen und brüllte etwas hinter ihr her. Sie beachtete ihn nicht, sondern schob gleich darauf das Rad mit dem Vorderrad durch das Restaurant und in den Gang, an dem die Toiletten lagen. Er konnte ihr Gesicht sehen, während sie durch das Bistro ging. Sie sah sehr wütend aus, aber sie sprach nicht, schimpfte nicht vor sich hin und blieb auch ruhig, als ihre Kollegin sie gleich darauf auszufragen begann.

Er dachte, dass ihn das Ganze nichts anginge, und sah wieder hinaus auf den Platz. Der Mann war ins Auto gestiegen und hatte gewendet. Er war gerade dabei, rückwärts in der Dunkelheit zu verschwinden. Wenig später sah er das Auto über den Parkplatz schießen, auf die Ausfahrt zurasen und in Richtung Landstraße davonfahren. Er fand das Verhalten des Fahrers merkwürdig, aber er dachte sich nichts dabei.

Er saß da, starrte in sein Bier und spürte sein Knie, dem er mit dem langen Spaziergang zu viel zugemutet hatte. An diesem Abend beschloss er, täglich nicht länger als eine Stunde zu laufen und dafür nicht zwei, sondern drei Stunden in der Lagune zu sitzen und auf den Mann zu warten, der ihn in diese Situation gebracht hatte. Er wusste, dass der hier verkehrt hatte. Eine von den Frauen, die damals hier gearbeitet hatten, soll mit ihm befreundet gewesen sein. Es hatte Vermutungen gegeben, dass die Lagune Drogenumschlagplatz gewesen wäre. Diese Vermutungen hätten nur bestätigt werden können, wenn sie die Gelegenheit gehabt hätten, die Telefongespräche, die dort ankamen und von dort aus geführt wurden, lange genug zu überwachen. Die Genehmigung zur Überwachung hatten sie gehabt. Ihre Techniker waren dabei, sie zu installieren, als sie die Meldung bekamen, der Drahtzieher, die Spinne im Netz der Dealer, sei persönlich aus den USA gekommen, um die bestens funktionierende Vertriebsorganisation zu besichtigen. Es hieß, man wollte nach ihrem Vorbild ähnliche Organisationen in ländlichen Räumen auch in anderen Teilen der Welt aufbauen. Der Kampf um die Märkte in den großen Städten sei auf lange Zeit entschieden. Der Kampf um die Vorherrschaft auf dem flachen Land habe noch nicht einmal begonnen. So hatte ihr Informant berichtet, der, wie er später erfuhr, bald darauf tot und mit ans Geländer genagelter Zunge in einem unbewohnten Bauernhaus in der Nähe gefunden worden war.

Der Mann aus den USA war nie aufgetaucht. Er wäre für die hiesige Polizei wohl auch weniger interessant gewesen als für deren Kollegen aus den USA. Aber eine Zeit lang hatten sie geglaubt, dass er auftauchen würde. Und dann hätte er sich mit seinem deutschen Statthalter treffen müssen. Sie hatten einen Verdacht gehabt, und sie glaubten, ihr Verdacht würde durch das Treffen bestätigt werden. Deshalb waren ihre Leute als Förster, als Waldarbeiter, als Wanderarbeiter und ein paar Kolleginnen sogar in einem Wohnwagen am Straßenrand als Huren verkleidet unterwegs. Alle hatten nur das Ziel im Kopf, das man ihnen eingebläut hatte: Eine Viertelstunde nachdem der Ami das Haus betreten hat, wird gestürmt. Die Viertelstunde hätten sie gebraucht, um ein bisschen von ihrer Unterhaltung aufnehmen zu können, als zusätzlichen Beweis sozusagen.

Uns – ihm fiel auf, dass er „uns" dachte, und er war bemüht, sich zu korrigieren. Kein „wir" hatte irgendwelche Einsatzbefehle gegeben. Er war der Verantwortliche für diese Aktion gewesen. Er hatte dem Informanten vertraut, den nur er allein kannte. Einen wichtigen Informanten als Einziger zu kennen, gibt einem Macht. Und Verantwortung.

„Der Kollege Jean Beringer zeichnete sich besonders aus durch sein hohes Verantwortungsgefühl für seine Mitarbeiter und Untergebenen."

Jawohl, er ließ sich für euch alle ins Knie schießen. Jetzt ist er ein Krüppel mit einer verkrüppelten Hoffnung darauf, dass die Spinne, deren Netz längst zerrissen ist, versuchen wird, an derselben Stelle, mit anderen Leuten, ein neues Netz zu knüpfen.

Und wenn eine von den Frauen, die in der Lagune arbeiteten, noch Kontakt zu dem Mann hatte, den er suchte, oder wenn der Mann versuchen würde, mit einer Frau in der Lagune Kontakt aufzunehmen, weil die Geschäfte dort schon einmal so gut gelaufen waren, dann, aber das fiel ihm erst am nächsten Tag ein, dann würde der verdammte Zeitungsartikel dabei verdammt hinderlich sein. Dann könnte er aufgeben, bevor er noch richtig begonnen hatte.

Aber so weit war er in dieser Nacht noch nicht. Er saß nur da, sah durch die Glasscheiben streitenden Liebespaaren auf dem an seinen Rändern blau schimmernden Parkplatz zu und hörte auf das Gedudel aus den Lautsprechern. Das war übrigens nicht so schlimm, wie es hätte sein können. Später, viel später, erfuhr er, dass die Angestellten sich die Musik für das Endlosband selbst zusammengesucht hatten. Eine oder einer von ihnen hatte offenbar einen ähnlichen Geschmack wie er selbst. Sting mit „Moon over Bourbon Street" und solche Sachen. Das Band kam immer erst spät in der Nacht dran. Am Tage mussten sie Rücksicht auf den Geschmack der Kundschaft nehmen. Aber da er nur nachts in der Lagune saß, wusste er das damals nicht.

Er bestellte noch ein Bier und beobachtete die beiden Frauen hinter dem Tresen. Die ältere verabschiedete sich, ging über den Parkplatz, wobei sie ihn von draußen mit einem merkwürdigen Blick ansah, und fuhr gleich darauf mit einem klapperigen, alten Opel davon.

Er war inzwischen der einzige Gast. Die Kellnerin schien ihn nicht mehr zu bemerken. Sie hatte die Musik lauter gestellt und stand mit dem Rücken an irgendetwas gelehnt, das er nicht sehen konnte und das vermutlich das Spülbecken war, und hörte Manfred Krug zu. Er sang „Bei dir war es immer so schön", und an ihrem Gesicht konnte er sehen, dass sie ganz weit weg war von einem halbdunklen Tankstellen-Bistro um Mitternacht in der Provinz.

Die Frau interessierte ihn nicht. Aber es war etwas in ihrem Gesicht, vielleicht auch in ihrer Haltung, das nicht hierher gehörte. Er hatte plötzlich den Gedanken: Sie nicht und ich auch nicht, der aber sehr schnell wieder verschwand. Er stand auf und ging an den Tresen, um seine Rechnung zu bezahlen.

Er hatte sie beim Zuhören gestört, und sie gab sich keine Mühe, ihren Unmut zu verbergen. Er sah nicht ein, dass er sich hätte entschuldigen sollen. Es war ihr Job, Gäste zu bedienen, solange das Restaurant geöffnet war. Es hatte vierundzwanzig Stunden geöffnet, aber irgendwann würde sie wohl abgelöst werden. Doppelschichten gab es nur bei Ärzten, aber nicht bei Kellnerinnen. Während er hinausging, sah er nach links, in den hell erleuchteten Teil der Lagune, der ebenfalls die ganze Nacht geöffnet und der mit Waren vollgestopft war wie ein Supermarkt. Der Geruch nach frisch gebackenen Brötchen kam von dorther, und tatsächlich stand ein Mann an dem Back-Shop neben der Kasse und wartete darauf, dass der Junge am Backofen ihm eine warme Tüte reichte.

Es gab keine Sterne am Himmel. Die Nacht war schwarz und still. Wenn es in der vergangenen Nacht Sturm gegeben hatte, so war diese zur Abwechslung einmal sehr ruhig. Er hatte das Gefühl, dass die Wolken sehr niedrig hingen, vielleicht war es auch Nebel, jedenfalls schwammen die wenigen Straßenlaternen in einer Suppe, die den Lichtschein sehr eingrenzte. Unterwegs fiel ihm ein, dass es wahrscheinlich richtiger gewesen wäre, sich der Kellnerin gegenüber freundlicher zu verhalten. Wenn er von jetzt an jede Nacht ein paar Stunden in dem Restaurant verbringen würde, dann wäre es vermutlich günstig, dort eine Verbündete zu haben, irgendjemand, dem er eine Geschichte auftischen könnte, die die Neugier der Leute zufrieden stellt. Die Frau hatte intelligent ausgesehen, vielleicht wäre sie die Richtige. Er nahm sich vor, sie noch ein paar Nächte zu beobachten, bevor er sie die Rolle spielen lassen würde, die er ihr zugedacht hatte.

Im Grunde mochte er Bier nicht. Guten Rotwein aber würde er in einem deutschen Tankstellen-Bistro nicht finden, vielleicht ja nicht einmal in einem französischen, aber er war schon mehrere Jahre nicht mehr in Frankreich gewesen und früher auch nie in der Verlegenheit, seinen Wein an einer Tankstelle zu trinken. Er bedauerte sich ein wenig wegen des gesellschaftlichen Absturzes, den er offensichtlich erlitten hatte. Dann rief der Geschmack des Bieres, den er noch immer im Mund hatte, den dringenden Wunsch nach einem starken Kaffee in ihm wach.

Im Haus der Nachbarn waren alle Fenster dunkel. Als er näher kam, sah er, dass sie sogar die Rollläden heruntergelassen hatten. Er wettete mit sich, dass ihre Haustür von innen verbarrikadiert worden war, bevor sie schlafen gegangen waren.

Auch die Lampe an seiner Haustür schwamm nun im Nebel. Sein Mantel war feucht, als er ihn auszog. Aus dem Garderobenspiegel sah ihm sein Gesicht entgegen, blass und mit dichten, winzigen Wasserperlen im Haar, die verschwanden, als er mit beiden Händen darüber strich. Anschließend fühlten sich die Haare nass an. Er ging in die Küche, kochte sich auf dem Herd einen großen, doppelten Espresso und trank ihn im Stehen. Er war nicht müde.

Er ging ins Arbeitszimmer, machte das Licht an und sah sich um. Es war zu seiner Zufriedenheit eingerichtet, aber etwas fehlte. Er brauchte nicht lange nachzudenken, um zu wissen, was das war.

Seine Frau hatte nach der Scheidung unter anderem die Bücher mitgenommen. In der Villa hatte es ein Bibliothekszimmer gegeben, in dem noch Bücher aus der Zeit seines Großvaters standen. Dessen Marotte, alle Bücher, die er kaufte, einheitlich binden zu lassen – dunkelroter Lederrücken, goldene Schrift – hatten weder sein Vater noch er fortgesetzt. Aber auch sie hatten Bücher gekauft, die in der Bibliothek ihren Platz gefunden hatten. Weshalb seine Frau die Bücher hatte haben wollen, war ihm nie ganz klar geworden. Vermutlich weniger, um darin zu lesen, als um ihm eins auszuwischen. Er nahm an, sie hatte geglaubt, sie wären wichtig für ihn. Sie hatte sich getäuscht, aber das wollte er ihr nicht auf die Nase binden. Es gab nur ein einziges Werk, an dem er interessiert gewesen war, und das hatte er, einen Band nach dem anderen, heimlich beiseite geschafft. Ihr wären die fehlenden Bände nicht einmal aufgefallen: Oder doch? Jedenfalls waren ihre Blicke eines Tages misstrauisch an der Regalwand entlang gewandert, irgendetwas sah wohl anders aus, ungewohnt. Aber sie konnte nicht sagen, was es war, und musste sich den Anschein geben, als wäre alles in Ordnung. In ihren Augen wäre es eine Niederlage gewesen zu sagen: Hier haben Bücher gestanden, ich weiß, wie sie aussahen, aber ich weiß nicht, was darin stand.

An der Tatsache, dass er in dieser Nacht beschloss, sofort in die Villa zu fahren und die sieben Bände zu holen, machte er sich später klar, dass er nicht nüchtern gewesen war. Der Kaffee, ungewohnt um diese Zeit, wirkte zusätzlich als Aufputschmittel. Er stellte fest, wann der nächste Zug in die Stadt fuhr, überlegte, ob er sich vorher noch hinlegen sollte, beschloss stattdessen, wach zu bleiben – er würde sowieso nicht schlafen können –, und stellte das Fernsehgerät an. Wie alle Möbel war auch der Fernseher im Haus gewesen, ein älteres Modell auf einem wackeligen Kunststofffuß und ohne Fernbedienung. Während er darauf wartete, dass das Bild auf der Mattscheibe erscheine, überlegte er, dass er früher die Stunde Fußmarsch zum Bahnhof auf sich genommen hätte. Nun war er gezwungen, Geld für ein Taxi auszugeben, aber wenigstens auf dem Rückweg würde er einen Bus nehmen können. Er wollte sein Geld Zusammenhalten.

Mit dem Film hatte er unverhofft Glück. Es war ein alter Film, den er als junger Mann schon einmal gesehen und der ihn damals sehr beeindruckt hatte, obwohl es sich um eine außerordentlich unwahrscheinliche Geschichte handelte. Im Grunde ging es wohl um eine moderne Version des Fliegenden Holländers. Die Hauptrollen spielten Ava Gardner und James Mason, und einmal abgesehen von der Schönheit der Gardner, die allein schon das Hinsehen lohnend gemacht hätte, lag über der ganzen Geschichte ein melancholischer Liebeszauber, der ihn beeindruckte. Er begriff nicht genau, weshalb, vor allen Dingen auch deshalb nicht, weil er in der letzten Zeit, und besonders seit er angeschossen worden war, kaum noch sentimentale Regungen verspürt hatte.

Gegen Morgen, es war noch nicht hell, telefonierte er nach einem Taxi, ließ sich zum Zug bringen und fuhr in die Stadt. Im Zug schlief er ein, aber der kurze Schlaf erfrischte ihn sonderbarerweise ausreichend. Die S-Bahnen fuhren schon, sodass er ohne Probleme den Stadtteil erreichte, in dem das Haus der Familie stand. Er dachte plötzlich, dass er verrückt sein müsste, sich wegen einiger Bücher, die er auch bei anderer Gelegenheit hätte holen können, die Nacht um die Ohren zu schlagen. Erst als er sich klar machte, dass er frei über seine Zeit verfügen, wachen und schlafen konnte, wann immer er Lust hatte, niemandem mehr Rechenschaft schuldig war, gelang es ihm, sich zu beruhigen.

Zur Straße war das Grundstück durch einen hohen Zaun, der auf einer umlaufenden Mauer errichtet worden war, abgetrennt. Hinter dem Zaun standen Rhododendronbüsche, gepflanzt in der Zeit seines Großvaters. Sie waren inzwischen so hoch, dass sie jede Sicht in den Garten versperrten. Die üppigen Rhododendren ließen vermuten, dass das Haus hinter dem Zaun in einem Park läge. Aber das Grundstück war nicht größer als ein paar tausend Quadratmeter. Als er durch die hohe, hölzerne, dunkle Gartenpforte auf den Weg trat, der zur Haustür und um das Haus herum führte, fühlte er sich wieder wie beschützt in einer intimen Umgebung.

Der Weg zur Haustür war von gelben Blättern übersät. Es wuchsen einige alte Birken dort, die nach dem langen, trockenen Sommer zu früh ihr Laub verloren hatten. Es war niemand mehr da, der sich darum kümmerte, den Garten in Ordnung zu halten. Er würde im Winter selbst dafür sorgen müssen, dass die Heizung eingeschaltet blieb. Für einen Gärtner reichte sein Geld nicht.

Das Haustürschloss ließ sich leicht öffnen. Er trat ein und überlegte kurz, ob er hinter sich abschließen sollte, verzichtete dann aber darauf. Die Haustür hatte von außen keine Klinke. Sie war auch so nur mit einem Schlüssel zu öffnen. Er ging den langen Korridor entlang, ohne das Licht anzumachen. Alle Türen zu den Zimmern standen weit offen. Durch die hohen Fenster schien von allen Seiten das Licht der Straßenlaternen, nur gebrochen durch die Spitzen der Rhododendren. Das Haus, sein Haus, hatte etwas Verwunschenes, aber es roch auch nach Staub und ausgetrockneten Blumentöpfen. Es roch leer und einsam. Es roch so, wie er dachte, dass er selbst riechen müsste, und der Geruch war ihm unerträglich.

In der Bibliothek kam das Licht durch zwei hohe Fenster, die sich gegenüberlagen. Er sah auf die leeren, um die Tür und die Fenster herum gebauten Bücherregale. Er hatte gewusst, dass die Regale leer waren. Er war auf den Anblick vorbereitet gewesen. Nicht vorbereitet war er darauf, die Proust-Bände, von denen er sicher war, sie versteckt zu haben, an der ihm gegenüberliegenden Wand sorgfältig im Regal aufgestellt zu sehen. Er stand einen Augenblick überrascht in der Tür. Eine Ahnung überkam ihn, die er lieber nicht gehabt hätte.

Er trat ein paar Schritte vor, blieb stehen und sah sich um. Das Einzige, was er feststellte, war, dass der Anblick einer Bibliothek ohne Bücher erträglicher ist als der einer leeren Bibliothek, in deren Regal sieben Bücher stehen, von denen man nicht weiß, wie sie dort hingekommen sind. Dann fiel ihm ein, dass es sich vielleicht um leere Pappbände handeln könnte, die Möbelgeschäfte als Dekorationselemente benutzen. Er ging schnell hinüber und nahm einen Band in die Hand. Er war echt. Er prüfte die sieben Bände. Es waren seine Bücher. Daran bestand kein Zweifel. Es waren die, die er bei seinem Auszug in einer Abseite des Turmzimmers versteckt hatte, weil er sie nicht mitnehmen wollte. Er nahm die Bücher aus dem Regal, aber ohne Tasche oder eine Tüte würde ihr Transport sehr unbequem werden. Also stellte er sie noch einmal zurück. In der Küche würde er wahrscheinlich einen Behälter finden. Er blieb bewusst einen Moment still stehen, um zu lauschen. Im Haus war es ruhig. Er ging über den Korridor zurück und betrat die Küche. Am Tisch, beleuchtet von einer Straßenlaterne, deren Licht durch die Fenster der breiten Gartentür kam, saß seine geschiedene Frau.

Die Küche war der einzige Raum, der nicht leer wirkte. Die Küchenmöbel waren beim Bau des Hauses eingebaut worden. Der große, schwere Tisch ließ sich kaum bewegen und passte wegen seiner Größe nicht in eine andere Küche. Deshalb war er stehen geblieben. Inmitten der dunkelbraunen Holzfronten der Schränke, der mit holländischen Kacheln bedeckten Wände, der chromblitzenden Stangen am Herd saß Charlotte am Tisch, den Kopf mit dem Kinn auf ihre Hände gestützt, und lächelte ihm sehr vertraut und nur sehr wenig schuldbewusst entgegen.

Er hatte es geahnt, als er die Bücher gesehen hatte. Er hatte sich nur gewünscht, sich zu täuschen. Er stand da und sah sie an. Sie sah jünger aus, als er sie in Erinnerung gehabt hatte, kindlicher, aber gleichzeitig so aufregend wie immer. Er fühlte, dass sich in ihm etwas zusammenzog, so, als rollte er sich zusammen, um weniger Angriffsfläche zu bieten.

Dabei bist du es gewesen, der sie angegriffen hat, dachte er.

„Was machst du hier?“, fragte er.

Seine Stimme war rau, so, als wäre er erkältet und hätte Mühe zu sprechen. Er fand, er müsste weitersprechen, um das merkwürdige Krächzen zu überwinden.

„Und wie bist du überhaupt ins Haus gekommen?“

„Ich hatte einen Schlüssel“, sagte sie. „Du musst das verstehen. Es ist mir furchtbar schwer gefallen, das Haus zu verlassen. Ich hab einfach einen Schlüssel –“

Sie schwieg, und ihm war klar, dass sie sich einen Schlüssel hatte nachmachen lassen, bevor sie ihm die anderen gegeben hatte. Er spürte, dass er wütend wurde.

„Ich wusste doch, dass du herkommen würdest“, sagte sie.

„Willst du damit sagen, du hast jede Nacht hier gesessen und auf mich gewartet?“

Seine Stimme war noch immer nicht in Ordnung. Im Gegenteil, sie schien noch ein wenig rauer geworden zu sein.

„Nicht jede Nacht“, sagte sie, „aber ziemlich viele, glaube ich.“

„Und wozu das Theater?“

Er wusste nicht, welche Antwort er auf diese Frage erwartete. Er hatte irgendetwas gefragt, weil er nicht dumm und stumm dastehen wollte. Er musste irgendetwas fragen, weil er schon wieder eine Ahnung hatte, von der er nicht wollte, dass sie wahr würde. Es hätte viele Antworten gegeben, erfundene, gelogene, übertriebene, kokette, taktisch-kluge oder offen anbiedernde, alle wären akzeptabel gewesen, aber sie hätte nicht die Wahrheit sagen und dabei so aussehen dürfen, wie sie aussah.

„Ich weiß nicht", sagte sie einfach. Und dann: „Mein lieber Othello."

Sie stand auf und kam auf ihn zu. Er rührte sich nicht von der Stelle. Er dachte, während sie näher kam, dass er nicht wegen der Bücher in dieses Haus gegangen war.

***

Die Ablösung kam eine Viertelstunde nach Mitternacht. Ich übergab die Kasse und beeilte mich mit dem Umziehen. Ich war müde, weil ich zu wenig geschlafen hatte und schlecht gelaunt wegen der Szene auf dem Parkplatz. Und dann stellte ich fest, dass mein Fahrrad verschwunden war.

Manchmal gehen wir über den Gang zur Hintertür hinaus, um draußen eine Zigarette zu rauchen. Für die Angestellten ist das Rauchen während der Arbeit nämlich nicht erlaubt. Jemand war draußen gewesen und hatte vergessen, die Tür von innen wieder abzuschließen.

Als ich das Rad durch das Bistro in den Gang geschoben hatte, war ihm klar geworden, dass er nur die Tür anzufassen brauchte. War sie offen, konnte er mir eins auswischen. Das war ihm gelungen.

Ich rannte zurück in das Restaurant, aber es war niemand mehr da, der mich ein Stück hätte mitnehmen können. Es blieb mir nichts anderes übrig, als zu Fuß nach Hause zu gehen.

Eigentlich bewege ich mich gern draußen, aber nicht unbedingt nachts und nicht mit so einer Wut im Bauch. Ich wäre sie gern los geworden, aber ich wusste nicht, wie. Das Schlimme war, dass ich nun genügend

Zeit hatte, eine gute Stunde nämlich, über eine Sache nachzudenken, die im Grunde abgeschlossen war. Jedenfalls hatte ich mir verboten, weiter daran herumzugrübeln. Aber die Tatsache, dass die Gedanken in dieser Nacht seit längerer Zeit wieder die Richtung in die Vergangenheit nahmen, ließ sich nicht verdrängen. Ich musste daran denken, dass ich die Provinz hasste, dass mir die Kolleginnen eigentlich auf die Nerven gingen, dass mir ein Fahrräder klauender Liebhaber nur in so einer Gegend hatte über den Weg laufen können, dass meine intellektuellen Bedürfnisse verkümmerten und meine modischen Ansprüche sich denen von Rechtsanwaltsgattinnen angleichen würden, wenn ich so weitermachte wie bisher.

Als ich zu den Rechtsanwaltsgattinnen gekommen war, fing ich an zu heulen. Ich war vierunddreißig und hatte einen miesen Job in einem Tankstellen-Restaurant, weil ich nicht in der Lage war, mein Kind und mich mit dem Beruf, in dem ich mich auskannte, finanziell über die Runden zu bringen. Bei dem Gedanken an das schmale Büro, an meine Kanzlei, die ich mir in unserer kleinen Wohnung gleich nach dem Studium eingerichtet hatte, heulte ich noch mehr.

Ich sah mich hinter dem Schreibtisch sitzen und als aufmerksame Anwältin mit ernstem Gesicht den Schilderungen meiner Mandanten lauschen; ich sah mich in schwarzer Robe vor Gericht stehen und so beeindruckend plädieren, dass dem Richter gar nichts anderes mehr übrig blieb, als meine Mandantin freizusprechen; ich sah mich Akten studieren und unzulänglichen Beweisen von Staatsanwaltschaft und Polizei auf die Spur kommen; schließlich sah ich mich selbst nach Entlastungsmaterial suchen, nachts, in unwegsamem Gelände, mit nichts als einer Taschenlampe bewaffnet. Das Bild brachte mich wieder zur Besinnung: Ich hatte den Anwaltsberuf nicht wegen seiner interessanten juristischen Fragen gewählt, oder jedenfalls nicht in erster Linie. Ich hatte ihn gewählt, weil ich mir davon den Einblick in interessante Lebensläufe, in dramatische Zusammenhänge, in verborgene Mordmotive, kurzum in Leben, versprochen hatte, die spannender waren als das Leben einer Tochter aus gut situierter Familie. Ich hätte zur Kripo gehen können, aber der Beruf galt in den Kreisen meiner Eltern als anrüchig. Ein Studium sollte es schon sein, etwas zum Herzeigen. Keine guten Voraussetzungen, den Beruf so auszufüllen, wie es im Interesse der Mandanten notwendig gewesen wäre.

Ich musste aufhören, mir in die Tasche zu lügen. Es waren nicht nur die Mandanten gewesen, für die ich mich einsetzte. Nachdem ich mich auf unzulässige Weise in die Ermittlungsarbeiten der Polizei ... wenn es noch so gewesen wäre! Aber ich Idiotin klaue denen Unterlagen vom Schreibtisch und lasse mich dabei erwischen.

Wenn ich in meinen Überlegungen an diesem Punkt angekommen war, ging es mir normalerweise wieder besser. Ich war durchaus nicht unkritisch meinen eigenen Fehlern gegenüber. Ich schenkte mir dann für gewöhnlich die Erinnerung an die standesrechtlichen Konsequenzen, die meine unkonventionellen Methoden damals beinahe gehabt hätten. Die waren peinlich, zu peinlich, um sie sich allzu oft ins Gedächtnis zu rufen. Außerdem war meine Situation, die Art und Weise, wie und wo ich Tita und mich inzwischen über die Runden brachte, beredt genug. Ich hätte also den Rest des Nachhauseweges, erleichtert durch Tränen und Selbstkritik, locker hinter mich bringen können. Stattdessen hatte ich ein sonderbares Gefühl im Rücken.

Als ich mich umwandte, nichts ist ohne Ursache und am besten, man geht den Dingen gleich auf den Grund, sah ich, dass mir mit abgeblendeten Scheinwerfern ein Auto folgte. Ich sah nach vorn. Bis zur Straße, an der unsere Wohnung lag, waren es nicht mehr als zweihundert Meter. In einigen Zimmern brannte trotz der späten Stunde noch Licht. Das machte mich sicher. Ich blieb am Wegrand stehen, um das Auto vorbeizulassen. Es kam langsam näher, wurde noch langsamer und hielt schließlich neben mir an. Die Innenbeleuchtung wurde eingeschaltet. Am Steuer des Autos saß ein Mann, auf dem Beifahrersitz eine Frau, auf der Rückbank ein Mädchen in Titas Alter. Die Frau ließ die Scheibe hinunter. Eine Wolke aus abgestandenem und frischem Zigarettenrauch schlug mir entgegen. Ich sah, dass der Aschenbecher unter dem Armaturenbrett herausgezogen war. Er quoll über von Zigarettenstummeln.

„Haben Sie vielleicht einen kleinen Hund gesehen?“, fragte die Frau. Sie hob ihre Hände in die Nähe des Fensters und zeigte die Größe eines Schuhkartons.

„Weiß?“, fragte sie noch.

Ich sah auf den Rücksitz. Das Mädchen hatte lange, helle Locken und lachte blöde. Den Kopf des Fahrers konnte ich nicht sehen. Aber ich hörte seine Stimme.

„Wir suchen ihn schon zwei Tage“, sagte er.

Die Frau zeigte noch einmal die Größe eines Schuhkartons. Zwischen den Fingern ihrer rechten Hand steckte eine brennende Zigarette. Sie hatte ein kleines, blasses Gesicht, das besorgt wirkte.

„Nein", sagte ich. „Ich bin hier jeden Tag unterwegs. So ein Hund läuft hier nicht herum."

Die Frau sah mich an, als glaubte sie mir nicht. Der Mann ohne Kopf gab vorsichtig Gas. Langsam rollte der Wagen auf dem Feldweg davon. Ich blieb stehen und sah ihm nach. Er erreichte die Straße, bog nach links ab und verschwand.

Die Begegnung hatte etwas Merkwürdiges gehabt, etwas, das ich nicht greifen konnte, das mich aber beschäftigte. Auf jeden Fall hatte sie mich von meinen Grübeleien befreit. Ich ging die letzte Strecke schneller. Ich freute mich auf mein Bett. Dann sah ich von weitem den Landrover. Der kam mir gerade recht. Natürlich. Mein Fahrrad lehnte am Kühler.

„Das hättest du einfacher haben können", sagte der Idiot, dem das Auto gehörte. Ich nahm den Lenker in die Hände und ging auf ihn zu.

„Du auch", sagte ich. „Aber nun wird's für dich teuer. Beleidigung, versuchte Körperverletzung, Diebstahl, für üble Nachrede werde ich Zeugen finden. Wenn ich's mir genauer überlege, werde ich nicht die Erste sein, bei der du dich so aufführst. Also werden wir der Staatsanwaltschaft nahe legen, deinen Strafregisterauszug anzufordern, was sie allerdings vermutlich auch ohne unsere Anregung tun wird. Menschen von deinem Zuschnitt, die zu blöde sind, um zu merken, wann sie verloren haben, und stattdessen Frauen, die nachts aus beruflichen Gründen allein unterwegs sind, belästigen und bedrohen, haben nämlich kein besonders hohes Ansehen bei den Ermittlungsbehörden."

Ich bildete mir nicht ein, dass er kleiner wurde. Ich konnte es ganz deutlich sehen. Zufrieden schob ich mein Fahrrad um ihn herum zur Haustür. Ich hörte seine Schritte und gleich darauf die Autotür klappen. Den war ich los. Im Stillen entschuldigte ich mich bei den schlafenden Hausbewohnern für das Geheul, mit dem das Auto davongetreten wurde.

Es war zwei Uhr, als ich endlich in meiner Wohnung war, müde, aber auch zufrieden. Ich ging in die Küche, trank ein Glas Milch, zog mich im Schlafzimmer aus und ging unter die Dusche. Das war kein spontanes Bedürfnis. Ich dusche immer nachts, um den Geruch von Pommes frites und Bratfett loszuwerden. Mit feuchten Haaren und eingewickelt in meinen Bademantel tappte ich leise in das Zimmer von Tita und an ihr Bett. Meine süße, kleine Tochter sah so schön und friedlich aus im Schlaf, dass ich mich nicht zurückhalten konnte. Ich beugte mich über sie und gab ihr einen Kuss auf die Nase. Während ich in mein Schlafzimmer schlich, nahm ich mir vor, gründlich darüber nachzudenken, ob es nicht doch eine andere Möglichkeit für mich gäbe, diesem bezaubernden Geschöpf eine Zukunft ohne die Pommes-Gerüche zu schaffen, die ich jede Nacht nach Hause brachte. Ich kroch ins Bett und begann ernsthaft zu überlegen. Aber weiter, als noch einmal bewundernd auf den Sieg zu sehen, den ich gerade eben auf Grund meiner energischen, mit allen juristischen Fähigkeiten begabten Persönlichkeit vor der Haustür errungen hatte, kam ich nicht. Ich schlief einfach ein.

In dieser Nacht träumte ich zum ersten Mal von Prag.

***

Er hatte irrsinnige Schmerzen im Knie. Davon wurde er wach. Er lag auf dem Fußboden in der Bibliothek.

Er wusste sofort, was geschehen war. Ihm wurde kalt, während er da lag und versuchte, einen Sinn in dem zu finden, was geschehen war. Die Kälte und die Schmerzen im Knie hinderten ihn daran. Er setzte sich auf und sah sich nach seinen Kleidern um. Sie waren nicht zu sehen. Er sah auf seine Beine. Auch das andere Knie, das funktionsfähige, machte sich bemerkbar. Es war rot und wies ein paar durchgescheuerte Stellen auf. Ihm war nicht wohl in seiner Haut, in keiner Beziehung. Er stand auf und humpelte in die Küche. Dort lagen seine Sachen, ordentlich über einen Stuhl gehängt, in der Reihenfolge, in der er sie anziehen würde. Auf dem Tisch standen die Bücher. Erst jetzt fiel ihm auf, dass Charlotte nicht mehr da war. Er hatte auch nicht damit gerechnet.

Erst unter der Dusche ging es ihm langsam besser. Das warme Wasser tat seine Wirkung. Den Rest Seife brauchte er auf. Nach einer Weile ließ auch der Schmerz im Knie nach. Als er sich wieder einigermaßen instand gesetzt fühlte, verließ er die Dusche und musste feststellen, dass es im Bad kein Handtuch gab. Es gab im ganzen Haus keine Handtücher mehr. Charlotte hatte gut aufgeräumt. Er weigerte sich, darüber nachzudenken, ob sie ihm ein Handtuch dagelassen hätte, wenn ihr beim Auszug bewusst gewesen wäre, unter welchen Bedingungen sie sich Wiedersehen würden. Nackt lief er im Haus herum, bis er einiger maßen trocken war.

Er zog sich an, ging in den Keller – die Kellertreppe stellte Anforderungen an seine Gehfähigkeit, denen er kaum gewachsen war – und zog, nachdem er sich vergewissert hatte, dass die Tür verschlossen war, den Türschlüssel ab. In der Küche suchte er eine Weile vergeblich nach einer Tüte oder einem Karton. Es war nichts da, das sich als Transportbehälter eignete. Schließlich nahm er die Bücher in die Arme und verließ das Haus, nicht ohne die Tür sorgfältig hinter sich abzuschließen. Trotzdem kam er sich vor, als beginge er eine illegale Tat. Es hätte nicht viel gefehlt, und er hätte sich umgesehen, um zu prüfen, ob ihn jemand beobachtete.

Ein paar Hundert Meter von dem Villenviertel entfernt begann ein kleines Einkaufszentrum. Er kannte dort einen Schlosser, bei dem er während seiner Dienstzeit die eine oder andere Arbeit in Auftrag gegeben hatte. Einmal war der Schlosser, weil zufällig bei mehreren Fällen Türen polizeilich geöffnet werden mussten, sogar als „Gehilfe bei Gefahr im Verzuge“ eingesetzt worden. Er war so geschickt vorgegangen und hatte sich so wenig neugierig gezeigt, dass Jean ihm sympathisch geworden war. Diesen Schlosser suchte er auf.

Er fand ihn in seiner Werkstatt auf dem Hof, nachdem ihm seine Frau den Weg dorthin gewiesen hatte. Der Schlosser stand auf, als er ihn in der Tür stehen sah, und kam auf ihn zu: ein großer, breitschultriger Mann in leicht gebeugter Haltung und mit einem offenen, freundlichen Gesicht.

„Sie“, sagte er. „Wir haben uns lange nicht gesehen. Ich hoffe, Sie haben sich inzwischen erholt. Schlimme Sache das mit Ihrer Kollegin. War bestimmt nicht angenehm für Sie, deshalb geholt zu werden.“

Er hatte den Zeitungsartikel gelesen, aber das, was er sagte, drückte nicht Neugier, sondern Anteilnahme aus. Es wäre unhöflich gewesen, sie als lästig abzutun. Sie schüttelten sich die Hand.

„Wollen Sie sich setzen?“, fragte der Schlosser.

Er schüttelte den Kopf. In seiner Manteltasche suchte er nach den Schlüsseln.

„Legen Sie doch erst mal die Bücher da ab. Warten Sie, ich hole Ihnen eine Tasche.“

Der Schlosser verschwand, während Beringer die Bücher auf einer Werkbank ablegte, die Schlüssel fand und sie fest in der Hand hielt. In der Werkstatt roch es angenehm, ein wenig nach Schmieröl und nach Metall. Er hatte bis dahin nicht gewusst oder nicht darüber nachgedacht, wie Metall riecht. Der Schlosser brachte zwei ineinandergesteckte Plastiktüten, in denen sie die Bücher verstauten. Beringer gab ihm die Schlüssel, schrieb ihm die Adresse auf und bat ihn, die Schlösser in der Haustür und im Keller so bald wie möglich auszubauen und neue einzusetzen. Der Mann verzog ein wenig den Mund und wiegte dabei den Kopf hin und her, so, als wollte er sagen, oje, wann soll ich das denn noch schaffen. Dann sagte er: „Ist gut, ich mach das heute Abend nach Feierabend. Meine Frau wird zwar schimpfen ...“

„Nehmen Sie Ihre Frau mit“, sagte Beringer. „Es ist ein schönes, altes Haus. Frauen interessieren sich doch für so was. Sie kann gern darin herumlaufen.“

Während er sagte „Frauen interessieren sich doch für so was“, dachte er an Charlotte.

„Nc, das lass ich lieber. Sonst wird sie noch neidisch“, sagte der Schlosser und sah ihn an. „Und wie kommen Sie zurecht, mit der Niederlage, meine ich. Das kann doch nicht einfach für Sie gewesen sein. Erst dem Kerl nichts beweisen können und dann auch noch seinetwegen den Beruf aufgeben. Oder wollen Sie nicht drüber reden? Entschuldigen Sie, ich wollte nicht aufdringlich sein. Manchmal nützt es, wenn man redet."

Niederlage, hatte er gesagt. Nein, Jean wollte nicht darüber reden.

„Vielleicht hätten Sie es so machen sollen wie Agatha Christie", sagte der Schlosser nach einem Augenblick, in dem sie sich schweigend gegenübergestanden hatten. „Das war eine tolle Frau. Die ist einfach für eine Weile vom Erdboden verschwunden, als ihr jemand übel mitgespielt hatte."

„Das geht nicht", antwortete Jean, wider Willen lächelnd, „ich hab hier noch etwas zu erledigen."

Jetzt war es an dem Schlosser zu schweigen. Gedankenverloren wog er die beiden Schlüssel in seiner Rechten.

„Ach so", sagte er dann. „Ach so."

Er verließ den Schlosser, nachdem sie verabredet hatten, dass er die neuen Schlüssel bei Gelegenheit abholen würde. Vorläufig brauchte er sie nicht. Er verspürte nicht die geringste Lust, in das Haus zurückzugehen. Jedenfalls nicht heute und morgen.

Die Bahn war beinahe leer. Außer ihm war nur noch ein junger Mann, ein großer Junge, im Abteil, der ihm bekannt vorkam, den er aber nicht identifizieren konnte. Sie verließen den Zug an derselben Station. Er erwischte das einzige Taxi, das vor dem Bahnhof stand, und ließ sich in das Haus bringen, das vorläufig sein Zuhause abgab.

Er zog sich um und stopfte die Sachen, die er getragen hatte, in die beiden Plastiktüten. Er würde sie in die Reinigung bringen. Dann suchte er einen Platz für die Bücher. Er suchte lange. Dies war kein Haus für

Bücher. Schließlich legte er den ersten Band auf den Nachttisch neben seinem Bett, die übrigen Bände blieben auf dem Tisch in der Besprechungsecke liegen. Dann trug er den Karton ins Arbeitszimmer, in dem er die Unterlagen aufbewahrte, die ihm bei seinem Vorhaben behilflich sein sollten.

Im Arbeitszimmer gab es zwei Wände, auf denen er Karten, Pläne, strategische Zeichnungen, Fotos und noch unzusammenhängende Notizzettel unterbringen konnte. Beide Wände waren von draußen besonders gut einzusehen. Er ging ans Fenster, um von dort aus die Wände zu betrachten. Bevor er sich umwandte, sah er nach draußen. Es regnete. Der Junge, der mit ihm zusammen in der Bahn gesessen hatte, stand durchnässt auf dem Weg vor dem Haus und beobachtete ihn. Beringer war darüber erstaunt. Der Junge sah jämmerlich aus, und er wusste noch immer nicht, wo er ihn gesehen hatte.

Die Wände waren zu gut einzusehen. Schließlich entschied er sich, die freien Flächen rechts und links vom Fenster zum Aufhängen der Pläne und Notizen zu nutzen. Da links vom Fenster mehr Platz war als auf der rechten Seite, brachte er dort das Material unter, das die Arbeit in der Lagune betraf. Auf der rechten Seite heftete er ein paar Notizen an, die sich auf Inge Dellbrück bezogen. Er dachte lange darüber nach, ob ihr Tod mit dem Fall Lagune zu tun haben könnte. Sie hatte geahnt, was er vorhatte, und ihm ihre Hilfe angeboten. Er glaubte aber, sie hätte ihm ihre Hilfe auch angeboten, wenn er beschlossen hätte, sich ein Gewächshaus zu kaufen und viereckige Tomaten zu züchten. Sie war an seiner Person interessiert gewesen, nicht an dem, was ihm wichtig war.

Er betrachtete sein Werk, als beide Wände bestückt waren, und stellte fest, dass auf der linken Wand nicht ein einziges Mal der Name des Mannes auftauchte, der dafür verantwortlich war, dass einer seiner Bodyguards ihm das Knie zerschossen hatte. Er hatte Fakten gesammelt, Fotos angepinnt, Straßen- und Wegezeichnungen darum herum angelegt, Notizen über das Personal der Lagune zusammengetragen, alle Adressen aufgelistet, dazu die Telefonnummern, die sie damals bei der Telefonüberwachung so viel Zeit gekostet hatten, aber er hatte den Namen des Mannes, der sie zwei Jahre lang beschäftigt hatte und dem dann, unter Zurücklassung eines ewigen Andenkens für ihn, nichts zu beweisen gewesen war, nicht einmal erwähnt.

Er hieß Keizer, Gerd Keizer, und er würde ihn kriegen.

Er klebte zwei DIN-A4-Bogen untereinander, schrieb den Namen groß an das obere Ende und notierte, was er wusste:

> 34 Jahre alt (kein Foto)
> Beschreibung (selbst gesehen): blond/groß, ca. 1,90 m/intellektueller Typ/teure Klamotten/handgenähte Schuhe/sportlich – Richtung: Segeln o. Ä./Eltern: Hat Kontakt zur Mutter/Vater: Bauing., vor 2 Jahren beim Segelfliegen verunglückt. Mutter: Hausfrau, einfache Frau, hat möglicherweise mehr Geld als die Rente des Mannes/vorsichtig beim Ausgeben/kennt ev. seinen Aufenthalt, schweigt aber.

Bei dem Gedanken an die Mutter von Keizer, die er damals aufgesucht hatte, um von ihr zu erfahren, wann

Keizer zuletzt bei ihr gewesen war, wurde er wütend. Sie wusste, davon war er fest überzeugt, von den miesen Geschäften ihres Sohnes. Kurz vorher waren an zwei verschiedenen Schulen zwei Jugendliche gestorben, Kinder, ein Junge und ein Mädchen von vierzehn. Die Chemiker hatten das Zeug analysiert, das sie bei den beiden im Magen gefunden hatten. Es war reines Heroin in einer Dosis, so groß, dass man damit ein Pferd hätte umbringen können. Er war davon überzeugt, dass beide Fälle „Unfälle" gewesen waren. Keizer konnte nicht daran gelegen sein, Unruhe in seine gut funktionierenden Absatzgebiete zu bringen. Sie fanden den oder die Dealer nicht, die für diese Sache verantwortlich waren. Noch jetzt war er der Meinung, dass sie nicht aus der Gegend kamen. Wahrscheinlich waren es Kinder aus Bulgarien. Wer sucht schon nach Zigeunerkindern, die man mit etwas Geld und großen Versprechungen über die Grenze holt, und verschwinden lässt, wenn ihre Anwesenheit zu Komplikationen führen könnte. Die Eltern? Die wissen oft nicht einmal, wohin ihre Kinder gegangen sind, geschweige denn, mit wem.

Irgendwann spürte er seine Müdigkeit. Er hatte in der vergangenen Nacht eine halbe Stunde im Zug und dann vielleicht zwei Stunden auf einem Fußboden geschlafen. Es war ganz natürlich, dass er am Nachmittag müde wurde. Es hatte nichts damit zu tun, dass er ein Krüppel war. Höchstens noch damit, dass die Beschäftigung mit einem Mann wie Keizer nicht gerade dazu beitrug, ihn in muntere Stimmung zu versetzen. Wo er diese Sache anfasste, ob in Keizers Familie, in seiner Organisation, bei den Folgen seiner Verbrechen, bei den armen Dealern, die er beschäftigte, überall schlug ihm der widerliche Geruch von etwas entgegen, das er nicht genau definieren konnte: Ausdünstungen von Skrupellosigkeit, Geldgier, Mordlust, Verrat.

Verrat. Ein Wort, das nicht zu den anderen passte. Oder doch? Der Schlag gegen Keizer war so gut vorbereitet gewesen, wie noch niemals eine Aktion vorbereitet gewesen war. Er wusste, dass er sich auf seine Leute verlassen konnte. Sie hatten über Monate die Häuser observiert, die Keizer aufzusuchen pflegte. Sämtliche Telefongespräche, die er geführt hatte, waren abgehört, aufgezeichnet und entschlüsselt worden. Sie glaubten zu wissen, wann und woher er seinen Stoff bezog und wie die Kinderorganisation funktionierte, die für ihn die Arbeit in den Schulen machte. Sie kannten die Diskotheken, die er belieferte, ja, sogar zwei oder drei Stände auf einem Wochenmarkt, über die die Verteilung an die Öko-Freaks organisiert wurde. Außer in ihrer Gruppe wurde mit niemandem über den Stand der Ermittlungen gesprochen, geschweige denn über den Termin, den sie festgelegt hatten, um zuzuschlagen. Und dann das Fiasko. Alle belastenden Unterlagen oder Beweisstücke waren verschwunden. Nirgends ein Gramm von irgendwas. Die Zigeunerkinder von einem Tag auf den anderen „in ihre Heimat zurückgekehrt".

Alles, was sie am Ende in den Händen hatten, waren Bänder mit Telefongesprächen, geführt von einem Mann, der mit nichts in Verbindung zu bringen war und dessen Hiwi dem Oberbullen ein Gefecht geliefert und ihn dabei zum Krüppel geschossen hatte.

Ihm wurde plötzlich klar, dass er verrückt werden würde, wenn es ihm nicht gelänge, diese Geschichte aus seinem Kopf zu verdrängen. Er hatte sie sich inzwischen mindestens tausendmal erzählt. Jedes Mal war er bis zu dem Stichwort „Verrat" gekommen. Jedes Mal brach ihm dann der kalte Schweiß aus. Und jedes Mal fühlte er sich sofort hilflos. Er musste einen Weg finden, solche Situationen zu umgehen. Sein Blick fiel auf die Bücher, die er auf den Besprechungstisch gelegt hatte. Vielleicht war er doch wegen der Bücher in die Villa gegangen?

Er ging ins Schlafzimmer, zog sich aus und legte sich ins Bett. Auf dem Nachttisch lag der erste Band von Prousts „Auf der Suche nach der verlorenen Zeit". Er wusste, dass er in einem Zustand war, in dem er nicht mit ausreichender Aufmerksamkeit würde lesen können. Er schlug das Buch an einer beliebigen Stelle auf und geriet zufällig an einen der Absätze, die immer eine besondere Nachdenklichkeit bei ihm hervorgerufen hatten. Es war die Stelle im ersten Band, in der der Erzähler von der überschwänglichen Freundschaft spricht, die ihm sein Freund Saint Loup entgegenbringt und die in ihm, außer dass er sie als angenehm empfindet, auch eine gewisse Traurigkeit und Verlegenheit hervorruft. Der einfache Satz, der dann folgt, hatte ihm von Anfang etwas Besonderes bedeutet: „... denn weder das Beisammensein mit ihm noch unsere Gespräche ... verschafften mir irgendetwas von dem Glück, das ich nur zu empfinden vermochte, wenn ich ohne Gefährten war."

Er wollte über diesen Satz nachdenken, darüber, welche Bedeutung er in seinem Leben erlangt hatte, aber er schlief ein.

Als er wach wurde, war es dunkel. Er machte die Nachttischlampe an und sah, dass es nach zehn Uhr war, Zeit, sich in die Lagune zu begeben. Er hatte Hunger. Das überraschte ihn, denn außer dass er seit der Keizer-Geschichte mit einem kaputten Knie herumlief, hatte er seit damals auch die Lust am Essen verloren. Lust am Essen. War das Wort Lust zufällig aufgetaucht? Unter der Dusche dachte er an die vergangene Nacht und die Begegnung mit Charlotte. Das machte ihn scharf und er hasste sich dafür.

In der Lagune war mehr Betrieb als in den vergangenen Nächten. Sein Stammplatz war besetzt. Er fand trotzdem eine Ecke, in der er nicht gleich gesehen werden konnte. Nur der Blick durch das Fenster auf den Parkplatz, an den er sich schon gewöhnt hatte, war von hier aus nicht möglich. Dafür hatte er den Tresen im Blick, was zur Abwechslung auch interessant war. Da standen diese Frauen, die auch an den vergangenen Abenden bedient hatten. Zum ersten Mal beobachtete er sie bei der Arbeit. Offenbar kannten sie die meisten ihrer Gäste. Sie wechselten freundliche Worte mit ihnen, es wurde gelacht, Vornamen wurden gerufen. Die Hübschere von beiden hieß Mona. Er fand den Namen hässlich. Als sie an seinen Tisch kam, um ihm das Essen zu bringen, verschwand das Lächeln aus ihrem Gesicht. Sie fühlte sich unbeobachtet von den Gästen, denen sie den Rücken zuwandte, und von ihm, der sie bisher nicht wahrgenommen hatte. Er sah, dass sie müde war. Sie blieb eine Weile neben seinem Tisch stehen, etwa so lange, wie sie gebraucht hätte, um ihn zu fragen, ob das Essen in Ordnung sei. Aber sie sagte nichts, ruhte sich nur aus und ging, bevor er sie angesprochen hatte. Er hätte sie noch angesprochen, nahm er an, obwohl er sich dessen nicht sicher war.

Dann kam der Junge herein, der vor seinem Haus gestanden hatte, und er wusste nun, woher er ihn kannte. Der Junge sah sich um, als suchte er ihn. Jedenfalls sah er ein paarmal zu dem Platz hinüber, an dem er an den vergangenen Abenden gesessen hatte. Schließlich ging er an den Tresen und setzte sich auf einen der Barhocker. Er setzte sich so, dass er die Tür im Auge behielt.

Einer der Gründe, weshalb er in seinem Beruf erfolgreich gewesen war (bis zu dieser letzten Katastrophe, die er aber, soweit es möglich war, ungeschehen machen würde), war die Tatsache, dass er eine besonders gute Beobachtungsgabe besaß. Eine seiner ersten Freundinnen hatte ihm gesagt, das sei für einen Mann ungewöhnlich. Er war damals zu jung, um zu begreifen, was sie damit gemeint hatte. Inzwischen wusste er, dass sie Recht hatte. Er hatte immer sehr brauchbare Mitarbeiter gehabt, begabte junge Leute, die alles Mögliche konnten, alles, was man an Polizeischulen heute so lernt. Aber es war niemand unter ihnen, der die Fähigkeit besessen hätte, als Fremder in einen Raum zu kommen, kurze Zeit die Personen darin zu beobachten und dann ein zutreffendes Bild der Situation zu beschreiben. Ihm fielen solche Dinge leicht. Und sie waren ihm oft nützlich gewesen. In seiner Ecke in der Lagune kam er sich jetzt ein bisschen aus der Übung vor, aber er bemerkte trotzdem, dass der Junge unruhig war und dass diese Mona am liebsten nach Hause gegangen wäre. Er sah, an welchen Tischen die Leute saßen, die auf der Durchreise waren, und wo die Einheimischen hockten, die gekommen waren, weil sie es zu Hause nicht ausgehalten hatten. Er bildete sich ein, er könnte ihnen allen ansehen, dass sie das blaue Licht angelockt hatte. Nun saßen sie hier und warteten darauf, dass die Verheißungen, die sie von fern gesehen hatten, wahr werden würden. Stattdessen würden sie, wenn der Abend vorüber wäre, angetrunken und enttäuscht nach Hause gehen. Die, die mit dem Auto unterwegs gewesen waren, würden fahren und mit sehnsüchtigen Augen die Nacht nach der nächsten Lagune absuchen. Vielleicht, so würden sie denken, wartet dort das große Abenteuer auf sie.

Plötzlich stand der Junge neben seinem Tisch. Er hatte ihn nicht kommen sehen. Er musste schon länger dort gestanden haben, und als sein Blick ihn traf, lächelte er schüchtern. Der Junge trat einen Schritt näher. Es war zu sehen, dass er noch dieselben Kleider trug, in denen er am Tag nass geworden war.

„Ja?", sagte Beringer.

„Sie sind Kommissar", sagte er und schwieg. Es war eine Feststellung gewesen, keine Frage.

„Ich war Kommissar", sagte Beringer.

„Kommissare müssen vorsichtig sein", war das Nächste, was der Junge sagte.

„Warum glaubst du das?", fragte Beringer ihn, nachdem er überlegt hatte, ob er das merkwürdige Gespräch fortsetzen sollte. Der Junge sagte nichts, blieb aber neben dem Tisch stehen und starrte ihn weiter an.

„Haben Sie Ihre Waffe immer dabei?", war das Nächste, was er wissen wollte.

„Ich bin nicht mehr im Dienst", antwortete Beringer, „das hab ich dir doch schon gesagt."

„Das wollte ich nicht wissen", sagte der Junge. „Ich hatte Sie nach Ihrer Waffe gefragt. Ich könnte mir denken, dass Sie sie noch einmal brauchen werden. Ich wollte nur gern wissen, ob Sie der gleichen Meinung sind wie ich. In dieser Sache. Nur in dieser Sache. In vielen anderen Dingen werden wir vermutlich unterschiedliche Ansichten haben. Das ist eine Generationenfrage. Obwohl ich eigentlich nicht sehr viel von diesem Generationentheater halte. Bei den Problemen, die die Leute miteinander haben, geht es wohl darum zuletzt."

***

Titas und mein Tagesablauf war so sehr geregelt, dass ich manchmal darüber nachdachte, ob sich das enge Korsett, in dem wir uns bewegten, nachteilig auf Titas Persönlichkeitsentwicklung auswirken könnte. Morgens um sechs klingelt der Wecker. Dann stehe ich auf und mache das Frühstück. Um viertel vor sieben wecke ich Tita. Sie wäscht sich und sitzt um sieben am Frühstückstisch. Wir frühstücken eine halbe Stunde. Um halb acht macht sie sich auf den Weg zur Schule. Ich räume die Küche auf und lege mich wieder hin. Um elf stehe ich auf, kaufe ein, koche und warte auf Tita. Um eins essen wir zusammen Mittag. Bis drei ist sie mit den Hausaufgaben fertig. Von drei bis sechs hat sie frei. Entweder spielt sie allein zu Hause oder sie trifft Freunde. Um 6.30 Uhr gibt es Abendbrot, um halb acht geht sie ins Bett. Um kurz vor acht verlasse ich das Haus, um in die Lagune zu radeln.

So lebten wir, seit Tita in die Schule ging, pünktlich und zuverlässig. Von kreativer Unordnung, die sich ja angeblich positiv auf die Fantasie auswirken soll, keine Spur. Deshalb beobachtete ich meine kleine Tochter manchmal heimlich. Was habe ich da herangezogen? Eine Beamtin im Miniformat? Aber jedes Mal war ich wieder beruhigt, wenn ich sie eine Weile betrachtet und ihr zugehört hatte. Ohne dass sie es wollte, gab sie treffende Beschreibungen ihrer Klassenkameraden oder Lehrerinnen.

„Du weißt doch, das ist der, der so geht, als wenn er gleich hinfällt."

„Hab ich dir doch gesagt: bei der muss man nur den Mund aufmachen beim Singen. Ob ein Ton rauskommt, ist ihr egal."

Und wenn ich sie beim Spielen betrachtete, kamen mir meine Sorgen erst recht albern vor. In einer Ecke ihres Zimmers hatte sie begonnen, eine Stadt zu bauen. Sie nannte das Gebilde „Stadt", das da aus jedem Material entstand, das ihr in die Finger kam. Nur leere Margarinetöpfe und ähnliches Zeug, das anfangen könnte zu stinken, hatte ich ihr ausgeredet. Das Ganze war schon zu einem beachtlichen Komplex angewachsen, aber es waren keine Menschen darin zu sehen. Ich hatte sie gefragt, weshalb nicht.

„Die überlegen noch, ob sie da einziehen wollen", war ihre Antwort gewesen.

Als an diesem Morgen der Wecker klingelte, hatte ich nur drei Stunden geschlafen. Dementsprechend fühlte ich mich. Ich gab mir Mühe, freundlich zu sein, aber ich war doch froh, als Tita aus dem Haus war. Ich ließ alles stehen und liegen und kroch zurück ins Bett. Und dann war ich nicht in der Lage, wieder einzuschlafen. Ich wälzte mich eine halbe Stunde von einer Seite auf die andere und stand wieder auf. Während ich von einem Zimmer ins andere ging, unschlüssig, was ich tun sollte, fiel mir der Traum von Prag wieder ein.

Prag ist meine große Sehnsucht. Ich wurde dort geboren, aber ich kenne die Stadt nicht. Im Zusammenhang mit den Unruhen von neunzehnhundertachtundsechzig sind meine Eltern aus Prag geflüchtet. Ich war zu klein, um konkrete Erinnerungen an die Zeit zu haben. Stiefel und lange Ledermäntel sind alles, was mir zu der Stadt einfällt, obwohl meine Eltern mir versichert haben, dass unsere Familie niemals mit Stiefeln und langen Ledermänteln zu tun gehabt hat. Ich habe ihnen das nie geglaubt, denn woher sonst sollten diese Bilder kommen, die offenbar fest in meinem Kopf gespeichert sind. Ich habe stattdessen ohne Murren hingenommen, dass die Prager Vergangenheit in unserer Familie eine Art Tabu ist. Es wurde nicht darüber gesprochen. Stattdessen, aber das habe ich erst viel später bemerkt, gab es den hemmungslosen Versuch der Anpassung an die Sprache, an die Lebensgewohnheiten, ja, sogar an die Geschichte der Deutschen. Das ist wohl verhältnismäßig einfach gewesen, denn wir hatten Verwandte in Hamburg. Und wir hatten Geld, genug Geld jedenfalls, das es meinem Vater ermöglichte, eine Praxis einzurichten und Kinder zu behandeln, so, wie er es auch in Prag getan hatte. Die Anpassung ging so weit, dass ich lange Zeit nicht wusste, wie mein richtiger Vorname war. Ich wurde Mona genannt, wie hätte ich auf die Idee kommen können, dass in meiner Geburtsurkunde der Name Milena eingetragen war.

Ich stand vor Titas „Stadt", während ich mir überlegte, dass mein Prag im Traum Ähnlichkeit mit diesem Gebilde gehabt hatte. War das nur im Traum so gewesen oder gab es tatsächlich Ähnlichkeiten? Wir hatten einen Bildband über Prag zusammen angesehen. Aber das war mindestens zwei Jahre her. Konnte es sein, dass meine heimliche Sehnsucht nach der Stadt meiner Geburt von Tita aufgenommen und auf kindliche Weise umgesetzt worden war? Bei diesem Gedanken, der mir fast absurd vorkam, empfand ich Zärtlichkeit für meine kleine Tochter. Wir würden zusammen nach Prag fahren, versprach ich mir.

Und dann dachte ich an meinen elenden Job, an das bisschen Geld, das ich verdiente, und daran, dass es dort überhaupt keine Perspektive gäbe. Vielleicht könnte ich die Leiterin der Lagune werden, in acht oder neun Jahren, falls sie dann noch existierte und der Mann, der den Job jetzt machte, kaputt genug wäre, um aufzuhören. Aber wollte ich wirklich dafür sorgen, dass dieser Laden große Umsätze machte, damit es dem Mineralölkonzern, dem er gehörte, noch besser ginge als jetzt?

Natürlich hatte ich diese Gedanken schon hundertmal gehabt und noch niemals war ich weitergekommen. Ich weigerte mich einfach, darüber nachzudenken, ob und unter welchen Bedingungen ich etwas tun könnte, bei dem mir das, was ich gelernt hatte, nützlich wäre. Ich weigerte mich, weil es mir unangenehm war, an ein paar hässliche Szenen zu denken, auf Grund deren ich meinen Anwaltsjob wieder aufgegeben hatte.

Ich saß in der Küche, las Zeitung und wartete auf Tita. Sie kam, wir aßen zusammen, sie verschwand an ihren Schreibtisch. Pünktlich um drei ging sie nach draußen. Pünktlich um sechs stand sie, fröhlich und schmutzig, wieder in der Küche. Alles war normal. Nichts ließ darauf schließen, dass der Schrecken bereits vor der Tür stand.

Während Tita mit ihren Freunden unterwegs gewesen war, hatte ich endlich geschlafen. Ich fühlte mich deshalb ausgeruht, als ich kurz nach halb acht das Haus verließ. Als ich in der Lagune ankam, stand Waltraud schon hinter dem Tresen. Es war viel Betrieb, hauptsächlich LKW-Fahrer, die um diese Zeit zum Essen kamen, bevor sie das letzte Stück ihrer Tagestour hinter sich brachten. Die Fahrer, die um diese Zeit kommen, sind angenehme Gäste, jedenfalls die meisten. Sie essen viel, trinken kaum Alkohol und sind bald wieder weg. Die, die ihren Zug bei uns auf dem Parkplatz abstellen, um hier zu übernachten, kommen später. Bei denen kann es einem schon mal passieren, dass sie einen dumm anreden. Ich hab damit keine Probleme. Aber Waltraud regt sich jedes Mal darüber auf. Irgendwann zwischen elf und zwölf kam auch der Polizist wieder.

„An den werden wir uns wohl gewöhnen müssen", sagte Waltraud bei seinem Anblick. „Anscheinend will er hier sein Hauptquartier aufschlagen. Schon komisch, findest du nicht?"

„Frag ihn doch, wenn dich das interessiert", sagte ich. Aber sie winkte ab. Wir wussten inzwischen beide, was für ein unzugänglicher Kerl er war. Dann kam auch noch Ronny. Der unterhielt sich irgendwann mit dem Polizisten. Er saß sogar bei ihm am Tisch.

„Da haben sich die Richtigen gefunden", sagte ich und sah wohl, dass Waltraud ein wenig neidisch zu dem Tisch im Hintergrund hinübersah. Der Mann war attraktiv, da gab es keinen Zweifel, aber auch ein attraktiver Holzbock bleibt ein Holzbock.

Um kurz nach halb zwölf klingelte im Büro des Verkaufsleiters das Telefon. Es dauerte kaum eine Minute, dann kam eine der Kolleginnen aus dem Laden, um mir zu sagen, ich solle ins Büro gehen.

„Telefon für dich“, sagte sie.

Ich ging nach hinten. Der Hörer lag auf dem Tisch. Der Verkaufsleiter hatte das Büro schon wieder verlassen. Ich nahm den Hörer auf. Ich weiß nicht, weshalb, aber plötzlich wurden meine Knie weich, obwohl noch niemand gesprochen hatte. Dann hörte ich Titas Stimme.

„Wir fahren jetzt weg, Mama“, sagte sie, „aber ich will gar nicht wegfahren. Ich will lieber auf dich warten. Meine Augen –“

Dann war es still. Jemand hatte den Hörer aufgelegt.

Ich habe bestimmt eine Menge schlechter Eigenschaften, und wenn es jemanden gäbe, der sich die Mühe machte, meine Person genau zu analysieren, dann, ich bin sicher, würden sie auch sehr schnell deutlich werden. Ich bin ungerecht in der Beurteilung anderer, ungerecht und vorschnell. Ich habe eine heimliche Vorliebe für Geld und schicke Kleider, obwohl man mir das im Augenblick nicht ansieht. Ich kümmere mich nicht genug um meine alten Eltern, genau genommen überhaupt nicht, weil ich finde, dass mein Bruder dafür zuständig ist, den sie mir immer vorgezogen haben. Ich bin nachtragend. Auch deshalb kümmere ich mich nicht um sie. Ich bin unmusikalisch, na ja, es gäbe eine Menge aufzuzählen. Positive Eigenschaften, die jemand dagegensetzen könnte, gibt es weniger. Aber eine, die mir schon ein paarmal im Leben nützlich war, müsste man unbedingt dazuzählen: In Situationen, die übergroße emotionale Anforderungen stellen, reagiere ich kalt und überlegt.

Ich weiß, dass man auch dieses Verhalten, wenn es nur nach dem äußeren Erscheinungsbild ginge, auf der negativen Seite verbuchen könnte. Aber ich glaube, das wäre grundfalsch. Ich ging noch zur Schule, in die Abiturklasse, als wir während einer Klassenreise beinahe zwei unserer Mitschülerinnen unter einer Eisdecke verloren hätten. Sie verschwanden einfach, und ich war es, während um mich herum alle schrieen und heulten, die die Rettung organisierte.

Ich stand neben dem Schreibtisch, hielt den Hörer in der Hand und spürte, wie ich „innerlich gerade" wurde. Es war, als ob ich mich aufrichtete, nur glaube ich nicht, dass man es hätte sehen können. Ich brauchte nur einen Augenblick, dann wusste ich, was ich zu tun hatte. Ich legte den Hörer hin, band die Servierschürze ab und ging ins Bistro zurück. Ich sah, dass der Holzbock noch immer mit Ronny zusammensaß. Ich ging zu ihnen an den Tisch.

„Ich brauche Ihre Hilfe", sagte ich. „Wir müssen sofort losfahren."

Er sah hoch, auch Ronny sah mich an, aber der interessierte mich nicht.

„Meine Tochter ist entführt worden. Kommen Sie schon. Wir müssen sie suchen. Haben Sie ein Auto?"

„Ich habe kein Auto. Rufen Sie die Polizei. Die wird Ihnen helfen", sagte er.

„Das werde ich nicht tun. Ich erklär's Ihnen später. Wir nehmen das Auto von Waltraud."

Ich wandte mich ab, lief hinter den Tresen und erklärte Waltraud die Lage. Sie war sofort einverstanden. Ich bekam den Autoschlüssel und lief zurück an den Tisch. Die beiden saßen immer noch da, als ginge sie die Sache nichts an.

„Jetzt kommen Sie doch“, sagte ich. „Ich erklär Ihnen unterwegs, was passiert ist.“

„Ich würde es gern jetzt wissen“, sagte der Kerl.

Es blieb mir nichts anderes übrig, als das Telefongespräch zu wiederholen.

„Und Sie haben eine Ahnung, wer das gewesen sein könnte, nehme ich an. Wahrscheinlich dieser freundliche Herr von gestern Abend. Oder täusche ich mich?“

„Nein, Mann, wahrscheinlich täuschen Sie sich nicht. Bitte, wir wollen fahren.“

„Ich könnte mitkommen“, sagte Ronny. „Ich hab sowieso nichts vor.“

„Himmel, es ist mir scheißegal, wer mitkommt. Ich will nur, dass wir keine Zeit verlieren.“

„Sie fahren“, sagte der Kerl, während er aufstand.

Waltrauds Auto stand hinter der Lagune. Der Weg dahin kam mir endlos vor. Ich rannte voraus, registrierte, während ich lief, dass inzwischen mindestens zwanzig LKWs eingeparkt hatten, schloss das Auto auf und fuhr den beiden entgegen. Im Scheinwerferlicht fiel mir auf, dass der Mann stark hinkte, stärker, als ich es bisher bemerkt hatte.

Ronny kroch auf den Rücksitz. Das Auto war zu niedrig für ihn und lag voll mit Dingen, die für Waltrauds Gartenlaube bestimmt waren. Ich fuhr an, bevor der Mann neben mir die Tür geschlossen hatte.

„Das ist Unsinn“, sagte er. „Fahren Sie anständig. Die Minute, auf die es vielleicht angekommen wäre, ist vorbei. Wohin wollen Sie?“

Ich erklärte, ich würde direkt in die Wohnung des Schweinekerls fahren, der meine Tochter entführt hatte.

„Mona“, sagte er, „wenn er es wirklich war, dann hat er das Kind nicht bei sich zu Hause. Wir fahren in Ihre Wohnung. Ich will mir ansehen, wie es dort aussieht. Vielleicht gibt es eine Spur oder eine Nachricht.“

Das leuchtete mir ein. Ich sagte nichts mehr. Stattdessen dachte ich kurz darüber nach, dass ich den Namen Mona nicht ausstehen konnte. Das war mir vorher noch nie so klar gewesen.

Ich hielt vor dem Haus und lief voraus. Ich konnte einfach nicht warten.

„Nichts anfassen“, hörte ich noch, aber dann rannte ich schon die Treppen hinauf. Es war bestimmt schon nach Mitternacht. Die Türen der Nachbarwohnungen waren geschlossen. Dahinter rührte sich nichts. Ich verfluchte alle Leute, denen ihre Nachbarn so gleichgültig waren, dass man unter ihren Augen deren Kinder entführen konnte. Meine Wohnungstür war angelehnt. In der Wohnung brannte kein Licht. Ich machte alle Lampen an, die es gab. Als der Polizist die Treppen geschafft hatte, war alles taghell erleuchtet. Er schien das für richtig zu halten. Ich brachte ihn ins Kinderzimmer, und dann standen wir da, starrten auf das zerwühlte Bett und sagten nichts. Er wandte sich als Erster ab und ging langsam ins Wohnzimmer. Ich fand, dass er sich nicht besonders aufmerksam umsah.

„Sehen Sie nach, was an Kleidern fehlt“, sagte er.

Es fehlte nichts, außer den Sachen, die Tita am Abend ausgezogen hatte. Ich ging hinter ihm her und setzte mich zu ihm an den Tisch. Ronny war in der Tür stehen geblieben und sah zu uns herüber. Es kam mir merkwürdig vor, dass er in der Wohnung war. Was hatte der Blöde mit der ganzen Sache zu tun?

„Wenn Sie uns einen Kaffee machen könnten", sagte der Polizist. „Mein Name ist Jean. Jean Beringer."

Ich erhob mich.

„Ich mach das", sagte Ronny von der Tür her und verschwand in der Küche.

Ich setzte mich wieder.

„Der Mann, von dem wir annehmen, dass er Ihre Tochter entführt haben könnte – der hat doch einen Namen", sagte Beringer.

„Harald", antwortete ich, „Harald Baumeister."

„Und er wohnt hier in der Nähe? Nun reden Sie schon. Erzählen Sie. Es ist mitten in der Nacht, und ich habe keine Lust, Sie nach jedem Detail einzeln zu fragen."

Ich sagte, ich hätte Harald im Bistro kennen gelernt.

Ich sagte, dass er ein Fitness-Studio habe, nicht weit vom Bistro, dass da um Mitternacht Schluss sei und er dann oft ins Bistro gekommen sei, um zu essen. Irgendwann hätte er Interesse an meiner Person gezeigt – ich sagte das einfach so, und ich sah, dass Beringer dabei seinen Gesichtsausdruck veränderte, aber ich wusste nicht, weshalb. Jedenfalls hätte ich mich nicht mit Baumeister eingelassen, sagte ich, wenn ich da schon gewusst hätte, dass er krankhaft eifersüchtig war.

Ronny kam mit einem Tablett, auf dem drei Becher mit Kaffee standen und eine angebrochene Tüte mit Milch. Er stellte das Tablett auf den Tisch und blieb neben uns stehen.

„Nun setz dich doch", sagte ich.

Ich glaube, ich war erstaunt darüber, dass er es tatsächlich fertig gebracht hatte, Kaffee zu kochen. Wir tranken. Niemand nahm Milch.

„Sie haben seine Adresse, nehme ich an", fragte Beringer.

Ich nickte.

„Gibt es so etwas wie ein Wochenendhaus, das er benutzen könnte?"

Ich nickte wieder.

„Gut, dann fahren wir da jetzt hin", sagte er und stand auf.

Auch Ronny stand auf.

„Es ist besser, wenn jemand in der Wohnung bleibt", sagte Beringer.

„Möglich, dass er anruft oder das Kind zurückbringt."

„Mach ich", sagte Ronny.

Wir gingen hinaus, die Treppe hinunter und zum Auto. Im Treppenhaus blieb alles ruhig. Draußen sah ich am Haus hoch. Alle Fenster waren dunkel, nur in meiner Wohnung brannte Licht. Ich fuhr los.

Unterwegs sprachen wir nicht. Das kommt mir jetzt merkwürdig vor, aber damals hätte ich nicht gewusst, worüber ich mit Beringer hätte sprechen sollen. Außerdem fand ich, er wäre derjenige, der Fragen zu stellen hätte. So, jedenfalls fragend, stellte ich mir einen Polizisten damals vor. Aber er fragte mich nichts, nicht einmal, wo das Gartenhaus liege. Als ich an das Gartenhaus dachte, fühlte ich mich mies. Ich war einmal mit Harald dort gewesen. Der Garten hatte mir gefallen. Das Haus fand ich spießig. Es roch nach Mottenkugeln und überall standen Sträuße aus Plastikblumen herum. Ich war lieber im Garten geblieben, aber ich fühlte mich auch dort nicht wirklich wohl. Als ich mit einem Nachbarn am Zaun ein Gespräch begonnen hatte, war der Nachmittag endgültig verdorben gewesen. Zum ersten Mal begriff ich, wie kompliziert es sein kann, mit einem Mann befreundet zu sein, der grundlos eifersüchtig ist. Es ist anstrengend, weil man ständig zu Erklärungen und Beschwichtigungen gezwungen wird, die im Grunde nichts sind als reine Zeitverschwendung. Und es ist traurig, weil einem, nicht gleich, aber ziemlich bald, bewusst wird, dass der Eifersüchtige nicht lieben kann. Wenn man selbst verliebt ist und dann begreift, dass man nicht wiedergeliebt wird, kann das schon einen kleinen Schock auslösen. Glücklicherweise bin ich in Harald nicht verliebt gewesen. Glücklicherweise, denke ich, nicht, weil ich nicht gern verliebt bin, sondern weil ich deshalb in der Lage war, Haralds Liebesunfähigkeit schon früh zu erkennen. Verliebtsein behindert ja zumindest in der Anfangsphase die Menschenkenntnis gewaltig. Seit dem missglückten Wochenende im Gartenhaus hatte ich begonnen, mich langsam von ihm zurückzuziehen.

„Fahren Sie nicht direkt ans Haus“, sagte Beringer neben mir.

Damit unterbrach er meine Gedanken. Natürlich hatte er Recht, und wenn ich weniger abgelenkt gewesen wäre, hätte ich selbst auf diese Idee kommen können. Ich ärgerte mich und nahm mir vor, ab jetzt konzentrierter zu sein. Es ging um Tita. Weder ihr noch mir war mit Nachlässigkeit geholfen. Ich hielt neben einer Hecke und schaltete die Scheinwerfer aus. Wir blieben stumm nebeneinander sitzen, bis sich unsere Augen an die Dunkelheit gewöhnt hatten. Vor uns lag ein ungepflasterter Weg, der an beiden Seiten mit alten Bäumen bestanden war. Die Stämme der Bäume waren knorrig und windschief, die Kronen darüber ausladend und dicht, beinahe über dem Erdboden.

Ich dachte kurz an Erlkönigs Töchter, aber das da vor uns waren keine Weiden. Wir sahen beide auf die bizarr anmutenden Bäume. Plötzlich sagte Beringer, er habe ein Gefühl der Beglückung beim Anblick dieser alten Apfelbäume empfunden. Er schwieg, sagte dann: „Entschuldigung, wir wollen aussteigen. Sie zeigen den Weg."

Ich ging voran und versuchte, so geräuschlos wie möglich aufzutreten. Deshalb benutzte ich nicht den Weg, sondern ging auf dem Gras zwischen den Stämmen der Apfelbäume entlang. Beringer ging hinter mir. Einmal, als ich mich umwandte, um zu sehen, ob er mir noch folgte, sah ich ihn mit der Hand über die Rinde des Apfelbaums streichen, an dem er gerade vorüberging. Wir brauchten fünf Minuten, bis wir das Grundstück erreicht hatten, auf dem das Gartenhaus stand. In keinem der anderen Häuser hatte ich Licht gesehen. In dem Haus, das unser Ziel war, brannte eine Lampe. Ich öffnete vorsichtig das Gartentor. Der Abstand zwischen Tor und Haus betrug etwa zwanzig Meter. Wenn wir uns nicht in dem Lichtschein bewegen würden, der aus dem Fenster in den Garten fiel, würden wir unbemerkt das Haus erreichen können. Ohne uns abzusprechen, wichen wir dem Licht aus. Beringer ging links, ich auf der rechten Seite des Weges auf das Haus zu. Im Näherkommen sahen wir eine Frau, die vor dem erleuchteten Fenster am Tisch saß und las.

„Wer ist das? Kennen Sie die Person?", hörte ich Beringer flüstern.

Ich schüttelte den Kopf. Ich hatte die Frau noch nie gesehen. Sie war in meinem Alter; eine gut aussehende Frau, die ihre blonden Haare hochgesteckt hatte, in einem geblümten, gemütlichen Morgenrock am Tisch, neben sich einen Becher mit Tee oder Kakao oder sonst etwas, das man vor dem Schlafengehen noch zu sich nimmt, ohne dass die Nachtruhe davon beeinträchtigt wird. Die Frau war allein. Der Raum sah anders aus, als ich ihn in Erinnerung hatte. Es gab keine Unordnung. Es gab auch, soweit wir das Zimmer übersehen konnten, keinen Hinweis auf Tita.

„Gehen wir hinein", hörte ich Beringer flüstern.

Diesmal ging er voran. Er bog um die Ecke und fand den Hauseingang schneller, als ich erwartet hatte.

„Kein Auto", sagte er, während er sich umsah, „keine Reifenspuren. Ist vermutlich sinnlos, was wir hier machen."

Die Klingel gab ein hässliches, schnarrendes Geräusch. Wenigstens das kam mir bekannt vor. Gleich darauf wurde hinter der Tür die Lampe angemacht und wir hörten Schritte.

Die hochgesteckten Haare der Frau leuchteten im Gegenlicht, als sie vor uns in der Tür stand. Sie sah wirklich gut aus, blond und zart und ganz ungeschminkt, und sie war nicht einmal wütend über die späte Störung. Sie hatte das Haus vor einer Woche von Baumeister gekauft. Er war seitdem nicht wieder hier gewesen. Sie hatte ihn überhaupt nur flüchtig kennen gelernt, beim Notar, als sie den Kaufvertrag unterzeichnet hatten. Als ich sagte, dass wir annähmen, Baumeister habe meine Tochter entführt, war sie ehrlich erschrocken.

„Dürfen wir uns trotzdem ein wenig umsehen?", fragte Beringer.

Das war mir peinlich. Aber sie ließ uns eintreten, ohne nach Beringers Ausweis zu fragen. Natürlich war nichts da, was unsere Aufmerksamkeit besonders hätte fesseln können. Wir entschuldigten uns und gingen.

„Was machen wir jetzt?“, fragte ich auf dem Weg zum Auto. Und Beringer antwortete: „Jetzt fahren wir zu Ihnen nach Hause. Vielleicht hat er sie inzwischen zurückgebracht. Haben Sie ein Handy dabei? Wir könnten den Jungen anrufen.“

Ich hatte kein Handy. Es lag in der Lagune. Auch Beringer war ohne Telefon unterwegs.

„Dann los“, sagte er. „Und wenn sie nicht da ist, dann rufen Sie die Polizei an.“

Ich gab keine Antwort. Wir fuhren schweigend zurück. Ich fuhr, so schnell es möglich war, aber mehr als hundert Stundenkilometer gab die Kiste nicht her.

In meiner Wohnung brannte Licht. Ich kümmerte mich nicht um Beringer, sondern rannte, so schnell ich konnte, die Treppen hinauf. Die Wohnungstür stand offen. In der Tür standen Ronny und Tita. Während ich Tita in die Arme nahm, hörte ich hinter mir Beringer die Treppe heraufkommen. Wir gingen hinein und schlossen die Tür.

Baumeister hatte das Mädchen aus dem Bett geholt, ihr gesagt, sie möge mir Bescheid sagen, und hatte mit ihr einen kleinen Ausflug gemacht. Er war freundlich gewesen. Auf dem Rückweg war sie eingeschlafen. Er hatte sie die Treppe hinaufgetragen und war, als er die Wohnung aufschloss, auf Ronny gestoßen. Er hatte dem Jungen mein Kind in die Arme gelegt und war verschwunden.

„Ich hatte keine Ahnung, dass der einen Schlüssel hat“, sagte ich, nachdem ich mich wieder beruhigt hatte. „Ich habe ihm den Schlüssel zur Wohnung abgenommen."

„Eifersüchtige sind gefährlich", bemerkte Beringer. „Er wird sich schon sehr viel früher einen zweiten Schlüssel besorgt haben. Das Gefühl, das Objekt ihrer Eifersucht zu jeder Zeit kontrollieren zu können, ist für solche Menschen manchmal wichtiger als der Vertrauensbruch, den sie mit ihrer Handlung begehen. Sie können ihn natürlich anzeigen, aber ich fürchte, viel wird dabei nicht herauskommen. Sie waren mit Baumeister befreundet. Er kannte das Kind. Sie sind informiert worden. Kann sein, ein Richter kommt auf die Idee, von Überreaktion zu reden oder Ihnen vorzuwerfen, dass Sie nicht sofort die Polizei benachrichtigt haben. Er könnte Ihnen Vorhalten, Sie hätten die Angelegenheit selbst nicht so ernst genommen."

Wir schwiegen, und Tita gähnte so herzhaft, dass ich sie auf den Arm nahm und in ihr Zimmer trug. Ich hatte wirklich nicht den Eindruck, dass sie verstört war. Trotzdem war ich bei ihr, bis sie schlief. Als ich ins Wohnzimmer zurückkam, waren Beringer und Ronny gegangen. Ich lief ans Fenster. Auch Waltrauds Auto war verschwunden. Ich sah auf die Uhr. Es war vier Uhr. Ich fühlte mich müde und zerschlagen, was kein Wunder war. In mir war noch ein wenig von dem Glück, das ich empfunden hatte, als ich Tita wieder in die Arme schloss. Aber da war noch etwas, eine besondere Art der Unruhe, die mich vielleicht nicht schlafen lassen würde. Ich setzte mich zurück an den Tisch. Dort standen noch die Becher, aus denen wir getrunken hatten, bevor wir zum Gartenhaus gefahren waren.

Ich begann nachzudenken. Wenn es noch eines Beweise bedurft hätte, dann wäre er jetzt erbracht worden: Ich durfte nicht so weitermachen wie bisher. Ich hatte die einfache Lösung gewählt, einfach, weil ich damals darauf verzichtet hatte, mich mit meinem Fehlverhalten auseinander zu setzen. Ich hatte es vorgezogen, meine Träume zu begraben. Ich war vor ihnen davongelaufen, um in einem Tankstellen-Bistro zu kellnern. Wenn ich so weitermachen würde, war es wahrscheinlich, dass ich ebenso verbittert endete wie dieser Polizist, dieser Beringer, dessen Verhalten mir plötzlich lächerlich vorkam. Ja, er hatte sich überreden lassen, mir zu helfen, aber wahrscheinlich würde er schon morgen Abend wieder in einer dunklen Ecke des Bistros sitzen, unnahbar, griesgrämig und ohne einen Funken menschlicher Wärme. Oder war das jetzt ungerecht? Auf jeden Fall stand fest: Ich war eine Niete. Auch als Mutter hatte ich versagt. Ich durfte meine Tochter nicht länger nachts allein lassen.

Ich dachte daran, dass Ronny lange an Beringers Tisch gesessen hatte. Mit ihm hatte er sich unterhalten. Vielleicht war doch noch ein bisschen Leben in dem Holzbock? Was ging der mich überhaupt an?

Ich saß da und begriff immer weniger, wie ich jemals auf die Idee hatte kommen können, nachts zu arbeiten. Was, wenn dieser Mensch Tita nicht zurückgebracht hätte? Der Gedanke war so schrecklich, dass ich mich weigerte, ihn weiter zu denken. Ich musste darüber nachdenken, was jetzt zu tun wäre, nicht über Dinge, die hätten sein können.

Ich hatte noch drei Tage Nachtarbeit, dann war Sonntag, mein freier Tag. Ab Montag war Schichtwechsel, dann arbeitete ich tagsüber. Zuallererst musste ich Tita während der drei Nachtschichten unterbringen. Sie durfte nachts nicht mehr so lange allein sein. Aber wohin? Meine Eltern kamen nicht infrage. Wohin würde meine Kleine selbst gern gehen? Ich überlegte lange, bevor ich mich entschied. Dann war mir klar: Es wäre das Beste, wenn ich sie in die Stadt brächte. Wir würden über kurz oder lang sowieso dorthin zurückgehen. Wahrscheinlich müsste ich den Versuch unternehmen, meine Niederlage von damals wettzumachen. Ich wusste noch nicht, wie, aber mir war klar, dass die Zeit des Weglaufens zu Ende ging. Tita hatte eine Freundin gehabt. Deren Mutter würde ich anrufen. Ich stellte den Wecker auf halb sieben. Es blieben noch genau anderthalb Stunden Zeit zum Schlafen.

Gegen acht Uhr morgens rief ich in der Schule an. Die Sekretärin versprach, der Klassenlehrerin zu sagen, dass Tita krank sei. Dann versuchte ich ein paarmal vergeblich, die Mutter von Titas Freundin zu erreichen, bis mir einfiel, dass die jeden Morgen ihre drei Kinder zur Schule fuhr und anschließend eine Stunde um die Alster lief. Ich packte eine Reisetasche, während Tita immer noch schlief, und rief eine Stunde später wieder an. Diesmal hatte ich Glück. Ich erklärte ganz offen meine Situation. Ich wollte nicht Versteck spielen. Und einer Frau, die meine Lage nicht verstände, könnte ich Tita sowieso nicht anvertrauen. Wir brauchten nicht lange.

„Sie wird mit Gundel in einem Zimmer schlafen müssen“, war der einzige Einwand, den ich zu hören bekam.

Ich sagte, wir würden irgendwann am frühen Nachmittag auftauchen, und legte auf. Während ich Frühstück machte und Tita immer noch schlief, fiel mir ein, dass es wohl angebracht wäre, mich bei Beringer zu bedanken. Ich nahm an, dass er am Abend im Bistro auftauchen würde. Es würde sich schon eine Gelegenheit ergeben.

Während der Bahnfahrt schlief ich ein paarmal ein und am Hauptbahnhof musste Tita mich wecken. Wir nahmen ein Taxi, weil ich zu ungeduldig war, um auf die U-Bahn zu warten. Tita war begeistert. Ich kannte die Mutter der Freundin nur flüchtig und hatte das Haus der Familie noch nie gesehen. Als das Taxi in der Schwalbenstraße hielt, überlegte ich kurz, ob ich dem Fahrer sagen sollte, er möge sofort wieder zurückfahren. Ich wusste, dass die Familie mindestens drei Kinder hatte. Alles erschien mir winzig, eine viereckige, alte Stadtvilla, in den Zwanzigerjahren gebaut, mit einer winzigen Terrasse, die von Hortensienbüschen fast verdeckt wurde. Das Haus wirkte still und gepflegt und wie vergessen zwischen den Hortensien. Noch niemals hatte ich so große, lila-rosa-grün-blau getönte Blüten gesehen. Ich konnte mir nicht vorstellen, dass Kinder durch diesen Garten tobten. Während wir dort standen, auch Tita und der Taxifahrer sahen auf das Haus und waren still, kam zwischen den Büschen eine Frau in Gummistiefeln hervor. Sie trug einen grauen Overall und war etwa zehn Jahre älter als ich. Sie sah weder still noch gepflegt noch vergessen aus, sondern fröhlich und laut und zupackend. Ich war erleichtert.

„Die Kinder sind irgendwo unterwegs“, sagte sie, „nur Gundel ist drinnen. Sie macht ihre Hausaufgaben, damit sie nachher Zeit genug hat, sich um Tita zu kümmern. Bis sie fertig ist, zeige ich dir den Garten. Wollen Sie nicht einen Augenblick hereinkommen?“

„Nein, ich glaube, ich sollte lieber gehen“, sagte ich.

Ich fand, dass meine Stimme gepresst klang, und ich wusste auch, weshalb.

„Ich verstehe“, sagte die Mutter von Titas Freundin verständnisvoll.

Ich sah ihr an, dass sie dachte, mir falle es schwer, mich von meiner Tochter zu trennen. Und so war es ja auch, selbst wenn das nicht der einzige Grund war, der mich traurig aussehen ließ. Während der Rückfahrt gelang es mir zu verdrängen, dass ich mich beim Anblick des Hauses wieder als Versagerin gefühlt hatte.

Zu Hause hatte ich zwei freie Stunden, die ich zum Schlafen nutzte, bevor ich in die Lagune radelte.

„Ich hab mir schon gedacht, dass alles wieder in Ordnung ist, als ich den Autoschlüssel im Briefkasten fand“, sagte Waltraud zur Begrüßung. „Was war denn nun eigentlich los? Hat er“, sie zeigt mit dem Kopf hinüber zu dem Tisch, an dem Beringer in der vergangenen Nacht gesessen hatte, „hat er die Sache wieder in Ordnung gebracht?“

„Ja“, antwortete ich, „könnte man sagen. Wenn ihm auch dabei beinahe ein Zacken aus der Krone gebrochen wäre.“

Waltraud lachte. „Kann ich mir denken“, sagte sie. „Ich habe mich sowieso gewundert, dass er mitgekommen ist. Bei mir hätte er das bestimmt nicht gemacht.“

„Red keinen Unsinn“, sagte ich, „der hat überhaupt nicht gemerkt, dass ich eine Frau bin.“

Damit war unser Gespräch beendet. Es gab zu tun, weil ein Bus mit Sportlern eingefallen war, Tischtennisspieler, die von einem Turnier nach Hause zurückfuhren. Sie hatten verloren, und der Trainer, ein kleiner, drahtiger Fünfzigjähriger, ging zwischen den Tischen umher und versuchte, jeden einzelnen Spieler wieder aufzubauen. Vielleicht war das Turnier für den Verein von besonderer Bedeutung gewesen, auf jeden Fall bereitete er seine Leute schon auf das nächste Spiel vor, das vielleicht von noch größerer Bedeutung war. Später erwischte ich mich dabei, dass ich häufiger zur Tür sah als sonst. Ich wartete auf Beringer. Aber er kam nicht.

Kurz bevor unsere Schicht zu Ende ging, erschien Ronny. Ich sah ihn durch die Scheiben über den Parkplatz kommen. Er kam aus der Richtung der LKWs, und ich hatte einen Augenblick lang den Eindruck, als habe er sich an einem der Laster zu schaffen gemacht.

Im Bistro war inzwischen niemand mehr. Waltraud war damit beschäftigt, die Tische zu säubern. Das blaue Licht fiel von draußen auf sie und auf Ronny, der jetzt nah herangekommen war. Sie sahen beide sehr unwirklich aus, und ich dachte, dass auch meine Situation etwas Unwirkliches an sich hätte.

Wir schwimmen, dachte ich, und der Boden unter unseren Füßen ist nichts weiter als eine Täuschung. Er ist da, weil wir wollen, dass er da ist, nicht weil er uns wirklich einen festen Stand bietet.

Dann trat Ronny zur Tür herein, und Waltraud kam zurück an den Tresen, und die beiden waren so wirklich wie immer.

„Geht es Ihnen und Ihrer Tochter wieder besser?“, fragte der Junge.

Er wirkte nicht ein bisschen schüchtern und nicht im Geringsten blöde. Ich fragte ihn nach Beringer.

„Ich weiß nichts“, antwortete er. „Der Mann ist ein bisschen sonderbar, glaube ich.“

Diese Worte klangen eher sonderbar aus dem Mund von Ronny. Selbst Waltraud fiel das auf.

„Ihr seid ja mächtig dicke gewesen, gestern Abend. Hat er dir seine Lebensgeschichte erzählt? Vielleicht passt ihr gut zusammen? Mit uns redet er ja nicht."

„Ich weiß nur, was in der Zeitung steht", antwortete der Junge.

Ich konnte zusehen, wie er sich vor uns verschloss.

„Das hast du gut gemacht, gestern Abend", sagte ich. „Nett von dir, das mit dem Auto."

„Sie haben eine sehr hübsche, kleine Tochter", antwortete er steif. „Und es war doch klar, dass Sie das Kind nicht allein lassen konnten. Dürfte ich noch etwas zu trinken haben?"

„Schichtwechsel", kam Waltraud dazwischen. „Ich hab schon Kasse gemacht. Wann arbeitest du eigentlich? Ich sehe dich nur noch hier rumhängen."

Der Junge schwieg. Selbst in dem Dämmerlicht über dem Tresen konnte ich sehen, dass er errötete.

„Jeder findet irgendwann das, was für ihn das Richtige ist", sagte er dann. „Bei manchem dauert es nur länger. Aber ich bin bald so weit. Das weiß ich."

„Sind das deine Einsichten oder sagt das dein neuer Freund?", fragte Waltraud.

Wir waren beide verblüfft über den Jungen, den wir für blöde gehalten hatten und der seit der letzten Nacht völlig verändert schien. Wir standen da, sahen ihn an, sahen uns an und dachten dasselbe.

Er sollte ein paar Kilo abnehmen. Man müsste ihm die Haare schneiden und ihm ein paar Tipps geben, damit er sich anders anzieht. Dann wäre er ganz passabel; jetzt, wo er sogar schon gelernt hat, den Mund aufzumachen, dachte ich.

Unsere Ablösung erschien. Ich war froh, dass ich gehen konnte. Waltraud bestellte für sich und für Ronny bei den Kollegen zwei Bier. Ich machte mich auf den Heimweg. Es war sehr windig inzwischen, sodass ich mich anstrengen musste, mit dem Rad dagegen anzukommen. Jetzt wurde es Herbst, und den Herbst und den Winter und ganz sicher auch noch einen Teil des Frühjahres würde ich auf dem Rad gegen Wind und Wetter ankämpfen müssen, wenn ich hier bliebe.

Dann schon lieber gegen ein paar arrogante Kollegen oder Richter, dachte ich, trampelte und wurde wütender, je länger die Fahrt dauerte. Als ich in meiner Wohnung ankam, verschwitzt und müde und ohne dass meine Kleine dort war, friedlich schlafend und warm und überhaupt mein Alles, stand mein Entschluss endgültig fest: Hier war meines Bleibens nicht länger.

Ich warf die verschwitzten, nach Pommes frites riechenden Kleider in die Wäschetruhe, duschte und setzte mich mit einem Tee an den Küchentisch. Ich wollte jetzt gleich klären, was zu tun wäre, nicht erst eine Nacht darüber schlafen.

Aber je länger ich nachdachte, desto schwieriger erschien mir mein Vorhaben. Ich würde mich in Hamburg als Anwältin niederlassen. Es würde eine Weile dauern, bis die Mandanten mir die Tür einliefen. Die hochgezogenen Augenbrauen, das mokante Lächeln einiger Kollegen würde ich gelassen hinnehmen. Aber wovon sollten Tita und ich leben in der Zeit, in der die Kanzlei noch nicht lief? Meine Ersparnisse würden für den Umzug reichen und vielleicht noch für die Kaution, die ein geldgieriger Makler sicher von mir verlangen würde. Einen Makler aber musste ich beauftragen, das geeignete Büro zu finden; eine Wohnung mit Büro, verbesserte ich mich. Es reichte nicht. Ich würde von Anfang an Klienten brauchen, wenn ich mein Vorhaben finanzieren wollte.

Bis dahin war ich mit meinen Überlegungen gekommen, als es an der Haustür klingelte. Ich sah auf die Uhr: drei. Keine Zeit für Besuche! Ich glaube, ich hatte eine kleine Hoffnung, dass es Beringer sein könnte, völlig überflüssig, natürlich; wahrscheinlich, weil er am Abend nicht in der Lagune gewesen war und ich mich nicht bei ihm hatte bedanken können.

Es war Harald, der die Treppe heraufkam. Ich erkannte ihn an seinen Schritten. Sollte ich die Tür zuschlagen? Nein, das würde ich nicht tun. Ich hatte keine Angst. Wovor? Vor einem armen, eifersüchtigen Würstchen?

„Ich danke dir, dass du mich nicht abweist", sagte er, während er mir entgegenkam. „Du hättest jedes Recht dazu. Ich hatte so große Sehnsucht nach dir. Es tut mir leid, das mit Tita. Du weißt, dass ich ihr nie etwas tun würde. Lass uns noch einmal über alles reden. Bitte."

Ich rührte mich nicht von der Stelle. Dieser Mann würde meine Wohnung nicht noch einmal betreten, und wenn ich das ganze Treppenhaus zusammenschreien müsste.

„Ich will den Wohnungsschlüssel", sagte ich. „Und dann will ich, dass du aus unserem Leben verschwindest."

Er blieb dicht vor mir stehen und sah mich an. Ich kann es nicht ausstehen, wenn ich körperlich bedrängt werde. Es gibt diese Menschen, die einem beim Reden oder beim Gehen immer eine Spur zu nahe sind, die keine Distanz einhalten können. Erst jetzt fiel mir auf, dass Harald zu denen gehörte, und meine Abneigung wurde noch stärker.

Er zog den Schlüssel aus der Hosentasche und hielt ihn mir entgegen. Ich nahm ihm den Schlüssel aus der Hand. Er hielt meine Hand fest.

„Ich könnte dir helfen“, sagte er und machte dazu ein zerknirschtes Gesicht.

Ich fand, dass er aussah, als hätte ihm jemand gesagt, er sollte einen Beleidigten darstellen, und als probierte er nun verschiedene Grimassen aus.

„Ich weiß doch, dass dir dein Job nicht gefällt. Lass uns reingehen und darüber reden.“

„Nein“, antwortete ich und zog meine Hand weg.

„Mona. Bitte. Ich hab mir alles genau durchgerechnet. Mein Laden läuft gut. Ich will ausbauen. Mehr Luxus, die Leute wollen heute nicht nur was für ihren Körper tun. Sie wollen sich wohl fühlen, beim Trainieren und hinterher. Restaurant, Schwimmbad, Liegewiese. Dafür brauche ich Personal. Nicht, dass du dort arbeiten sollst. Ich brauche jemanden für die Verwaltung. Versteh doch. Ich habe ein Händchen für so was. Du ...“

„Nein“, sagte ich. „Hau ab oder ich schreie.“

Sein Gesicht veränderte sich. Ein hinterhältiger Ausdruck erschien darin, der mich stutzig machte.

„Ich gehe“, sagte er. „Ich hab’s versucht. Es war zu deinem Besten. Und zum Besten von Tita, natürlich. Das arme Kind. Kann nicht mal in die Schule gehen, nur weil ihre Mutter so starrsinnig ist. Überleg’s dir. Du kannst mich immer noch anrufen, wenn du es dir anders überlegt hast.“

Ich hielt den Schlüssel in der Hand und sah ihm nach, wie er langsam die Treppe hinunterging. Ich erwartete, dass er sich umsah und mir zuwinkte, bevor er um die Ecke bog, aber das tat er nicht. Als unten die Haustür zuschlug, ging ich hinein und setzte mich wieder an den Küchentisch. Erst jetzt öffnete ich die Hand und legte den Schlüssel auf die Tischplatte. Die Handfläche tat mir weh. Der Schlüssel hatte einen Abdruck darin hinterlassen. Die Knie wurden mir weich, als ich begriff, was er gesagt hatte.

Ich sprang auf und rannte ans Telefon. Es war mitten in der Nacht, aber ich musste wissen, dass mit Tita alles in Ordnung ist.

Das Telefon läutete nur zwei Mal, dann war da die Stimme von Gundels Mutter.

„Ja? Können Sie gleich kommen?", hörte ich sie sagen.

„Aber weshalb? Was ist? Was ist mit Tita?"

Es gab eine kleine Pause am anderen Ende, bevor ich eine Antwort bekam.

„Tita? Die schläft. Tut mir leid. Ich dachte, es sei der Kinderarzt. Unsere Kleinste hat so schrecklichen Keuchhusten –"

Ich fing an zu heulen, einfach so. Ich wurde beruhigt. Gundels Mutter war wirklich großartig. Sie könne nicht dafür garantieren, dass Tita sich nicht angesteckt habe. Aber noch sei alles in Ordnung. Und die Kinder vertrügen sich gut. Tita könne so lange bleiben, wie es nötig sei. Und sie müsse nun auflegen, denn der Kinderarzt –

Ich bedankte mich. Und beschrieb ihr Harald, obwohl ich nicht annahm, dass er dort auftauchen würde. Sie versprach mir, ein Auge auf große, wabbelige

Männer zu haben. Wir lachten tatsächlich ein wenig, bevor wir auflegten.

Endlich konnte ich schlafen gehen. Die vergangene Stunde hatte mich in meinem Entschluss, so schnell wie möglich in die Stadt zurückzugehen, noch bestärkt. Und plötzlich wusste ich auch, was ich tun müsste. Ich warf einen Blick in Titas Zimmer, nur so, um vor dem Einschlafen etwas Freundliches gesehen zu haben, etwas, das meine Seele erfreuen könnte. Da war die Stadt, unser „Prag". Ich sah auf die kleinen, aus Streichholzschachteln geklebten Mauern, auf winzige Zweige und zerbröselte Blätter, aus denen eine herbstliche Allee entstanden war, auf eine Fläche aus Lehm, die Tita feucht gehalten hatte und die nun Risse zeigte. Es sah aus, als sollte dort ein Friedhof entstehen.

Was für ein Kind, dachte ich, glücklich und müde und voller Tatendrang.

Ich schlief lange und wurde wohl nur deshalb wach, weil ich vergessen hatte, die Vorhänge zuzuziehen, und die Herbstsonne ausgerechnet an diesem Tag zu scheinen beschlossen hatte. Während ich frühstückte, suchte ich in meinem Telefonverzeichnis die Nummer von Dr. Renner.

Renner hatte ich als Studentin kennen gelernt. Ich hatte ein paar Monate bei ihm gearbeitet. Er war einer der besten Strafverteidiger der Stadt, klug und leidenschaftlich, wenn es um seine Mandanten ging, zurückhaltend, ja, unnahbar im persönlichen Umgang. Als ich mein Studium beendet hatte, bekam ich das Angebot, an der Universität zu bleiben. Ich hatte Renner davon erzählt.

„Machen Sie das nicht“, hatte er gesagt. „Sie sind viel zu lebendig, um sich mit der so genannten juristischen Wissenschaft zu befassen. Sie würden eine gute Verteidigerin abgeben. Wenn Sie wollen, können Sie bei mir anfangen. Zur Probe, versteht sich.“

Damals hatte ich Renners Angebot abgelehnt, gleich, ohne nachzudenken. Er hatte es nicht wiederholt. Jetzt würde ich zu ihm gehen. Wenn ich nicht bei ihm anfangen könnte, würde er mir vielleicht einige seiner Mandanten überlassen. Oder mir wenigstens einen guten Rat geben.

Am Telefon meldete sich die Stimme der Sekretärin, die ich kannte. Ich hatte auch gar nicht damit gerechnet, eine andere Stimme zu hören. Alles, was mit Renner zu tun hatte, war solide und beständig. Er würde niemals eine andere Sekretärin haben als diese. Ich sagte ihr, dass ich den Chef sprechen wolle, und ich hatte Glück. Er war nicht im Gericht und hatte auch gerade kein Mandantengespräch. Als ich seine Stimme hörte, die mir wie die Stimme aus einer anderen Welt vorkam, war ich glücklich.

„Milena“, sagte Renner. „Wie geht es Ihnen? Ich freue mich, dass Sie den Weg zu mir gefunden haben.“

***

Am Abend, der auf die Suche nach Monas Tochter folgte, verzichtete er darauf, in die Lagune zu gehen. Der Verzicht war nicht freiwillig. Er hatte sich bei den ungewohnten nächtlichen Aktivitäten überanstrengt; nicht sich, aber sein Knie, und das war zu diesem Zeitpunkt nicht voneinander zu trennen. Außerdem hatte er, während sie unterwegs waren, das deutliche Gefühl gehabt, er hätte in seinem eigenen Fall irgendetwas Entscheidendes übersehen, und er würde so lange erfolglos bleiben bei der Suche nach Keizer, bis er dieses Detail gefunden hätte. Das Gefühl hatte sich entwickelt, daran erinnerte er sich genau, während sie im Dunkeln vor der Gartenlaube gestanden und eine Weile die Frau beobachtet hatten, die vor ihnen in dem erleuchteten Zimmer saß und las. Da war etwas gewesen, das er gesehen hatte und das auf irgendeine Weise mit seinem Fall zu tun hatte. Er kam nicht darauf, was es gewesen sein könnte, aber er hatte die Hoffnung, dass es ihm bei ruhigem Nachdenken und wenn er ausreichend geschlafen hätte, einfallen würde.

Er bedauerte es nicht, den Abend und die Nacht zu Hause zu verbringen. Er hatte wieder mit der Proust-Lektüre begonnen und beim Lesen sehr schnell nicht mehr verstanden, weshalb er sich während seiner Dienstzeit so wenig Zeit dafür genommen hatte. Vielleicht waren die Jahre mit Charlotte daran schuld gewesen, Jahre, in denen seine Gefühle zwischen kindlicher Zärtlichkeit und rasender Eifersucht, zwischen Hingabe und Verweigerung, Wut und Gier hin- und hergerissen worden waren. Jetzt allerdings, nur Stunden nachdem er den ersten Band wieder in die Hand genommen hatte, begann er zu überlegen, ob er die Katastrophe zwischen Charlotte und ihm nicht hätte vermeiden können, wenn er so klug gewesen wäre, seine Beobachtungsgabe an den Sätzen von Proust zu schulen, statt ein paar Jahre, blind vor Liebe und Eifersucht, darauf zu verzichten. In seinen Überlegungen ging er sogar so weit, sich zu fragen, ob nicht die Niederlage im Fall Keizer schon eine Folge der Vernachlässigung seiner Lektüre gewesen sein könnte. Er hatte immer eine ungewöhnlich gute Beobachtungsgabe gehabt, aber auch das größte Talent verkümmert, wenn es nicht regelmäßig trainiert wird.

Er glaubte also nicht, dass er Prousts Roman zufällig zu der Zeit wieder entdeckt hatte, als die Sache mit Keizer begann. Jetzt, im Nachhinein, betrachtete er diese Monate als die Zeit einer Metamorphose. Es war wohl normal, dass man sich im Lauf seines Lebens ein oder zwei Mal häutet, ein anderer wird, um, aber das steht auf einem anderen Blatt, bis zu einem gewissen Grad immer derselbe zu bleiben. Es ist so normal, dass es im Allgemeinen von den Menschen nicht beachtet wird. Sie werden höchstens für einen kurzen Augenblick irritiert, vielleicht durch den erstaunten Blick von Freunden, die sie lange nicht gesehen haben.

Bin ich denn wirklich so alt geworden? fragen sie sich dann möglicherweise heimlich in der falschen Annahme, dass im Blick des Freundes nur die Verwunderung über verändertes Aussehen zu lesen war. Aber das Aussehen ist ja der Spiegel des Wesens, und er glaubte, dass es sehr oft gerade die Wesensveränderung ist, die den erstaunten Blick hervorruft.

Er dachte übrigens, seit er Proust las, wäre er davor geschützt, sich über sich selbst zu täuschen. Er war der festen Überzeugung, dass er es ohne diese Lektüre niemals erreicht hätte, sich selbst gegenüber eine kritische, aufmerksame, ja, überhaupt eine interessierte Haltung einzunehmen.

Das mochte richtig sein, aber was er dabei in fahrlässiger Weise übersah, war die Tatsache, dass es so etwas gibt wie einen blinden Fleck oder einen toten Winkel in Bezug auf die eigene Person. Gerade die

Eigenschaft, die einem Menschen im Umgang mit anderen Probleme macht, ist bei denen, die auf ihre Fähigkeit zur Selbstreflexion stolz sind, oft in diesem toten Winkel oder in ihrer Selbstwahrnehmung ein blinder Fleck.

Selbstreflexion war übrigens etwas, das er in seinem Leben bei Männern kaum kennen gelernt hatte. Er hielt es für möglich, dass Frauen in dieser Sache so etwas wie ein angeborenes oder anerzogenes Talent hatten. Jedenfalls waren sie Männern darin weit überlegen. Mehr als einmal in seinem Leben hatte er sich im Stillen bei Proust dafür bedankt, dass er durch seine Schule gehen konnte. Durch ihn hatte er ungeahnte Gefühle in sich entdeckt, aber ebenso auch ein Interesse für die Dinge des Lebens, für die einfachen Dinge, wie den Geruch der Luft zu unterschiedlichen Tages- und Jahreszeiten, das besondere Leuchten von Apfelblüten in der Dämmerung oder den charakteristischen Ton der Glocken in verschiedenen Kirchtürmen.

Noch einmal: Es mochte sein, dass bei Frauen solche Fähigkeiten der Wahrnehmung besser ausgebildet sind. Männer, jedenfalls die, die er kennen gelernt hatte, verfügen darüber nur in geringem Maß. Dass er sich von ihnen in dieser Sache unterschied, hat ihn immer mit einem Gefühl der Macht erfüllt. Auch dass diese Macht nicht ausgereicht hatte, um mit Keizer fertig zu werden, mochte ein Grund dafür gewesen sein, dass er sich so verbissen in die Provinz verkrochen und jeden anderen Gedanken aus seinem Kopf verbannt hatte. Hier würde er auf ihn warten, bis er ihm in die Falle ginge. Hier hatte er sein Unwesen getrieben und hierher würde er zurückkehren. Keine

Minute kam Beringer auf die Idee, dass Keizer inzwischen ganz andere Pläne in die Tat umgesetzt haben könnte. Er musste erst mit der Nase darauf gestoßen werden. Aber bis es so weit war, verging kostbare Zeit.

Dieser Junge, Ronny, interessierte ihn. Nach und nach bekam er heraus, was mit ihm los war. Er war siebzehn und lebte bei seiner Mutter zu Hause. Über die Mutter sprach er zuerst gar nicht. Dann, als er zutraulicher wurde, erzählte er ihre Geschichte in – man kann es nicht anders sagen – wohlgesetzten Worten, um dann nie wieder von ihr zu reden. Beringer verstand, weshalb er die Geschichte so und nicht anders erzählte. Es war seine Art, eine Distanz herzustellen zwischen sich und der Frau.

„Wenn Sie zu uns nach Hause kommen würden, sollten Sie besser kein Geld in der Tasche haben", sagte er. „Sie hat es bisher noch immer geschafft, den Männern das Geld abzunehmen."

„Meinst du nicht, dass die Männer deiner Mutter auch freiwillig Geld gegeben haben könnten?"

„Es interessiert mich nicht der Zustand der Männer, die zu uns kommen. Es beleidigt mich der Zustand der Frau, die sie empfängt und die meine Mutter ist. Ich habe sie zur Rede gestellt, als ich dreizehn war. Sie hat mir geantwortet, sie habe keine Lust, mir gegenüber Rechenschaft abzulegen. Ich könne gehen, wenn mir ihr Lebensstil nicht gefalle. Selbstverständlich gefiel mir das nicht, was sie ihren Lebensstil nannte. Noch weniger gefiel mir, was die Kinder auf der Straße und in der Schule hinter mir her riefen. Ich bin ein Hurensohn, wissen Sie. Ich hatte keine Wahl. Ich konnte sie nur alle mit Verachtung strafen und so schnell wie möglich die Schule hinter mich bringen. Ich gelte als dumm, aber das bin ich nicht."

„Ich weiß", sagte Beringer. „Wie alt ist deine Mutter jetzt?"

„Dreiunddreißig", antwortete er. „Sie ist dreiunddreißig. Und sie behauptet, ich hätte ihr Leben versaut, Entschuldigung, ich hätte dazu beigetragen, dass aus ihr eine stadtbekannte Hure wurde. Ich glaube ihr in dieser Frage nicht. Sie ist eine Hure, weil sie von Anfang an so war."

„Kannst du dir vorstellen, dass es im Grunde nicht darauf ankommt, ob eine Frau eine Hure oder eine Lehrerin oder Bürgermeisterin oder Taxifahrerin ist? Könnte es nicht sein, dass es auf ganz andere Dinge ankommt?"

„Ja", sagte Ronny, „das kann ich mir durchaus vorstellen, zum Beispiel auf ein Frühstücksbrot, bevor man zur Schule geschickt wird, oder auf einen ruhigen Platz in der Wohnung, wo man sitzen und lesen kann, oder auf saubere Wäsche; ja, das kann ich mir durchaus vorstellen."

„Das meinte ich nicht", sagte Beringer, „ich meinte eher solche Dinge wie Gut und Böse, Aufrichtigkeit, selbst im Chaos, Tapferkeit vielleicht, den Kopf immer wieder und immer von neuem über Wasser zu halten, trotz der Anstrengungen, die damit verbunden sind."

„Nein", sagte Ronny, „das kann ich mir nicht vorstellen."

„Du hasst deine Mutter, ja?", fragte Beringer.

„Nein", antwortete er, „das tue ich nicht. Sie ist mir vollkommen gleichgültig."

Dann begann er zu erzählen, wie er angefangen hatte, Bücher zu stehlen, überall: in Buchhandlungen, von denen es zwei hier gab, in der öffentlichen Bücherei, in der Schulbücherei, bei Klassenkameraden, aus Einkaufstaschen. Mit vierzehn, als er aus der Schule entlassen worden war, weil seine Lehrer der Meinung waren, es hätte keinen Sinn, ihn noch länger dort zu behalten, hatte er mehr gelesen als manche von ihnen. Er beschäftigte sich mit Büchern und stellte sich den Erwachsenen gegenüber, von denen er nichts mehr erwartete, einfach dumm.

„Der Bäcker", sagte er, „zu dem sie mich irgendwann in die Lehre gesteckt haben, konnte nicht einmal Brötchen backen. Ich habe die Vermutung, dass langer Aufenthalt in Mehl das Denkvermögen einstauben lässt, ähnlich übrigens, wie Schlachter, die viel Schweinefleisch essen, irgendwann ihre Konturen verändern. Berufskrankheiten mit so hinterhältigen Wirkungen, dass sich jede Berufsgenossenschaft weigern würde, den Opfern eine Rente zu zahlen."

Das war ziemlich altklug dahergeredet, aber der Junge gefiel Beringer trotzdem. Manchmal hatte er den Eindruck, als rede er um sein Leben, und das berührte ihn. Er hatte wenig Geld, ein wenig Arbeitslosenhilfe und zusätzlich hin und wieder ein paar Mark, die er durch Hilfsarbeiten verdiente. Beringer begann darüber nachzudenken, ob und wie er ihn für seine Pläne einsetzen könnte.

Er wollte nicht, dass der Junge Bescheid wüsste. Vielleicht hatte er irgendwo in der Stadt noch jemanden, dem er gern etwas erzählte. Er konnte sich schwer vorstellen, dass er stumm gelebt haben sollte, bis er, Jean Beringer, aufgetaucht war. Aber Ronny war klug. Er würde eins und eins schneller zusammenzählen, als es ihm unter Umständen lieb wäre. Dann fiel ihm die Sache mit der Zeitung ein. Von Anfang an hatte er vorgehabt, die beiden Zeitungen, die im Landkreis erschienen, regelmäßig zu lesen und nach Spuren auf Keizer zu durchsuchen. Er wusste nicht, wie diese Spuren aussehen könnten, aber er war sicher, wenn eine Spur auftauchte, würde er sie erkennen. Ein paarmal hatte er auch schon einen Blick in eine der Zeitungen geworfen und festgestellt, dass er sich dabei unendlich langweilte. Deshalb hatte er, obwohl es ihm nach wie vor notwendig erschien, diese Arbeit wieder aufgegeben. Der Gedanke, Ronny dafür zu gewinnen, gefiel ihm eigentlich. Er würde ihm ein paar Anhaltspunkte geben, nach denen er Ausschau halten sollte, und er würde ihn für seine Hilfe bezahlen. Viel Geld hatte er nicht, aber dem Jungen war sicher jedes kleine Zubrot willkommen.

Beringer trug ihm seine Bitte um Hilfe vor und erlebte eine neue Überraschung. Der Junge zog einen flachen Hefter unter seinem Sweatshirt hervor und legte ihn auf den Tisch.

„Hier“, sagte er, „der Anfang ist der Artikel von neulich. Ich hab ihn mir genau durchgelesen. Es geht für Sie vermutlich um zwei Dinge: kurzfristig, den Mord an Ihrer Kollegin aufzuklären, langfristig die Suche nach Keizer. Ich schlage vor, wir machen unser Büro in der Lagune auf.“

Beringer war erstaunt. Es war, als habe der Junge geahnt, was er plante, obwohl er doch selbst erst vor ein paar Minuten auf die Idee gekommen war, ihn einzubeziehen. Oder hatte der ihn erst auf die Idee gebracht? Er verwarf den Gedanken, als er in das offene, erwartungsvolle Gesicht ihm gegenüber sah. Ein wenig musste er lächeln.

„Langsam, langsam, von Büro ist vorläufig noch nicht die Rede“, sagte er. „Zuerst muss ich dir wohl ein paar Anhaltspunkte geben, die dir die Suche überhaupt möglich machen. So eine Art Raster, verstehst du? Und dann: Es wird nicht nötig sein, dass du jeden Abend hierher kommst. Sagen wir, jeden dritten, und nur wenn dir etwas Besonderes aufgefallen ist, auch einmal zwischendurch.“

Der Gedanke gefiel dem Jungen nicht, aber er akzeptierte ihn. Beringer war der Chef. Um ein Treffen am darauf folgenden Abend zu vermeiden, dachte Jean eine Weile nach und gab ihm dann eine erste Liste mit Stichworten, die die Gebiete eingrenzten, nach denen er in den Zeitungen Ausschau halten sollte: alle Notizen, national und international, die mit Drogen zu tun hatten, Berichte über die Neueröffnung von Firmen, Kneipen und Diskotheken, Hinweise auf Geldanlagen oder Beteiligungen, ungewöhnlich hohe Spenden von Firmen oder Privatleuten an soziale Einrichtungen. Beringer wusste, dass die Liste nicht vollständig war, aber für den Anfang würde es reichen.

Ronny ging ein paar Minuten vor ihm. Er sah ihm nach, wie er über den Parkplatz ging, an den Kühlern der in einer Reihe aufgebauten LKWs vorbei und endlich aus dem irisierenden Licht der blauen Neonröhren in die Dunkelheit verschwand. Er überlegte sich, was den Jungen zu Hause erwarten mochte. Wohin ging er wirklich? In die Wohnung seiner Mutter, die er sich wie ein heruntergekommenes, schmutziges Chaos vorzustellen hatte? Gab es dort eine Ecke, eine Schlafstelle für ihn, wo er seine Ruhe hatte vor wechselnden Liebhabern und heulenden

Zusammenbrüchen? Ging er überhaupt dorthin oder hatte er ein eigenes Zuhause gefunden, vielleicht mit Hilfe der Behörden, die sich, wenig genug, aber immerhin, in Sachen Lehrstelle um ihn gekümmert hatten? Hatte Ronny eine Freundin, bei der er unterkroch, wenn er es zu Hause nicht mehr aushalten konnte?

Eine der Kellnerinnen kam an seinen Tisch. Die Frauen hatten Schichtwechsel, und sie kassierte, was sie getrunken hatten. Es war nicht die, nach deren Kind sie gesucht hatten. Er fragte die Frau, nur um etwas zu sagen, während sie neben seinem Tisch stand und stumm einen Autofahrer beobachtete, der sich an einer der Zapfsäulen zu schaffen machte und möglicherweise nicht ganz nüchtern war, weshalb ihre Kollegin nicht gekommen sei.

„Mona? Ach, die ist morgen wieder da. Sie ist nach Hamburg gefahren. Eigentlich wollte sie pünktlich zurück sein. Aber dann hat sie angerufen. Da hat sie einer zum Essen eingeladen, irgendjemand, den sie wohl von früher kennt. War ja heute sowieso nicht so viel los. Dann schafft man das schon mal allein."

Der Autofahrer an der Zapfsäule hatte es inzwischen geschafft, den Einfüllstutzen in die Tanköffnung zu praktizieren.

„Das glauben Sie nicht, was hier auf dem Lande manchmal nachts unterwegs ist", sagte die Kellnerin. „Ich bin bloß froh, dass ich einen Schleichweg hab, wenn ich nach Hause fahre. Seien Sie man vorsichtig mit Ihrem ..."

Sie unterbrach sich, weil ihr bewusst wurde, dass sie im Begriff gewesen war, etwas Unhöfliches zu sagen. Er sagte nichts, stand nur auf und ging.

Die Nacht war, sobald er den Parkplatz der Lagune verlassen hatte, sehr still und sehr dunkel. Stille und Dunkelheit sind gute Bedingungen fürs Nachdenken, aber er wurde zunächst daran gehindert, weil der Grasweg, auf dem er ging, mit Unebenheiten versehen war, denen er vorsichtig auswich, um nicht zu stürzen. Er gewöhnte sich an die Dunkelheit, verstand, wie er den Boden zu betrachten hatte, um Löcher zu vermeiden, was seine ganze Aufmerksamkeit kostete, und war erst wieder in der Lage, etwas anderes in seinen Kopf zu lassen, als er, nicht mehr weit von seinem Haus entfernt, an der Stelle vorüberkam, an der man Inge Dellbrück gefunden hatte. Er blieb einen Augenblick stehen, um zu überlegen.

Es war kein Zufall, dass man sie nach dem Besuch bei ihm getötet hatte. Jemand wollte verhindern, dass sie mit ihm in Kontakt bliebe. Und es war auch kein Zufall, dass sie in der Nähe seines Hauses getötet worden war. Jede andere Stelle wäre für den Mörder weniger auffällig gewesen. Ihr Tod gerade hier sollte eine Warnung für ihn sein.

Sie hatte ihm ihre Hilfe im Fall Keizer angeboten. Aber wer hatte davon gewusst, worüber sie mit ihm sprechen wollte? Ihrer Sekretärin hatte sie von ihrer Absicht erzählt, ihn aufzusuchen. War die mit der Dellbrück so vertraut gewesen, dass sie auch mit ihm Zusammenarbeiten würde, wenn er sie brauchte?

Er versuchte, sich an die Frau zu erinnern, die für Inge Dellbrück arbeitete. Mehr als eine in seinen Ohren zu hell klingende Stimme und die Farbe Rosa fielen ihm nicht ein. Es ging ihm oft so, dass er Menschen Farben zuordnete. Das geschah automatisch, ohne dass er darüber nachdachte, und immer bei einer allerersten

Begegnung. Er nahm sich vor, am nächsten Tag die Sekretärin anzurufen und sie um ein Treffen zu bitten.

Als er sein Schlafzimmer betrat, fielen ihm die Korkplatten ein, mit denen Proust sein Schlafzimmer vor Geräuschen abgeschirmt hatte. Es fiel ihm nicht wegen der Stille ein, die ihn umgab, sondern weil er zum ersten Mal mit Bewusstsein die hässlichen bräunlichen Tapeten wahrnahm, die die Wände bedeckten. Er legte sich ins Bett und nahm das Buch zur Hand. Schon nach wenigen Minuten des Lesens erinnerte er sich an ein weiteres wichtiges Detail, das er an Prousts Art zu schreiben mochte, und wieder verstand er nicht, weshalb er so lange darauf verzichtet hatte, sich daran zu erfreuen. In Prousts Büchern war die Rede von den einfachen Dingen, von den Dingen, zwischen denen und mit denen man lebt, die die Fantasie beschäftigen, die gesehen und wahrgenommen werden, die eine Persönlichkeit prägen, weil sie die Erinnerung bestimmen, und die doch so alltäglich sind, dass die Menschen Gefahr laufen, ihre Schönheit, ihre Besonderheit nicht mehr wahrzunehmen. Diese einfachen Dinge, ein Stuhl, das Muster in einem Teppich, der Duft einer unscheinbaren Blüte, die einem durch Zufall beim Spazierengehen in die Hand gerät, bilden aber den imaginären Raum, in dem Menschen sich bewegen, und sind es wert, wahrgenommen zu werden.

Er legte das Buch zur Seite und ließ seinen Gedanken freien Lauf. Sie kamen bei dem Leberfleck an, der sich links neben dem unteren Ende von Charlottes Wirbelsäule befindet.

***

Ich hatte nicht damit gerechnet, so überaus freundlich von Renner begrüßt zu werden. Es war drei Jahre her, dass ich ihm bei zwei größeren Verteidigungen zur Hand gegangen war. Renner ist vor Gericht nicht nur ein großer Taktiker, der sich in der Strafprozessordnung so gut auskennt wie ein herausragender Dirigent in seinen Partituren, sondern auch ein beeindruckender Redner. Seine Sprache ist präzise und elegant, wobei er auch vor Bildern nicht zurückschreckt. Ich habe damals viel von ihm gelernt. Wahrscheinlich war er es sogar, der mich unbewusst darin bestärkte, mein eigenes Anwaltsbüro zu eröffnen. So wie Renner würde ich vor Gericht auftreten, eloquent und überzeugend, ernst und überlegen. Wie erbärmlich war ich gescheitert. Und wie froh, dass Renner mich nicht spüren ließ, wie unreif ich mich verhalten hatte. Ich war sicher, dass er erfahren hatte, weshalb ich gescheitert war. Erfolge, aber besonders Niederlagen, lassen sich in Verteidigerkreisen nicht lange geheim halten.

Ich genoss die Atmosphäre in Renners Arbeitszimmer. Wände, Tische und Teile des Fußbodens sind dort mit Akten bedeckt, sodass ein Uneingeweihter leicht auf die Idee kommen könnte, es herrsche Chaos. Aber ich wusste, dass eine Ordnung in den Dingen war, die es ihm jederzeit möglich machte, zu finden, was er suchte. Es ist wahr, dass es nach Aktenstaub roch, dass der Fußboden im Arbeitszimmer abgetreten war und weder auf den Fensterbänken noch sonst irgendwo ein Blumentopf, eine Vase oder ein anderer Gegenstand zu sehen war, dazu bestimmt, eine wohnliche Atmosphäre herzustellen. Und trotzdem fühlte ich mich in Staub und Chaos zu Hause. Um mich herum standen und lagen, sorgfältig zwischen roten und braunen Aktendeckeln aufgehoben, Hunderte von Schicksalen. Menschen, die Renners Hilfe gesucht hatten, die begründen wollten, weshalb sie, die keiner Fliege etwas antun konnten, sozusagen aus Versehen straffällig geworden waren. Ich fühlte mich umgeben von gerissenen Gangstern, klein karierten Betrügern, rabiaten Schlägern und stummen Geschlagenen. Und ich fühlte mich wohl.

„Sie müssen erzählen", sagte Renner, „was haben Sie gemacht in den vergangenen drei Jahren? Ist die Geschichte wahr, die man über Sie erzählt hat? Muss ich mir Vorwürfe machen?"

„Sie?"

„Ich weiß doch, weshalb Sie darauf gekommen sind, sagen wir mal: ungewöhnliche Ermittlungsmethoden anzuwenden. Das haben Sie bei mir gelernt."

„Aber nicht, mich dabei erwischen zu lassen!"

„Da haben Sie Recht. Aber erzählen Sie."

Und ich erzählte ihm, wie alles gekommen war; dass ich ganz sicher gewesen sei, im Schreibtisch eines gewissen Polizeibeamten Material zu finden, das meinen Mandanten entlasten könnte; dass ich mit allen legalen Mitteln versucht hätte, dieses Material in die Hände zubekommen; dass ich, als das nicht gelang, beschloss, mir das Material, koste es, was es wolle, auf illegalem Wege zu verschaffen; und dass man mich fand mit den Schriftstücken in der Hand neben dem aufgebrochenen Schreibtisch eben jenes Polizeibeamten, der meinem Mandanten aus Gründen, die ich nicht kannte, schaden wollte.

„Haben Sie ein Verfahren bekommen?", fragte Renner.

„Nein", antwortete ich. „Ich habe vorher das Handtuch geworfen."

„Die Sache dürfte inzwischen verjährt sein. Wissen Sie was? Ich möchte Sie gern zum Essen einladen. Hätten Sie Lust? Den Spanier von damals gibt es nicht mehr. Aber wir haben neuerdings einen sehr guten Italiener in der Nähe. Sie mögen doch die italienische Küche?"

Ich fühlte mich wohl. Ich fühlte mich geschmeichelt. Ich mochte alles. Aber meine Schicht in der Lagune begann in zwei Stunden. Ich konnte Waltraud unmöglich allein lassen.

Und wie ich konnte!

Ich rief sie an und dann gingen Renner und ich zum Essen. Schon unterwegs sprach er davon, dass er zu viel Arbeit habe. Während des Essens, ich kannte diese Marotte von früher, jedenfalls mir war es immer wie eine Marotte vorgekommen, sprachen wir nicht über die Arbeit. Renner erzählte von einer Ausstellung afrikanischer Kunst, die er gesehen und die ihn beeindruckt hatte. Während er sprach, verglich ich sein Leben mit meinem Leben in der Provinz. Ich verstand nicht mehr, wie ich so lange ohne das Vergnügen, eine Ausstellung oder ein Theater zu besuchen, ausgekommen war. Ich sah mich um und verglich die Tischdecke aus feinem, weißem Leinen mit den Holz imitierenden Kunststofftischplatten in der Blauen Lagune. Ich nahm den fein ziselierten, silbernen Kaffeelöffel, der neben der Espressotasse lag, in die Hand und dachte an die hässliche Form der Bestecke, die ich Abend für Abend hinter dem Tresen in die Spülmaschine stopfte. Beinahe automatisch blickte ich auf meinen Rock und meine Schuhe. Gott sei Dank, wenigstens war ich einigermaßen passabel angezogen. Ich sah Renner an und stellte fest, dass er mich beobachtet hatte.

„Sie sehen traurig aus", sagte er. „Was ist los? Bis eben schienen Sie mir noch fröhlich zu sein. Habe ich etwas Falsches gesagt?"

„Nein", sagte ich. „Ich glaube, ich habe etwas falsch gemacht."

„Wahrscheinlich nicht", antwortete Renner. „Das, was Sie falsch nennen, möchte ich doch lieber als Umweg bezeichnen. Ich habe immer geglaubt, dass Sie Umwege gehen würden. Im Übrigen ist es nicht ungewöhnlich, dass junge Menschen den Versuch machen, sich aus der Sphäre ihrer Eltern zu entfernen und dabei sozusagen ins Gegenteil rutschen. Ihr Vater ist ein angesehener Arzt. Ich nehme an, dass der Mann, mit dem Sie verheiratet waren – Sie sind doch geschieden? – ebenfalls nicht gerade im Armenhaus aufgewachsen ist ..."

„Er ist Kunsthändler", sagte ich und versuchte, meine Stimme einigermaßen fest klingen zu lassen.

„Sie haben früh geheiratet, wahrscheinlich zu einem Zeitpunkt, als Sie sich selbst noch gar nicht gefunden hatten. Es ist nur natürlich, dass Sie sich irgendwann abgrenzen mussten. Aber soll ich Ihnen etwas sagen? Alle Lebenserfahrung zeigt, dass frühes häusliches Milieu die Menschen prägt. Sie können eine Zeit lang in Apfelsinenkisten hausen, aber irgendwann, ohne dass es Ihnen bewusst ist, wird ihre Sehnsucht nach Teppichen auf dem Fußboden, Bildern an der Wand und Porzellan auf dem Tisch größer und größer werden. Sie werden heimlich Ausschau halten nach einer Arbeit, die Ihnen die Rückkehr zu den Dingen, die Sie so lange entbehrt haben, wieder möglich macht. Sie werden sich nach Freunden umsehen, die Ihre Sprache sprechen, Bücher lesen und wissen, wie viel

Trinkgeld der Portier bekommt, der veranlasst, dass Ihnen die Koffer ins Hotelzimmer getragen werden. Und an alldem ist nichts Verwerfliches. Es ist einfach nur so, dass Sie dahin zurückgekehrt sind, wohin Sie schon immer gehört haben. Und mitgebracht haben Sie ein Stück Lebenserfahrung, das die meisten anderen Ihrer Klasse nicht haben. Wenn Sie klug sind, und das sind Sie, Milena, nutzen Sie diese Erfahrungen in Ihrem Beruf."

Er machte eine kleine Pause, in der ich da saß und schluckte und mich wunderte, wie gut er die Situation verstanden hatte. Und wohin sollte sein kleines Plädoyer führen?

„Ich mache Ihnen ein Angebot", hörte ich ihn sagen. „Ich biete Ihnen den Juniorpart in meiner Kanzlei an. Bei gegenseitigem Verstehen, woran ich keinen Zweifel habe, nach fünf Jahren die volle Teilhaberschaft."

„Ich habe kein Geld", hörte ich mich murmeln, überwältigt von so viel Entgegenkommen.

„Ich möchte Ihnen nicht zu nahe treten und um Gottes willen nichts Falsches sagen, aber ich vermute, dass der Name Ihres Vaters –", er zögerte weiterzusprechen, als er mein Gesicht sah.

„Ich möchte gern darüber nachdenken", sagte ich. „Sie haben sehr Recht mit der Annahme, dass ich von da weg will, wo ich jetzt bin. Manchmal habe ich die Sehnsucht nach etwas anderem sogar schon an meiner Tochter bemerkt. So etwas überträgt sich anscheinend von der Mutter aufs Kind. Aber ich möchte es gern aus eigener Kraft schaffen. Geben Sie mir ein paar Tage zum Überlegen."

Renner antwortete nicht gleich. Er sah mich aufmerksam an. Seine rechte Hand spielte mit einem winzigen, spitz zulaufenden Röhrchen, an dessen einem Ende eine kleine, aus feinem Silberdraht gebundene Troddel hing. Der Zahnstocher! Wie hatte ich ihn vergessen können? Ich musste lachen.

„Wissen Sie noch, wie Sie mir die Existenz dieses Zahnstochers erklärt haben? Wir saßen im Zug nach Lübeck, um einen Mandanten zu besuchen, der dort einsaß. Sie benutzten den Zahnstocher und ich habe Sie wohl etwas irritiert angesehen."

„Und dann habe ich gesagt: Ich bin der letzte Lebende eines dekadenten Geschlechts, und als solchem ist es mir erlaubt, dieses wunderschöne Gerät auch in Gegenwart einer Dame zu benutzen."

Nun lachten wir beide. Ich fühlte mich glücklich und gelöst wie lange nicht mehr. Renner, der nicht Auto fuhr, ließ ein Taxi rufen und brachte mich zur Bahn. Ich bekam den letzten Zug und fuhr in dem Bewusstsein zurück, dass meine Tage in der Lagune gezählt wären.

Es war spät, als ich zu Hause ankam, deshalb öffnete ich die Post nicht mehr. Ich war auch überhaupt nicht neugierig darauf, wer mir geschrieben haben könnte. In Gedanken war ich viel zu sehr damit beschäftigt, darüber nachzudenken, wie sich unsere, Titas und meine, Zukunft entwickeln würde.

Es stand nun vollkommen fest, dass wir hier Weggehen würden. Aber sollte ich deshalb sofort das Angebot Renners annehmen, oder sollte ich nicht besser versuchen, noch einmal von vorn anzufangen, mich von Anfang an auf eigene Füße stellen? Die Flucht aus der Stadt in die Provinz war auch eine Flucht vor verwandtschaftlichen Beziehungen gewesen, die mir in den Zeiten meiner Krise nicht genützt hatten. Meinem Mann, dem meine Arbeit von Anfang an überflüssig erschienen war und der nun die Gelegenheit gekommen sah, mich davon abzubringen, war nichts Besseres eingefallen, als in meiner Anwesenheit ständig über die Juristerei herzuziehen, meinen geliebten Beruf mit den abwertendsten Bezeichnungen zu belegen. Schließlich bin ich nicht unattraktiv und dumm schon gar nicht, und es hätte ihm gut gefallen, mich mit Haut und Haaren in seinen Kunsthandel integrieren zu können. Den Konflikt mit dem Polizeibeamten, der ja am Anfang durchaus eine vertretbare juristische Grundlage gehabt hatte und der sich nur später durch mein unüberlegtes Handeln zu standesrechtlichen Konsequenzen für mich ausweiten sollte, nannte er lächerlich. Wenn ich nicht rechtzeitig auf die Idee gekommen wäre, diesen Mann so schnell wie möglich zu verlassen, um nicht alles Selbstwertgefühl zu verlieren, wäre es mir schlecht ergangen.

Meine Eltern hatten die Angelegenheit schlicht als Skandal angesehen, mit dem sie nichts zu tun haben wollten. Ich hätte ihnen natürlich nichts davon zu sagen brauchen, aber ich bin immer für klare Verhältnisse gewesen. Und ein wenig hatte ich mir wohl auch versprochen, dass sie mich eine Weile finanziell, oder doch zumindest moralisch, unterstützen würden. Aber daran dachten sie nicht. Und als ich ihnen sagte, dass ich die Absicht hätte, den Mann zu verlassen, den sie als idealen Schwiegersohn ansahen, gaben sie die Beziehung zu ihrer missratenen Tochter einfach auf. Das Hausmädchen war am Telefon, wenn ich anrief, um mir zu sagen, dass der Herr Professor nicht zu Hause sei und seine Frau mit ihrem Besuch gerade einen Rundgang durch den Garten unternehme. Ich stand in der Telefonzelle, die unserem Haus gegenüberlag und sah, während das Mädchen in seinem Auftrag log, meinen Vater am Schreibtisch sitzen und die Zeitung lesen. Und kein Auto vor der Tür zeigte einen Besuch an, der gerade durch den Garten geführt werden müsste. Stattdessen sah ich im Ankleidezimmer die Silhouette meiner Mutter. Ich wusste, dass sie die Angewohnheit hatte, am späten Nachmittag die Garderobe herauszusuchen und zurechtzulegen, die sie am Abend tragen würde, um an irgendeinem der vielen Ereignisse teilzunehmen, zu denen die Einladungen, gestapelt nach Wichtigkeit, in der Eingangshalle auf dem Kaminsims lagen.

Ich war nicht nur vor dem beruflichen Konflikt geflohen, sondern auch, um der Sphäre von Mann und Eltern zu entkommen. Ginge ich zurück in die Stadt, würde ich mich ihnen zumindest räumlich wieder nähern. Könnte ich das aushalten, ohne meinen Seelenfrieden zu gefährden?

War nicht, wenn wir zurück nach Hamburg gingen, die Gefahr groß, dass Tita danach verlangte, ihren Vater, ihre Großeltern zu sehen, und ich die einfache Ausrede, sie lebten zu weit von uns entfernt, nicht mehr gebrauchen könnte?

Bei dem Gedanken daran, dass weder Vater noch Großvater ernst zu nehmende Anstrengungen unternommen hatten, Tita in der Zwischenzeit zu sehen, spürte ich, dass ich wütend wurde. Ich war nicht in der Lage, so emotionslos, wie es richtig gewesen wäre, über unsere Zukunft nachzudenken. Ich zwang mich, meine Gedanken in eine andere Richtung zu lenken, um zur Ruhe zu kommen. Ich dachte noch einmal über

Renners Angebot nach, das mir, je länger ich es von allen Seiten betrachtete, desto großzügiger erschien und im Grunde als eine ideale Lösung, zumindest für meine berufliche Situation. Freundliche Gedanken sind ein wunderbares Schlafmittel und so schlief ich denn, endlich, getröstet ein.

Ich schlief lange und wusste schon, als ich aufwachte, dass ich mir einen wunderbaren vertrödelten Vormittag organisieren würde. Während ich im Morgenrock in der Küche herumwirtschaftete, ein Aufzug, in dem ich meinem Vater niemals hatte unter die Augen kommen dürfen – im Morgenrock, oder, noch entsetzlicher, im Bademantel, im Haus zu erscheinen, galt als bewusste Beleidigung dessen, der den Anblick ertragen musste –, fiel mir der Brief in die Hände, den ich in der Nacht achtlos zur Seite gelegt hatte. Ich erkannte die Schrift, auch ohne auf den gedruckten Absender zu sehen. Der Brief kam von meinem Vater.

Einen winzigen Moment lang hatte ich den Gedanken, ich hätte den Brief durch intensives An-zu-Hause-Denken herbeigewünscht, bis mir einfiel, dass er wohl schon geschrieben worden war, bevor mir die Gedanken über den Vater durch den Kopf gegangen waren. Ich öffnete ihn erst, als ich mir Kaffee eingeschenkt und eine Zigarette angezündet hatte.

Der Brief war kurz, mein Vater fasste sich immer kurz, und ließ sich in dem Satz zusammenfassen: Deine Mutter und ich bitten dich, an einem der nächsten Nachmittage, am besten am 3. Oktober, zu uns zu kommen.

***

Die Stimme der Sekretärin, die Beringer am nächsten Morgen anrief, war nicht hell, sondern grell. Es überraschte ihn immer wieder, wie unsensibel Menschen mit ihrem eigenen Erscheinungsbild – und die Stimme gehört unbedingt dazu – umgehen. Menschen existieren und leben, weil sie von anderen wahrgenommen werden. Wie konnte es sein, dass jemandem nicht daran gelegen war, die Wahrnehmung der eigenen Person von anderen zu beeinflussen? In einem Beruf wie seinem konnte man sich nicht aussuchen, mit wem man Zusammenkommen und mit wem man sich unterhalten musste. Er hatte das akzeptiert, weil ihm nichts anderes übrig blieb, aber es gab immer Menschen, die er auf Grund bestimmter äußerer Merkmale zu treffen vermied. Bei Charaktereigenschaften hatte er diese Vorbehalte übrigens nicht. Er war immer an allem interessiert, was Menschen dachten und taten, es waren nur bestimmte ästhetische Kategorien, die sich auf Äußerlichkeiten bezogen, bei denen er strenge Maßstäbe anlegte. Der Klang einer Stimme gehörte dazu, aber er ließ sich deshalb nicht davon abhalten, eine Verabredung nach Dienstschluss zu treffen. Die Sekretärin, die Renate Wegner hieß und natürlich um seinen körperlichen Zustand wusste, bot ihm an, mit dem Auto an seinen Wohnort zu kommen.

„Dann haben Sie es einfacher“, hörte er sie am Telefon sagen und setzte in Gedanken „mit Ihrem verkrüppelten Bein“ hinzu. Trotzdem nahm er das Angebot an. Sie verabredeten sich in einem Café gegenüber dem Rathaus.

Pünktlich um 17.30 Uhr nahm er dort Platz, obwohl er nicht damit rechnete, dass die Wegner die angegebene Zeit einhalten würde. Stadtauswärts war der Verkehr um diese Zeit kaum ohne Verspätung zu bewältigen. Es schien ihm, als sammelte er Argumente, die ihm die Wegner noch unsympathischer machten, als sie es ohnehin schon war: Typisch für diese Frau, dass sie eine Zeit vorgeschlagen hatte, bei der ihr hätte klar sein können, dass sie sie nicht einhalten konnte.

Sie kam eine halbe Stunde zu spät, während der er ausreichend Zeit hatte, die Trostlosigkeit des Lebens in der Provinz zu studieren.

Ihm gegenüber lag der vor einigen Jahren neu errichtete Rathausbau. Irgendwo gab es, davon war er inzwischen fest überzeugt, eine Schule, eine Ausbildungsstätte für die spezielle Heranzüchtung von Architekten mittelmäßiger, kleinstädtischer Rathausgebäude. Die Vorgaben, die sie dort zu erfüllen lernten, waren: zu gewaltig für den Standort, auf keinen Fall den umliegenden Gebäuden angepasst, zu teuer für den Stadthaushalt, ein möglichst toter Platz davor.

Alle diese Kriterien waren in dem Ensemble, das er vor sich sah, zuverlässig erfüllt worden. Es lohnte sich nicht, mehr darüber zu sagen, außer vielleicht, dass es ihm so vorkam, als wäre alle Ödnis, die das Leben in dieser Stadt hervorbrachte, in dem Leben, oder besser Nichtleben, auf dem Platz vor dem Rathaus versammelt. Das neue, in übergroßen Schachbrettfeldern angeordnete Pflaster wirkte wie der in Stein umgesetzte Ruf: Ordnung! Die vier Bänke, die an den Seiten des Platzes aufgestellt worden waren, symbolisierten den Zustand der Beziehungslosigkeit besser noch als die Frauen, die ihre Kinderwagen aneinander vorbeischoben. Die acht kleinen Bäume, die in regelmäßigen Abständen über den Platz verteilt waren, symbolisierten die Gesichtslosigkeit der Politik, die im Rathaus gemacht wurde. Das Bild vor seinen Augen deprimierte ihn so, dass er geradezu erleichtert war, Renate Wegner mit raschen Schritten über den Platz kommen zu sehen. Möglich, dass er voreingenommen war, aber es schien ihm tatsächlich so, als hätte ihr eiliger Schritt etwas Großstädtisches an sich, worüber er erleichtert war.

Sie war nicht in Rosa gekleidet, und da das Café gut besucht war, sah sie sich gezwungen, ihre Stimme zu dämpfen. Es war durchaus erträglich, mit ihr zusammenzusitzen. Lediglich der mitleidige Blick hatte ihn am Anfang gestört, aber er war verschwunden, als er keine Anstalten machte, darauf zu reagieren. Er wartete, bis sie etwas zu essen ausgesucht hatte, wobei sie ihm erklärte, es sei ihr lieber, in Gesellschaft zu essen, als allein in ihrer Bude. Dann begann er sie auszufragen. Er hatte sich vorgenommen, nicht um den heißen Brei herumzureden und sie am Ende ihres Gesprächs um Verschwiegenheit zu bitten. Er wusste nicht, ob sie seiner Bitte tatsächlich entsprechen würde, aber er hatte keine andere Wahl.

„Inge war die beste Chefin, die ich bisher gehabt habe“, sagte sie. „Bei euch ist es nicht so einfach, ernst genommen zu werden. Ihr seht ja im Grunde nur den Schreibautomaten. Aber so war sie nicht.“

„Das freut mich“, sagte er, „nicht nur für Sie, sondern auch für mich.“

Sie sah ihn einigermaßen verständnislos an.

„Wieso?“, fragte sie.

Er hatte den Eindruck, dass sie nicht besonders klug war, aber mit Klugheit hatte er auch nicht gerechnet; er hatte nur darauf gehofft. Es war wesentlich leichter, kluge Menschen zu überzeugen, wenn man einigermaßen stichhaltige Argumente hatte, als dumme.

„Das will ich Ihnen gern erklären", sagte er. „Möchten Sie, dass ich noch etwas zu trinken für Sie bestelle?"

Sie schüttelte den Kopf. Es sah aus, als wäre sie wirklich interessiert an dem, was er ihr zu sagen beabsichtigte. Er überlegte einen Augenblick, auf den Anfang kam es ganz sicher an.

„Sie und ich, wir mochten Inge", fing er an. Er sah sofort, dass dieser Anfang falsch gewesen war.

„Jeder auf seine Weise, natürlich, Sie haben Sie als Freundin geschätzt, in erster Linie als Freundin und dann als angenehme Chefin."

„Sie hat gute Arbeit gemacht", warf die Wegner ein, so, als seien die beruflichen Qualitäten ihrer Chefin bisher nicht ausreichend gewürdigt worden.

„Und das ist nun einer der Gründe, weshalb ich Inge besonders geschätzt habe. Wenn sie, verzeihen Sie, das klingt nun ein bisschen pietätlos, aber wir wollen bei der Wahrheit bleiben, wenn sie ihren eigenen Tod zu untersuchen gehabt hätte, dann wüsste man inzwischen, wo der Schuldige zu suchen wäre."

Es war nur noch ganz wenig Skepsis im Blick der Wegner, sie würde reden, da war er fast sicher.

„Von Ihnen hat sie immer viel gehalten", sagte sie.

„Wir waren uns ähnlich: Arbeitsmethoden, Dienstauffassung, na ja." Er machte eine kleine, nachdenkliche Pause, bevor er fortfuhr. „Deshalb fühle ich so etwas wie eine Verpflichtung, ich weiß doch, wie in dem Haufen ermittelt wird. Und ich weiß, wie sie vorgegangen wäre."

„Sie sind nicht mehr im Dienst", sagte die Wegner.

Sie war wirklich ein bisschen schwer von Begriff, aber, einmal gewonnen, vielleicht auch besonders zuverlässig.

„Ja. Und genau da liegt unser Problem."

Es war riskant, schon jetzt das Wort „unser" zu benutzen, aber er entdeckte keine Missbilligung, kein Erstaunen in ihrem Gesicht und wusste, dass er gewonnen hatte.

„Ich möchte meine eigenen Ermittlungen anstellen", sagte er. „Ich bin sicher, dass ich herausfinde, wer das getan hat. Aber dazu brauche ich Ihre Hilfe."

Die Wegner legte Messer und Gabel beiseite, seufzte tief, beinahe andächtig, und sah ihn erwartungsvoll an.

„Es gibt ein paar Dinge, die ich wissen muss", begann er. „Dazu gehört: Woran hat Inge Dellbrück zuletzt gearbeitet? Gibt – gab es in ihrem Arbeitszimmer ein Fach, eine Schublade, die sie immer verschlossen hielt? Sind Sie bei ihr zu Hause gewesen? Hat sie Ermittlungsakten mit nach Hause genommen oder haben Sie für Inge irgendwann Akten kopiert? Fühlte sie sich bedroht? Hat sie in diesem Zusammenhang Namen genannt? Fiel irgendwann in den letzten ein, zwei Monaten der Name Keizer?"

Um die Wegner nicht zu verwirren, hielt er inne. An der Art, wie sie ihm antwortete, konnte er ihre Qualitäten, ihr jahrelanges Training als Sekretärin ablesen, und sie stieg gewaltig in seiner Achtung.

„Ich antworte der Reihe nach", sagte sie. „Frau Dellbrück war vor sechs Wochen versetzt worden. Sie hatte selbst um Versetzung gebeten. Sie arbeitete zuletzt in der Planungsabteilung. Sie war sozusagen aus der Ermittlungsarbeit ausgestiegen. Aber sie wollte, dass ich weiter für sie das Büro organisiere und hat das auch durchgesetzt. Wir sind nur zwei Stockwerke höher gezogen. In der Planungsabteilung hat sie sich ausschließlich damit beschäftigt, die verschiedenen Polizeistrategien europäischer Großstädte zu vergleichen. Das war eine sehr umfangreiche Arbeit, die zur Vorbereitung einer Konferenz in Brüssel im nächsten Jahr dienen sollte. Ein verschlossenes Fach, eine Schublade, die ich nicht hätte einsehen dürfen, gab es in ihrem Arbeitszimmer nicht. Ich war niemals bei ihr zu Hause. Wir haben aber manchmal nach der Arbeit ein Bier zusammen getrunken und über private Dinge gesprochen. In dem Zeitraum, der Sie interessiert, hat sie keine Ermittlungsakten mit nach Hause genommen, weil sie ja nicht mehr ermittelt hat. Davor habe ich zwei oder drei Mal Auszüge aus Akten kopiert, die sie vor Besprechungen brauchte. An die Namen der Leute, um die es ging, erinnere ich mich nicht, weil sie mir nur die Seitenzahlen genannt hat. Das Deckblatt wollte sie nie haben. Den Namen Keizer kenne ich natürlich, weil ja bis zu Ihrem" – hier stockte sie einen Moment –, „weil sie ja mit Ihnen gemeinsam an dem Fall gearbeitet hat, bis Sie weggegangen sind. Aber sie hat sich dann versetzen lassen und hatte damit nichts mehr zu tun."

Nichts von dem, was die Wegner sagte, war im Augenblick für Jean von Bedeutung, und doch fand er eines sonderbar. Die Dellbrück hatte zu ihren Besprechungen niemals irgendwelche Aktenauszüge mitgebracht. An welchen Sitzungen, von denen er nichts wusste, hatte sie noch teilgenommen? Und weshalb hatte sie sich versetzen lassen? Sie hatte doch keinen

Grund, die Niederlage gegen Keizer persönlich zu nehmen. Und warum hatte sie ihm nicht gesagt, dass sie inzwischen nicht mehr in der Drogenfahndung arbeitete, sondern den Eindruck erweckt, sie sei immer noch dabei und bestens informiert?

„Frau Wegner", sagte er, „ich möchte, dass Sie mir einen Gefallen tun. Sie wissen, dass ich wegen der Aufklärung des Mordes an Inge Dellbrück vor ein paar Tagen vernommen worden bin. Ich möchte gern wissen, wen die Kollegen sonst noch vernommen haben und wer noch auf ihrer Liste steht. Ich kann daraus entnehmen, in welche Richtung die Ermittlungen gehen. Um die Vernehmungsprotokolle kann ich Sie wohl schlecht bitten ..."

„Ich will sehen, was ich tun kann", sagte sie entschlossen. „Es gibt ein paar Leute bei uns, die sehr bedauern, dass Sie nicht mehr dabei sind."

Er hatte so ein Gerede befürchtet. Aber sie müsste auf jeden Fall schweigen. Es war nie darüber gesprochen worden, jedenfalls nicht, bis er sich aus dem Dienst verabschiedet hatte, aber die Möglichkeit, dass irgendeiner der Kollegen auch für Keizer arbeitete, war nicht von der Hand zu weisen. Auf Geld kam es bei Drogensachen nicht an.

Es war nicht schwer, Renate Wegner davon zu überzeugen, dass sie niemanden einweihen dürfte. Vielmehr kam er auf die Idee, ihr aufzutragen, zusätzlich ein Auge darauf zu haben, ob einer der Kollegen mit Geld besonders großzügig umginge. Sie verstand, wovon er sprach, auch wenn sie versicherte, ihr sei bisher so etwas nie aufgefallen. Sie redeten noch ein wenig über andere Dinge, über die Vorzüge des Herbstes auf dem Land und die angebliche Zerstörung der Landschaft durch Windmühlen in Schleswig-Holstein. Dann war ihr Gesprächsstoff erschöpft und sie winkte der Kellnerin. Er fragte sie, ob er ihre Rechnung übernehmen dürfe, und sie willigte ohne Zögern ein. Die Kellnerin brauchte sehr lange, um mit der Rechnung an ihren Tisch zu kommen, eine Zeit, in der sie sich stumm gegenübersaßen. Er beobachtete den Platz vor dem Restaurant, der nun endgültig leer und verlassen dalag.

„Und dabei hat sie sich so gefreut", sagte die Wegner. „Sie und ihr Mann wollten in Urlaub fahren. Sie hatte ein oder zwei Tage in Brüssel zu tun. Und dann wollten sie weiter. Extra mit dem Auto, damit sie Platz hatten."

Die Kellnerin kam, er zahlte, sie verabschiedeten sich, nachdem er vorgeschlagen hatte, dass sie sich in drei Wochen um die gleiche Zeit am selben Ort wieder treffen sollten. Er sah der Wegner nach, als sie über den leeren Platz zu ihrem Auto ging. Ihr Gang war zu schwerfällig für eine Frau in ihrem Alter. Er konnte sich noch immer nicht entschließen, sie sympathisch oder unsympathisch zu finden, und entschied sich für nützlich.

Es war noch zu früh, um in der Lagune zu sitzen. Er beschloss, zu Fuß zurück nach Hause zu gehen und noch ein wenig zu lesen. Der Gang durch die abendlich tote Stadt war ihm nicht unangenehm. Er traf unterwegs zwei Mal eine kleine Gruppe von Müttern und Kindern. Die Kinder trugen leuchtende Laternen vor sich her, und die Mütter sangen mit hohen Stimmen die einfachen Lieder dazu, die er selbst noch aus seiner Kindheit kannte. Er erinnerte sich an eine Laterne, die abgebrannt war, und an das strenge Gesicht seiner Mutter, das sein Unglück über den eben noch leuchtenden und nun zu einem Häufchen Asche verbrannten Mond noch verstärkt hatte.

Weshalb hatten Charlotte und er keine Kinder gehabt? Der Gedanke kam so plötzlich, und an Charlotte im Zusammenhang mit Kindern zu denken, erschien ihm so absurd, dass die Trauer, die begonnen hatte, in seinem Inneren ein Nest zu suchen und Unheil auszubrüten, von einem leisen Lachen verdrängt werden konnte, weil das Nest noch nicht fest genug geflochten war.

Charlotte und Kinder, du lieber Himmel! Sie waren so miteinander beschäftigt gewesen, dass sie gar nicht auf den Gedanken gekommen waren, über eine solche Möglichkeit nachzudenken. Oder hatte er etwas übersehen? Hatte er, von Anfang an blind vor Eifersucht, gar nicht zulassen wollen, dass da noch ein anderes Wesen Ansprüche an den Körper von Charlotte haben dürfte? An den Körper! Er fühlte sich ertappt und versuchte, seine Gedanken in eine andere Richtung zu lenken.

Einen Augenblick lang dachte er darüber nach, ob es nötig wäre, den Mann der Dellbrück aufzusuchen. Könnte er ihm sagen, was seine Frau zuletzt beschäftigt hatte? War das Verhältnis der Eheleute zueinander so gewesen, dass sie über die Dinge gesprochen hatten, die sie bewegten? Er versuchte, sich an Einzelheiten zu erinnern, nur um festzustellen, dass er zu der Zeit, als sie im Haus der Dellbrücks verkehrt hatten, so besessen von Charlotte war, dass er seine Umgebung offenbar kaum wahrgenommen hatte. Er erinnerte sich nur an einen Rotwein trinkenden, jovialen

Mann. Ihm kam der Gedanke, es könnte ein Gebot der Höflichkeit sein, diesen Mann aufzusuchen, um ihm sein Beileid auszusprechen. Aber er verspürte wenig Neigung, dem trauernden Witwer die Hand zu drücken und Gefühle zu heucheln, die er nicht empfand. Trotzdem beschloss er, sich als höflicher Mensch zu erweisen. Vielleicht würde er durch seinen Besuch das eine oder andere Detail in Erfahrung bringen, das ihm nützlich sein könnte.

Dellbrück, das fiel ihm nun doch ein, war der einzige Mensch in seinem Bekanntenkreis, bei dem er im Bücherschrank ebenfalls eine Ausgabe von Prousts „Auf der Suche nach der verlorenen Zeit" gesehen hatte. Merkwürdigerweise hatte ihn das nicht für ihn eingenommen, sondern es hatte eher das Gegenteil bewirkt. Es war fast so, als hätte Beringer Inges Mann die Lektüre nicht gegönnt, die ihm selbst so großes Vergnügen bereitete.

Dieser Gedanke, der geeignet gewesen wäre, eine gründliche Selbstkritik einzuleiten, behagte ihm nicht, deshalb wich er ihm aus und begann darüber nachzudenken, weshalb Menschen süchtige Leser werden können: Um die Zeit totzuschlagen, natürlich, von der sie nicht wissen, wie sie sie besser ausnutzen sollen; um zu lernen; um Gefühle mitzuerleben, die ihnen in der Wirklichkeit nicht widerfahren; um Abenteuer zu bestehen, die zu erleben sie niemals auch nur in Versuchung kommen würden; um ästhetische Ansprüche an die Sprache zu befriedigen, die ihnen im Alltag nur allzu oft banal und lax begegnet; um zu fliehen vor dem eigenen Leben in die Leben anderer, die Handlungen vollbringen, zu denen man sich selbst nicht im Stande sieht.

Und seine Motive? Er ersparte sich die Antwort, da er, nun zu Hause angekommen, „Swanns Welt“ zur Hand nehmen und die Welt um sich herum für eine Weile vergessen konnte. Er konnte das um so eher tun, als er wusste, dass er sich nicht durch Lesen vom Handeln abhalten lassen würde.

Gegen zweiundzwanzig Uhr machte er sich auf den Weg in die Lagune. Es war warm draußen, beinahe zu warm für die Jahreszeit, aber es wehte ein heftiger Wind, und er war kaum zehn Schritte gegangen (wie bezeichnet man eigentlich korrekt den Gang eines Hinkenden? Mit „Hinken“, aber seine Art der Fortbewegung traf dieses Wort nicht ganz. Humpeln? Schlurfen? Holpern?), als auch noch ein heftiger Regen einsetzte. Es hatte keinen Sinn, zurückzugehen, denn er besaß weder einen Regenmantel noch einen Regenschirm. Er spürte, wie der Trenchcoat, den er anhatte, nass und schwer wurde. Beinahe bis auf die Haut durchnässt, kam er im Bistro an.

Als er den Raum betrat, empfand er, trotz des unerfreulichen äußeren Zustands, in dem er sich befand, eine Art Zufriedenheit, so, als käme er nach langer Wanderung nach Hause. Hatte er sich schon so sehr an die Abende im Bistro gewöhnt?

Er sah sich an der Garderobe nach einem Bügel um, fand keinen und hängte den tropfnassen Mantel über zwei Garderobenhaken. Der Tisch am Fenster, an dem er am liebsten saß, war leer. Das Gefühl der Zufriedenheit wurde noch deutlicher. Er grüßte, während er sich das Gesicht mit einem feuchten Taschentuch trocken rieb, zum Tresen hinüber. Dort standen die beiden Serviererinnen, die auch schon an den Abenden zuvor um diese Zeit da gewesen waren. Die Tochter – er würde, falls diese Mona an seinen Tisch käme, sie nach ihrer Tochter fragen müssen. Er hatte die Nacht, in der sie das Kind gesucht hatten, schon fast wieder vergessen.

***

An diesem Abend ging ich wieder in die Lagune. Ich hatte mir vorgenommen, den Brief meines Vaters mitzunehmen und ihn Waltraud zu zeigen. Sie war eine Frau mit gesundem Menschenverstand. Ich brauchte einfach jemanden, mit dem ich darüber reden konnte, ob ich der Einladung folgen sollte oder nicht.

Natürlich würde Waltraud sich über den Namen Milena wundern. Aber da meine Tage in der Lagune so oder so gezählt waren, sah ich keinen Grund mehr zum Versteckspielen. Wir hatten, weil wir beide schon vor Beginn unserer Schicht ankamen, Zeit, um einen Kaffee zu trinken und eine Zigarette zu rauchen. Ich nutzte die Gelegenheit.

„Der Brief hier ist von meinem Vater", sagte ich. „Ich hab seit ein paar Jahren keinen Kontakt mehr nach Hause. Es gab Streit, weil ihnen mein Leben nicht gefallen hat. Ich kann dir das jetzt nicht näher erklären, jedenfalls habe ich den Kontakt abgebrochen. Was meinst du? Soll ich hingehen?"

Der Brief war ja nicht lang. Waltraud hatte ihn schnell gelesen, umso länger dachte sie über meine Frage nach. Ihre Antwort verblüffte mich ein wenig.

„Die haben Geld, oder?"

„Ich glaube schon", sagte ich.

„Ja, dann", sagte Waltraud.

„Was, ja dann?"

„Überleg doch. Du wolltest nichts mehr mit ihnen zu tun haben. Und nun schreiben sie dir. Wenn sie dich enterben wollen, können sie das auch mit ihrem Rechtsanwalt machen. Aber sie wollen dich persönlich sprechen. Das bedeutet, sie möchten wieder Kontakt zu dir, Versöhnung ist angesagt, Mädchen. Und wenn sie Kohle haben, dann versöhn dich ruhig. In diesem Laden hier wirst du jedenfalls nicht reich."

Damit war das Thema für Waltraud abgeschlossen. Über das Problem „Mona" oder „Milena" hatte sie nicht mal ein Wort verloren. Wir gingen nach vorn, übernahmen unsere Schicht und hatten kaum mit der Arbeit begonnen, als der Holzbock zur Tür hereinkam, durchnässt bis auf die Haut. Er ließ sich herab, uns zu grüßen. Wir winkten lässig zurück, und ich nahm mir vor, im Lauf der Nacht an seinen Tisch zu gehen, um mich endlich für seine Hilfsbereitschaft bei der Suche nach Tita zu bedanken.

Den werde ich dann auch nicht mehr sehen, dachte ich und spürte bei dem Gedanken ein ganz kleines Bedauern. Aber der Verlust würde leicht zu verschmerzen sein.

Und dann gab es einen Unfall auf der Landstraße, die in der Nähe an der Lagune vorbeiführte. Wir hörten das Krachen und alle, Gäste und wir, liefen nach draußen. Man hörte Schreie, aber außer einem riesigen Haufen Schrott konnten wir in der Dunkelheit nichts ausmachen. Das blaue Licht reichte nicht bis an die Straße. Jemand rief die Polizei, die kam ziemlich schnell, auch die Feuerwehr, die Schreie waren da schon leiser geworden. Wir gingen wieder hinein, und ich sah, dass nur der Holzbock nicht nach draußen gelaufen war.

„Der hat die Ruhe weg“, sagte Waltraud neben mir.

In den Unfall war auch einer der Lastzüge verwickelt, der bei uns auf dem Parkplatz gestanden hatte. Es gab viel Gerede darüber in dieser Nacht, und ich dachte, dass mir diese großen LKWs schon immer unheimlich gewesen waren. Da draußen standen sie, ordentlich nebeneinander aufgereiht, bösartig, fand ich, gefährlich und darauf lauernd, dass sie wieder auf die für diese Riesen viel zu schmalen Landstraßen gebracht würden und neues Unheil anrichten könnten. Das waren verrückte Gedanken, an denen ich spürte, dass meine innere Verfassung nicht so stabil war, wie sie eigentlich hätte sein sollen. Ich ärgerte mich. Ich hatte ein oder zwei wichtige Entscheidungen zu treffen, die Titas und mein Leben grundlegend verändern würden. So etwas machte man besser mit einem kühlen Kopf.

Unwillkürlich sah ich zum Tisch des einsamen Polizisten hinüber. Aber er war gar nicht mehr einsam. Ronny war gekommen und redete auf ihn ein, als habe er etwas besonders Wichtiges mitzuteilen. Manchmal wies er dabei auf ein Stück Zeitung, das zwischen ihnen auf dem Tisch lag. Beringer hörte zu, warf nur hin und wieder ein Wort ein oder stellte eine Frage. Dann saßen beide eine Weile da und schwiegen vor sich hin. Schließlich stand Ronny auf, verabschiedete sich und ging hinaus. Er hatte nicht einmal das eine Bier bestellt, das er sich nachts so gern leistete.

Ich gebe zu, ich war neugierig. Ich wollte wissen, was die beiden miteinander zu besprechen hatten, und war gerade dabei zu überlegen, was für eine Frage ich stellen müsste, um herauszufinden, was los war, als Beringer aufstand und zu mir herüberkam.

„Darf ich Sie bitten, sich einen Augenblick zu mir zu setzen, wenn Sie zwischendurch etwas Zeit haben?“, fragte er.

Ich nickte verblüfft. Ich hatte das Gefühl, Beringer wollte mich in irgendetwas einweihen. Ich würde gar nicht besonders raffiniert fragen müssen. Es sah so aus, als sollte ich einfach einbezogen werden. Ich wäre sehr gern gleich an seinen Tisch gegangen, aber das ging nicht, weil die Polizei im Bistro erschien. Sie hatten draußen wohl alle Spuren notiert und fotografiert und suchten nun bei uns nach Zeugen, die den Unfallhergang beobachtet hätten. Sie benahmen sich diskret, gingen von Tisch zu Tisch, sprachen leise und notierten nur hin und wieder etwas. Aber natürlich störten sie trotzdem den Betrieb, und Waltraud und ich hatten alle Hände voll zu tun, die Gäste bei Laune zu halten. Es war nach Mitternacht, die Ablösung war schon gekommen, Waltraud war nach Hause gefahren, und ich hatte unsere Abrechnung gemacht, als ich mich zu Beringer setzte.

„Ich wäre heute sowieso zu Ihnen gekommen“, sagte ich. „Ich hab mich noch nicht einmal für neulich Nacht bedankt. Ich weiß nicht, ob ich mich allein getraut hätte ...“

„Natürlich hätten Sie. Soll ich Ihnen sagen, was ich denke, nachdem ich Sie kennen gelernt habe? Ich denke, dass Sie eine kluge Frau sind, die in kritischen Situationen einen klaren Kopf behält. Vielleicht haben Sie im ersten Schrecken angenommen, sie schaffen es nicht allein. Aber Sie wären sehr gut ohne mich fertig geworden.“

Er machte eine Pause. Ich hatte keine Lust, etwas zu erwidern. Hätte ich sagen sollen: Nein, nein, ich brauchte Ihre Hilfe wirklich!? Im Grunde hatte er Recht. Und dann kam's.

„Was ich Ihnen jetzt erzähle", sagte er, „bleibt unter uns, egal, wie Sie sich entscheiden. Sie wissen, weshalb ich nicht mehr im Dienst bin?"

Ich nickte.

„Meine Personalakte in der Innenbehörde ist inzwischen geschlossen", sagte er, „aber ich, ich selber, fühle mich nach wie vor als Polizist. Ich bin noch im Dienst, wenn Sie verstehen, was ich meine."

Dabei schlug er mit der Hand auf den Oberschenkel seines rechten Beins, das er seitlich neben dem Tisch ausgestreckt hatte. Ich verstand sehr gut, was er meinte, auch ohne diese Geste. Ganz kurz, nur für einen winzigen Augenblick, schoss mir der Gedanke durch den Kopf, wie es wohl im Inneren eines Menschen aussehen mochte, der sein Leben damit verbrachte, auf Vergeltung zu sinnen. Aber der Gedanke war schnell wieder verschwunden.

„Ich will den Drahtzieher", sagte Beringer. „Ich war der Meinung, er würde hier wieder auftauchen. Und vielleicht kommt es auch so, eines Tages. Aber nun ist eine neue Situation eingetreten. Es gibt eine Spur, die es sich lohnt zu verfolgen. Diese Spur führt nach Frankreich."

Er hielt inne, und ich begann zu überlegen, was das alles mit mir zu tun haben könnte. Sollte ich für Beringer die Augen offen halten, während er nach Frankreich führe, um seinem Erzfeind nachzujagen? Da würde ich ihm einen Korb geben müssen. Meine Tage in der Lagune gingen dem Ende entgegen.

„Ja", sagte ich, „ich verstehe, aber –"

„Sie verstehen nichts“, war seine Antwort, „Sie können doch noch gar nicht verstehen, was ich von Ihnen möchte. Und ich muss Sie bitten, genau zu überlegen, bevor Sie antworten. Also: Ich will Keizer in Frankreich suchen, aber nicht allein. Ich sage Ihnen ganz ehrlich: Ich schaffe es nicht allein. Ich kann nicht Auto fahren, noch nicht. Irgendwann wird es möglich sein, wenn das Bein wieder in Ordnung ist, oder man wird mir ein Auto für meine Zwecke Umrüsten. Aber so weit bin ich noch nicht. Dazu kommt: Keizer kennt mich. Ich kann einfach nicht auf Sichtweite an ihn heran, ohne dass er misstrauisch wird. Mit Ihnen zusammen wären beide Probleme gelöst. Was halten Sie davon?“

Ich war sprachlos. Was dachte dieser Beringer sich? Dass ich auf Abruf bereit stünde? Ich suchte nach einer Antwort, so, als käme es darauf an, dieses merkwürdige Angebot möglichst schnell und möglichst überzeugend abzulehnen. Aber je heftiger ich überlegte, desto weniger fiel mir ein. Beringer sah mich an und sagte nichts. Sein Gesicht drückte nicht einmal Erwartung, geschweige denn Spannung aus. Fast schien es so, als wäre es ihm gleichgültig, wie ich mich entscheiden würde. Aber ich wusste umso sicherer, je länger ich ihn betrachtete, dass es ihm nicht gleichgültig war. Ihm war klar, dass er ohne Hilfe seinen Plan nicht umsetzen könnte. Er brauchte mich, mich oder jemand anderen, aber jemand anderer war nicht da.

Ich wurde ruhiger und begann zu überlegen. Und allein die Tatsache, dass ich da saß und überlegte, ob ich mich auf Beringers Vorschlag einlassen sollte oder nicht, war wohl Beweis genug, dass mich die Sache reizte.

Die Sache oder der Mann?

Wieder ein flüchtiger Gedanke, den ich schnell beiseite schob. Aber es war vollkommen unmöglich. Renner, Tita, meine Eltern.

„Wie lange, glauben Sie, müssten wir in Frankreich bleiben?“ hörte ich mich fragen.

„Ich weiß nicht. Eine Woche, vielleicht. Mindestens eine Woche. Ich brauche zwei oder drei Tage, um meine Zelte abzubrechen und um noch ein paar Erkundigungen einzuziehen. Ich kann Ihnen kein Luxushotel bieten, aber notwendige Reisekosten übernehme ich. Sie müssten in drei Tagen reisefertig sein.“

In drei Tagen. In drei Tagen begannen Titas Ferien. Bis dahin würde Renner eine Antwort haben wollen. Ich wusste nicht, was mich bei meinen Eltern erwartete.

„Es geht nicht“, sagte ich.

Da wusste ich schon, dass alles zu organisieren sein würde. Aber es war mir damals auch vollkommen klar, dass eine Entscheidung für Beringer meinem weiteren Leben eine unvorgesehene Wendung geben würde, die über eine kurze Reise nach Frankreich hinausginge. Einerseits wollte ich nicht schon wieder in einer wichtigen Sache eine spontane Entscheidung fällen, andererseits stand die Entscheidung im Grunde schon fest.

„Drei Tage“, sagte ich. „Entweder ich kann meine Angelegenheiten in dieser Zeit regeln, dann komme ich mit. Oder es klappt nicht, dann müssen Sie sich jemand anderen suchen.“

„Sie schaffen das schon“, hörte ich Beringer sagen.

Seine Stimme hatte einen zufriedenen Unterton und in seinem Gesicht glaubte ich zum ersten Mal ein Lächeln zu sehen. Ich ärgerte mich und beschloss, anders, als ich es gerade vorgehabt hatte, ihm nicht zu erzählen, was das für Dinge waren, die ich in den nächsten drei Tagen zu organisieren hätte. Es wäre besser, von Anfang an aus unserem Verhältnis alle privaten Dinge herauszuhalten. Ich würde Beringers Vorschlag als einen interessanten, kurzfristigen Job betrachten. Weil Ermitteln eine meiner Lieblingsbeschäftigungen war. Renner würde das verstehen. Und Tita?

Ich begann mich wieder zu ärgern, diesmal über mich selbst. Was war ich nur für eine Rabenmutter! Sicher konnte meine Kleine auch länger in der Hortensien-Villa bleiben. Aber war es richtig, sie so lange allein zu lassen?

„Es ist spät“, sagte Beringer. „Wir sind müde. Ich möchte Sie bitten, morgen Nachmittag, sagen wir: ab siebzehn Uhr, zu mir nach Hause zu kommen. Es wäre wichtig, Ihnen genauer zu sagen, was wir Vorhaben. Dann haben Sie doch ausgeschlafen?“

Ich nickte.

„Hofkoppel, Nummer 14“, sagte er.

Ich stand auf, ein wenig betäubt, sagte nichts und ging. Hinter mir hörte ich Beringer „Gute Nacht“ sagen, aber ich wandte mich nicht noch einmal um.

Als ich zu Hause war, war es halb drei. Unterwegs war es ruhig gewesen, und zum ersten Mal seit Tagen hatte der Mond geschienen, sodass ich schnell gefahren war. Ich stellte das Fahrrad in den Ständer vor der Haustür, schloss es ab und nahm den Schlüssel aus meiner Tasche.

Das Mondlicht in der Wohnung war so hell, dass ich keine Lampe einzuschalten brauchte. Ich ließ die Vorhänge offen. Das Tageslicht würde mich zuverlässig wecken. In das Zimmer von Tita ging ich nicht. Ich ging nicht hinein, weil ich nicht wusste, wie ich mit dem schlechten Gewissen fertig werden würde, das mich sicher beim Anblick ihrer Sachen überfallen hätte.

Ich schlief ein, während ich noch darüber nachdachte, was ich am nächsten Tag zuerst tun musste: Doktor Renner um Aufschub bitten, mit Tita und ihrer Gastgeberin sprechen oder meine Eltern besuchen.

Ich ging zuerst zu meinen Eltern. Es war fast drei Jahre her, dass ich den Weg zuletzt gegangen war, der von der S-Bahn-Station durch das stille Villenviertel bis zu ihrem Haus führte. Wir hatten nicht immer hier gelebt. Nachdem meine Eltern aus Prag geflohen waren, hatte es einige Jahre gedauert, bis die Praxis meines Vaters so viel Geld abgeworfen hatte, dass er das Haus kaufen konnte. Aber ihn, der mit den Leuten des Prager Frühlings sympathisierte, hatten im Westen weniger Widerstände erwartet, als er befürchtete. Kollegen aus Hamburg und Düsseldorf, mit denen er auch schon vorher beruflich in Kontakt gewesen war, halfen ihm, sich neu zu orientieren. Er hätte sich in Düsseldorf niederlassen können, aber er war schließlich nach Hamburg gegangen, weil seiner Frau, meiner Mutter, die Stadt besser gefallen hatte. Glücklich war sie hier trotzdem nicht geworden. Meine Mutter vermisste ihre Heimat. Eigentlich war sie, solange ich denken konnte, eine traurige Frau gewesen, trotz der vielen Gäste, die ständig im Haus waren, trotz der schönen Kleider und der Einladungen, die sie annahm und zu denen mein Vater, der eigentlich nichts davon hielt, „abends irgendwo zu sitzen", sehr oft später kam. Sein Beruf entschuldigte ihn. Aber niemals oder doch nur sehr selten ließ er meine Mutter allein von einer Einladung nach Hause gehen oder allein in der Diele stehen, um Gäste zu verabschieden. Die beiden wurden gern eingeladen. Sie galten als ideales Paar, was sie vermutlich auch waren, und als unterhaltsam, was ich mir von meinem Vater gut vorstellen konnte. Mit ihm wäre ich gern ausgegangen. Weshalb meine Mutter eingeladen wurde, verstand ich nicht. Vielleicht weil sie schön war und elegante Kleider trug? Schön, elegant und traurig, so war sie mir immer erschienen, eine Mischung, die einem Kind schon manchmal zu schaffen machen kann.

Ich spürte, während ich mich der Villa näherte, längst vergessene Kindergefühle in mir aufsteigen, die mich unsicher werden ließen. Ich blieb stehen, um tief durchzuatmen. Die Straße lag vor mir, von gelben und braunen Blättern bedeckt, die hin und wieder durch die Luft segelten, lautlos von den Bäumen herab auf die Straße und den breiten Bürgersteig fielen, lautlos, weil die warme Herbstluft still zu stehen schien. Vor dem Grundstück meiner Eltern, ich erinnerte mich, stand ein Kastanienbaum. Langsam ging ich weiter. Einmal hörte ich, da war ich schon fast angekommen, den stumpfen Laut, der entsteht, wenn eine Kastanie auf den Boden fällt. Auf dem Laub um den Baum herum lagen die braun glänzenden, mit einem noch frischen weißen Mal versehenen Früchte. Niemand hatte sie eingesammelt. Vielleicht gab es gar keine Kinder mehr in der Straße.

Ich drückte auf den Knopf neben dem Namensschild: Professor Filip Proháska. Die Gartenpforte öffnete sich sehr schnell. Ich dachte an Tita, während ich über den Kiesweg zum Haus ging und an dem Gartenhaus vorüberkam, in dem ich unzählige Sommernachmittage allein und lesend oder spielend und kichernd mit Freundinnen verbracht hatte.

Ein Mädchen, das ich nicht kannte, öffnete mir die Tür und erklärte mir, dass ich erwartet würde. Ich hatte nicht gewusst, woher hätte ich es auch wissen sollen, das Stásá nicht mehr bei meinen Eltern war, und wunderte mich jetzt. Sie war mit ihnen aus Prag gekommen. Sie hatte zu uns gehört.

Bevor ich mich über dieses „zu uns" wundern konnte, erreichte ich den unteren Salon und trat ein. Mein Vater, der in einem Lehnstuhl gesessen hatte, stand auf und kam mir entgegen. Meine Mutter lief an ihm vorbei auf mich zu.

„Schön, dass du endlich gekommen bist", rief sie und streckte mir beide Hände entgegen.

„Guten Tag, mein Kind", sagte mein Vater, „willkommen zu Hause."

Ich war verblüfft, nicht nur über den unerwartet freundlichen Empfang, sondern auch über das völlig veränderte Verhalten meiner Mutter. Sie wirkte fröhlich, umarmte mich herzlich, schob mich von sich weg, um mir ins Gesicht zu sehen, und dabei war sie heiter, wie ich sie noch nie gesehen hatte.

„Nun lass doch das Kind erst einmal Platz nehmen", sagte mein Vater schließlich, auch er heiter und gelassen und voller Wärme. Ich wurde an den Tisch geleitet, auf dem die Decke mit den seidenen Fransen lag, aus denen ich als Kind wieder und wieder schmale, bunte Zöpfe geflochten hatte. Stásá hatte sie oft wieder aufgemacht und versucht, die Fransen zu glätten. Unwillkürlich suchten meine Augen nach einem Zöpfchen, das sie übersehen haben mochte.

„Wo ist Stásá?“, fragte ich.

Meine Eltern strahlten mich an.

„Später“, antwortete mein Vater. „Du trinkst doch Tee mit uns?“

Ich nickte, während schon das Mädchen mit dem Tablett erschien, das Teegeschirr vor uns hinstellte und den Tee eingoss. Die Tassen hatten dünne, weiße Innenwände, einen schmalen orangefarbenen Rand und waren von außen mit stilisierten orangefarbenen Blütenblättern bemalt. Es war ein typisches Geschirr aus den dreißiger Jahren, das meine Mutter nach ihrer Flucht auf komplizierten Wegen aus Prag hatte schicken lassen. Es gehörte zu meinen Kindheitserinnerungen wie der Kastanienbaum auf der Straße vor dem Haus oder die seidenen Fransen an der Tischdecke.

„Wir wollen dir etwas sagen“, begann mein Vater, „aber zuerst sag uns, wie es dir geht. Wir haben dich so lange nicht gesehen.“

„Dich und Tita“, sagte meine Mutter.

Ich sagte nicht: Es hat nicht an mir gelegen, dass wir uns nicht gesehen habe. Ich sagte es nicht, weil ich plötzlich das Gefühl hatte, als trüge ich einen Teil der Schuld daran.

„Es geht uns gut“, antwortete ich und dachte dabei an Tita in dem Hortensienhaus und Jean Beringer und an Renner. Ich hatte nicht das Gefühl, dass ich log.

„Sag es ihr“, hörte ich meine Mutter flüstern. Ich sah, dass sie ihre Hand in die Hand meines Vaters schob.

„Also, hör zu, Mädchen“, sagte mein Vater. „Deine Mutter und ich, wir haben beschlossen, zurückzugehen nach Prag.“

„Und wir wollen dir auch sagen, dass wir es sehr gern hätten, wenn du mit uns kämst, du und Tita, natürlich“, setzte meine Mutter hinzu. Sie saßen da, Hand in Hand; lächelnd und erwartungsvoll sahen sie mich an.

Ich war sprachlos. Ich hatte alle möglichen Überlegungen angestellt, was wohl der Grund sein mochte, aus dem sie mich zu sich bestellt hatten, aber dass die beiden nach Prag zurückgehen wollten, daran hatte ich nicht gedacht. Mein Vater amüsierte sich offensichtlich über mein verblüfftes Gesicht. Dann wurde er ernst.

„Sieh mal, Kind, ich bin jetzt achtundsechzig. Ich habe genug gearbeitet. Deine Mutter bleibt zwar ewig jung –“, das stimmt, ging mir durch den Kopf, und ich war, trotz des Gefühlsdurcheinanders, das in mir entstand, in der Lage, ihr zuzulächeln, „– aber in Prag wird sie nicht nur jung bleiben, sondern auch glücklich sein.“

Er schwieg und die beiden sahen mich wieder erwartungsvoll an. Ich wusste noch immer nicht, was ich sagen sollte.

„Und das Haus?“, sagte ich und fand meine Frage sofort sehr merkwürdig, denn während mein Vater gesprochen hatte, war in mir das Bild einer großen Wohnung entstanden, einer Wohnung mit hohen Fenstern, langen, dämmerigen Korridoren, einer Küche mit schwarzen und weißen Fliesen auf dem Fußboden, Innenfenstern, die auf einen Lichtschacht hinausgingen, und einer Badewanne, die so groß war, dass man darin schwimmen konnte. Über der Badewanne waren goldene Wasserhähne.

„Ja, siehst du“, antwortete mein Vater. „Das wollten wir doch mit dir besprechen.“

Meine Eltern erklärten mir, dass sie in Prag bereits eine Wohnung gefunden hätten. Stásá sei vorausgefahren und mit der Überwachung der Renovierungsarbeiten beschäftigt. Der Umzug würde in drei oder vier Wochen stattfinden. Wenn ich das Haus in Hamburg nicht bewohnen wolle, würden sie es verkaufen.

„Wir brauchen das Geld nicht“, sagte mein Vater. „Ich könnte es für Tita anlegen.“

Wieder entstand eine Pause. Ich hatte wohl verstanden, was sie mir erklärten, aber meine Gedanken waren nicht bei der Sache. Ich dachte noch immer an die Stadt, die ich nicht kannte, von der Stásá mir wieder und wieder erzählt hatte, so oft, dass ich begonnen hatte, meine traurige Mutter zu verstehen, und irgendwann war auch in mir ein Verlangen nach diesem Prag entstanden, das sich vielleicht sogar auf Tita übertragen hatte.

„Ich vermute, dass du dir das erst einmal überlegen musst“, hörte ich meinen Vater sagen, während ich darüber nachdachte, weshalb ich niemals nach Prag gefahren war, obwohl ich immer gewusst hatte, dass ich es eines Tages tun würde. War die Zeit jetzt gekommen?

Nein, dachte ich, wenn ich nach Prag gehe, wird es anders sein.

„Ich freu mich so für euch“, sagte ich. „Tita liebt Prag, obwohl sie es gar nicht kennt. Aber ich werde nicht dort hingehen.“

In Wirklichkeit hatten meine Eltern nichts anderes erwartet. Auch dass ich nicht in das Haus einziehen wollte, das sie verlassen würden, schien sie nicht zu verwundern. Ich glaube, sie waren einfach zu sehr mit sich selbst beschäftigt, um daran Anstoß zu nehmen. Und in Wirklichkeit war ja auch zumindest meine Mutter in diesem Haus nie zu Hause gewesen. Ich versprach, dass wir sie besuchen würden, obwohl ich nicht sicher war, dass es dazu käme. Ich dachte immer noch darüber nach, weshalb ich zögerte, nach Prag zu fahren, als ich eine Stunde später zum S-Bahnhof zurückging. Damals dachte ich, es hinge damit zusammen, dass Träume Träume bleiben müssen. Das sehe ich heute anders.

***

Beringer hatte sich angewöhnt, einmal am Tag einen längeren Spaziergang zu machen, um sein Bein zu trainieren. Aber er hatte bald bemerkt, dass diese Spaziergänge nicht nur zur körperlichen Ertüchtigung nützlich waren. Sie erwiesen sich als ausgezeichnet, um Gedanken zu sortieren, und er begann sich zu fragen, bei welcher Gelegenheit er das eigentlich während seines aktiven Berufslebens gemacht hatte. Er nahm an, dass dazu kaum eine Möglichkeit bestanden hatte. Er war einer derjenigen gewesen, die in ihrer Arbeit sozusagen „von der Hand in den Mund" lebten. Die unergiebige Personalsituation, die besondere Anforderungen an alle und ganz besonders an hoch qualifizierte Polizisten stellte, hatte dazu geführt, dass er meinte, sich Denkpausen nicht leisten zu können. Das unterschied, wie er sich sagte, seinen ehemaligen Job wahrscheinlich nicht von Tausenden anderer Berufe, und zum ersten Mal, seit er aus dem Dienst ausgeschieden war, fühlte er so etwas wie eine kleine Zufriedenheit mit seiner augenblicklichen Situation. Vielleicht trug auch der schöne Herbsttag zu seiner Stimmung bei, die an diesem Vormittag ausgeglichener war als sonst. Und natürlich die Information, die Ronny ihm am Abend vorher gebracht hatte.

Der Junge war tüchtig, daran bestand kein Zweifel. Er hatte nicht nur, wie ihm aufgetragen worden war, die Zeitungen am Ort durchgesehen. Er hatte Tage in der Stadt-Bücherei verbracht und dort sämtliche aktuellen Zeitschriften nach Spuren von Keizer durchgesehen. Als Beringer ihn fragte, wie er darauf gekommen sei, gab er zur Antwort: „Ich bin davon ausgegangen, dass der Mann Geld hat. Geld macht sich nur in den wenigsten Fällen unsichtbar."

Für einen Jungen von siebzehn mit einer komplizierten Familiengeschichte und einem eher ungewöhnlichen Bildungsweg war das eine erstaunliche Feststellung, aber vielleicht hatten gerade die unüblichen Wege, die er zu gehen gezwungen gewesen war, dazu beigetragen, dass aus ihm ein kluger Bursche geworden war. Wie dem auch sei, er war jedenfalls fündig geworden. In einer Hochglanz-Luxus-Zeitung, die sich „arthouse" nannte, hatte er eine Reportage über eine neu eröffnete Galerie in Vence gefunden. Ein Deutscher, dessen Familie in der Textilindustrie in Deutschland, konkret genannt wurde der Ort Wuppertal-Barmen, früher eine bedeutende Rolle gespielt hatte, war damit beschäftigt, dort unten in Südfrankreich mit dem beträchtlichen Rest des Vermögens seinem Hobby nachzugehen: Kunst sammeln, ausstellen und verkaufen. Der Bericht befasste sich mit der Eröffnung der Galerie, deren Schwerpunkt in dieser

Ausstellung den Arbeiten eines beinahe vergessenen deutschen Künstlers gewidmet war, der Grieshaber hieß. Der Name des Künstlers sagte Beringer nichts, und wenn man dem Bericht Glauben schenken durfte, ging es den meisten Franzosen genauso. Es waren einige Werke abgebildet, die ihm ebenfalls nichts sagten, dafür aber umso mehr das Foto des angeblichen Galeristen auf der letzten Seite. Es war nur klein, aber die Person darauf war unzweifelhaft Keizer. Die Bildunterschrift lautete: Mut zur vergessenen Avantgarde und Vertrauen in den Kunstverstand der Franzosen: Armand Caizier.

Er hatte keine Ahnung gehabt, dass Keizer sein Geld in Kunst angelegt hatte. Und ihm war klar, dass es jemanden geben musste, der ihn beriet, denn der Keizer, den er kannte, verstand von Bildern nicht mehr als er, dessen war er sich sicher, und er verstand nichts davon. Aber die Idee passte zu Keizer. Er hatte immer andere die Arbeit machen lassen und sich selbst für etwas Besonderes gehalten.

Aber, dachte er, du bist nicht schlau genug, mein Lieber. Für mich bist du nicht schlau genug.

Er dachte keinen einzigen Augenblick daran, seine ehemaligen Kollegen über seine Entdeckung zu informieren. Er hatte das Gefühl, er sei mit ihnen fertig. Und mit Keizer würde er fertig werden.

Während er sich die Herbstsonne auf den Rücken scheinen ließ, wurde ihm klar, dass er eine Waffe brauchen würde. Das Problem war eigentlich nicht schwer zu lösen, aber er brauchte noch eine Weile, bis er wusste, wie er die Sache angehen würde. Wohl ausgelöst durch seine zuversichtliche Stimmung, hatte er offene Augen für seine Umgebung. Ihm gefielen die Brennnessel-Kolonien am Wegrand, deren hohe, schlanke Stiele sich schon braun verfärbt hatten und unter deren ausgefransten, schmal wirkenden Blättern dunkle Klumpen hingen, die sich bei näherer Betrachtung als Schneckenhäuser entpuppten. Es gab Sträucher mit Beeren in dunklem Rosa, die wie kleine, dicke Blüten geformt waren. Sie schienen, als er sie in die Hand nahm, eine Erinnerung auszulösen, die er nicht fassen konnte, die ihn aber trotzdem glücklich machte. Auf der Wiese, an der er vorüberkam, grasten zwei Pferde, denen man die Ohren und die Augen mit einer Art Maske bedeckt hatte. Es hatte den Anschein, als nähmen sie ihn nicht wahr, während er direkt an ihnen vorüberging. Er war darüber erstaunt, denn er hatte sich daran gewöhnt, dass die Pferde ihn bei seinen früheren Spaziergängen schon entdeckt hatten, wenn er noch sehr weit von ihnen entfernt gewesen war. Er hätte gern mit jemandem gesprochen, der ihm die Funktion dieser Pferdemasken und ihre Wirkung hätte erklären können, aber er traf unterwegs niemanden, und so hatte er genügend Zeit, sich darüber zu wundern, dass es ihn, der es sich angewöhnt hatte, Menschen zu meiden, plötzlich nach Gesellschaft verlangte.

Sie beide – er dachte an diesem sonnigen Herbsttag tatsächlich „sie beide" – würden nach Frankreich fahren. Diese Mona würde die Wohnung, die Gewohnheiten, die Verhältnisse von Keizer auskundschaften. Er würde ihn schließlich in einem günstigen Moment stellen. Er würde ihn nicht erschießen, aber Keizer würde nach ihrem Zusammentreffen nie mehr normal gehen. Die französische Polizei würde ihn finden und Keizer, mitsamt seiner ergaunerten Galerie, würde auffliegen. Da war er sicher.

Aber vorher würde er zu Dellbrück gehen. Vielleicht wusste der, woran seine Frau gearbeitet hatte, bevor sie erschossen worden war. Vielleicht konnte ihm dessen Wissen nützlich sein. Er rief ihn an. Dellbrück war kurz angebunden, aber bereit, ihn zu empfangen.

Es war Mittag, als er in die Stadt fuhr und sich von einem Taxi zum Haus von Dellbrück bringen ließ. Unterwegs dachte er wieder daran, wie wenig Lust er eigentlich hatte, den trauernden Witwer zu treffen. Er würde sich nicht lange bei ihm aufhalten. Er hoffte bloß, dass der Zustand des Mannes einigermaßen erträglich sein und er die richtigen Worte finden würde.

Charlotte wären die richtigen Worte eingefallen, dachte er und hasste sich für diesen Gedanken.

Dellbrück kam selbst an die Tür und Beringer erschrak. Er begriff sofort, dass er nicht so schnell davonkommen würde, wie er gehofft hatte. Aber er ahnte natürlich nicht, was ihm wirklich bevorstand. Dellbrück wandte sich ab, nachdem er ihn eingelassen hatte, und ging voran.

Er kannte das Haus, aber er hatte es niemals in dem Zustand gesehen, in dem es sich jetzt befand. Überall standen leere Flaschen. Es roch nach abgestandenem Rotwein. Die Vorhänge vor den Fenstern waren nur so weit geöffnet, dass man sich in dem Durcheinander von Kleidern, Anzügen, Flaschen und Gläsern einen Weg bahnen konnte, ohne zu stolpern. Das Tageslicht sollte offenbar ausgeschlossen bleiben. Neben einem der mit Kleidungsstücken bedeckten Sofas, er erinnerte sich daran, dass sie weiß bezogen waren, brannte eine Lampe, deren weißseidener Schirm einige

Spritzer abbekommen hatte, die wie Blut aussahen, aber vermutlich mit dem Rotwein zusammenhingen. Am meisten schockiert war er über den Anblick von Dellbrück selbst.

Der Mann, der sich im Wohnzimmer zwischen all dem Chaos zu ihm umwandte und ihn hasserfüllt anstarrte, war ein anderer als der, den er gekannt hatte. Sein weiches, eher gutmütiges, volles Gesicht wirkte wie zusammengeschrumpft, ja seine ganze Gestalt war enger geworden, härter, so, als wäre von ihm alles Überflüssige, alles seiner neuen Situation nicht mehr Angemessene abgeschmolzen und nur ein Kern übrig geblieben, ein harter, böser Kern, der bis zum Bersten angefüllt war mit giftigen Worte, die er zurückgehalten hatte, um sie Beringer entgegenzuschleudern, sobald er auftauchte.

„Auf dich habe ich gewartet“, sagte er.

Beringer war nicht klar, was er wirklich meinte, und er versuchte einen konventionellen Satz, obwohl er ahnte, dass es zwecklos sein würde, dem sich anbahnenden Gespräch einen harmlosen Charakter zu geben und nicht gleich mit der Tür ins Haus zu fallen.

„Es tut mit entsetzlich leid“, sagte er. „Diesen Schmerz kann dir niemand abnehmen. Man fühlt sich allein und vermutlich ist man es auch. Wenn es irgendetwas gibt, womit ich dir trotzdem helfen kann ...“

Er vollendete den Satz nicht, weil er der Flasche ausweichen musste, die Dellbrück nach ihm geworfen hatte. Sie traf die Wand hinter ihm, fiel zu Boden und kollerte ein paar Meter durch den Raum. Neben einem der weißen Sessel, der bedeckt war von Mänteln und Handtaschen, die Dellbrücks Frau gehört hatten, blieb sie liegen. Ein paar Tropfen Rotwein rannen aus dem Flaschenhals und versickerten in dem weißen Teppich. Dellbrück stand noch immer an seinem Platz und starrte ihn an. Plötzlich sah er aus, als wollte er heulen, eine Grimasse der Verzweiflung. Aber er weinte nicht. Er begann zu sprechen, erst leise und monoton, dann lauter und anscheinend, ohne Beringer eine Gelegenheit zur Erwiderung geben zu wollen. Jean ließ ihn reden, nicht nur, weil er im Augenblick nichts gegen ihn hätte ausrichten können, sondern auch, weil er wissen wollte, was Dellbrück so gegen ihn aufgebracht hatte.

„Du warst Gast in diesem Haus", sagte er. „Du hast hier gegessen und getrunken. Ich habe dir den Garten gezeigt, und du hast mir zugehört, als ich mit dir darüber gesprochen habe, ob ich einen Gärtner einstellen soll oder nicht. Ich vermute, du hast nur deshalb abgeraten, weil du die Konkurrenz gefürchtet hast. Du hast mir vorgespielt, dass du deine Frau liebst. Du hast sie als Tarnung benutzt, damit ich dir nicht drauf komme. Damit ich gar nicht erst auf die Idee komme, dass du es mit meiner Frau" – er verschluckte sich und Beringer fürchtete, er würde doch noch zu heulen anfangen. Aber Dellbrück hatte sich schnell wieder in Gewalt.

„Das war infam von dir, widerlich und infam. Ich rede nicht von Inge. Wenn sie etwas vermisst hat bei mir, dann wäre es deine Pflicht gewesen, mit mir darüber zu sprechen. Aber du hast deine Chance genutzt. Du hast sie ins Bett gekriegt. Du hast sie dahin gebracht, dass sie dir nachgelaufen ist, selbst als ihr es im Büro nicht mehr treiben konntet. Du hast meine Frau auf dem Gewissen."

Er unterbrach sich, um einen Augenblick nachzudenken. Dann sagte er: „Nein, das ist ein falsches

Wort. Du hast ja gar kein Gewissen. Du hast sie umgebracht. Das ist alles.“

Das sagte er leise, und er starrte Beringer dabei auf eine Weise an, die dem gar nicht gefiel.

„Glaub nicht, dass ich es nicht irgendwann gemerkt hätte. Glaub es nicht. Ich hätte mit ihr geredet, jawohl, aber du hast es unmöglich gemacht“, sagte er dann, und auch was er sagte, gefiel Beringer nicht.

Er musste davon ausgehen, dass Dellbrück einen Ausweg gesucht hatte aus den Gefühlen, die durch den Verlust seiner Ehefrau in ihm entstanden waren. Er brauchte Schuldige, er brauchte Erlösung, und Hassgefühle können durchaus auch erleichtern. Das wusste er selbst nur zu gut. Aber Dellbrück, jedenfalls der Dellbrück, den er kannte, war nicht fähig, von selbst auf so bösartige Verleumdungen zu kommen, an denen nicht eine Spur Wahrheit war. Seine Frau hatte ihn, den Freund, gemocht, aber das hatte er gewusst. Sie war mit ihrer Vorliebe für ihn offen umgegangen, auch vor ihrem Mann, und sie hatten manchmal, wenn ein Abend in seinem Haus sehr lang geworden war und der Rotwein sehr heftig geflossen war, gemeinsam darüber gelächelt, so, wie man eben lächelt über die kleinen Schwächen von Menschen, die man schätzt und die man deshalb nie im Stich lassen würde.

Als hätte er seine Kraft in den heftigen Worten verbraucht, ließ Dellbrück sich in das Chaos auf dem Sofa fallen. Er saß da, die Hände auf den Oberschenkeln, und starrte auf den Boden. Beringer hatte Zeit, sich zu überlegen, wie er ihm antworten sollte. Unwillkürlich gingen seine Blicke über das Zeug, das überall herumlag. Was hatte er damit gewollt? Wonach suchte er? Warum beschäftigte sich ein Mensch, dessen Interesse an Kleidern nicht über die Befriedigung hinausgeht, jeden Morgen ein frisch gebügeltes Hemd vorzufinden und für jede Gelegenheit einen gereinigten Anzug im Schrank zu haben, mit dem Zeug, das überall herumlag. Wer hatte ihm gesagt, dass er es aus den Schränken holen sollte? Hatte er das überhaupt selbst gemacht?

Eine merkwürdige Idee, aber je länger Beringer darüber nachdachte, desto sicherer war er, dass weder die Verdächtigungen noch das Chaos von Dellbrück selbst stammten. Er musste nicht nur herausfinden, ob er etwas über Inges letzte Arbeiten wusste, sondern auch, wer ihn nach dem Tod seiner Frau besuchte, mit wem er Kontakt gehabt hatte. Er musste einfach einen Versuch machen, ein vernünftiges Gespräch zu Stande zu bringen.

„Kann ich ein Glas Wasser haben?“, fragte er.

Dellbrück antwortete nicht. Beringer nahm das als positives Zeichen und verschwand für einen Augenblick aus dem Wohnzimmer. Er kannte das Haus. Er wusste, wo die Küche war. Sie hatten den Champagner zur Begrüßung oft genug dort serviert bekommen; vermutlich auch deshalb, um die Küche, dieses mit allen Raffinessen ausgestatte Designer-Wunder, bestaunen zu können. Er nahm ein Glas, verzichtete auf das Wasser und griff nach der Whiskyflasche. In dem Augenblick, als er die Flasche in der Hand hielt, hörte er ein Geräusch. Es kam nicht aus dem Raum, den er gerade verlassen hatte. Außerdem konnte er durch die offen gebliebene Tür Dellbrück noch immer bewegungslos auf dem Sofa sitzen sehen. Er blieb still stehen und hörte das Geräusch gleich darauf noch einmal, leichte Schritte, die gleich darauf nicht mehr zu vernehmen waren.

Er ging zurück ins Wohnzimmer, schenkte sich unterwegs ein Glas Whisky ein.

„Du auch?", fragte er.

Dellbrück sah auf. So, wie er aussah, hatte er vermutlich keinen Alkohol mehr nötig, aber er wollte trotzdem welchen. Beringer tat ihm den Gefallen und goss die gelbe Flüssigkeit in das Rotweinglas, das Dellbrück ihm hinhielt. Er sah jetzt aus, als sei er zu einem Gespräch fähig. Was folgte, war allerdings eine sehr merkwürdige Unterhaltung.

„Du weißt, dass ich niemals daran gedacht habe, mit Inge etwas anzufangen", sagte Beringer ruhig.

„Wenn es dunkel wird", war Dellbrücks Antwort.

„Dazu war ich viel zu sehr in meine eigene Frau verliebt."

„Wenn es dunkel wird, kann jeder kommen."

Beringer glaubte noch immer, dass es sich bei den Worten Dellbrücks um eine Art Antwort handelte, deren Sinn ihm nur im Augenblick unklar blieb. Deshalb machte er unbeirrt weiter.

„Ich bin gekommen, um zu sehen, ob ich dir helfen kann. Und weil ich eine kleine Frage an dich habe, deren Beantwortung mir" – er zögerte kurz, bevor er weitersprach – „und dir helfen würde."

„Ich hab ihr versprochen, dass sie alles bekommt", sagte Dellbrück.

Langsam begann Beringer zu dämmern, dass sie sich in verschiedenen Sphären bewegten. Er musste sich auf ihn einstellen, wenn er etwas erfahren wollte. Er konnte nicht erwarten, dass Dellbrück ihm zuhörte.

„Wem hast du das versprochen? Wer soll alles bekommen?"

Dellbrück schwieg. „Na, sie“, sagte er dann und nahm einen großen Schluck aus dem Rotweinglas.

„Hat sie auch einen Namen?“

Dellbrück schwieg. Beringer verließ das Thema und versuchte es anders.

„Inge“, sagte er, „sie hatte doch zu Hause ein Arbeitszimmer. Ich vermisse ein paar Unterlagen, die vielleicht hier im Haus sind. Darf ich nachsehen?“

Dellbrück sah hoch, aber er sah ihn nicht an, sondern an ihm vorbei auf eine Person, die hinter ihm stand. Beringer wandte sich um. Rechts hinter ihm stand Charlotte.

„Du gehst besser“, sagte sie.

Ihre Stimme war kalt wie Eis. Sie blieb einen Augenblick stehen und sah ihn an, bevor sie zu Dellbrück hinüberging. Er glaubte tatsächlich, einen kalten Luftzug zu spüren, als sie neben ihm war. Sie beugte sich zu Dellbrück hinunter und nahm ihm das Glas aus der Hand. Die Bewegung wirkte besorgt und intim, und er spürte einen Schmerz in seiner Brust und sein Atem ging schneller. Sie trug lange, schlaksige Hosen und einen engen Pullover, der vorn und hinten weit ausgeschnitten war. Hose und Pullover waren hellgrau. Als sie das Glas abstellen wollte, wandte sie sich um. Ihre Blicke trafen sich.

„So sieht man sich wieder“, sagte sie. „Es wäre nicht nötig gewesen, mir etwas vorzumachen. Othello. Dass ich nicht lache. Was bist du doch für ein mieser, kleiner Bulle. Aber wir werden die Wahrheit herausfinden. Da kannst du sicher sein. Meine Freundin Inge ist nicht umsonst gestorben. Wir finden den Schuldigen.“ Sie machte eine Pause. Dann sagte sie: „Ich will dich hängen sehen und das werde ich auch.“

Sie sagte es leise, und ihre Worte hätten wie das Bösartigste klingen können, das ihm in seiner Laufbahn jemand an den Kopf geworfen hatte, vielleicht sollten sie es auch, aber sie brachten ihn zur Besinnung. Es war sein Sprachgefühl, das sich gegen ihre lächerliche Ausdrucksweise auflehnte. „Ich will dich hängen sehen“, das war schlecht, das war melodramatisch, unecht und platt. Und es zeigte ihm, dass sie versuchte, sich zu verstellen.

„Und nun raus“, sagte sie.

Er warf einen letzten Blick auf Dellbrück, der sie nicht beachtete und wieder vor sich auf den Boden starrte. Er tat ihm leid. Einer wie er würde Charlotte nichts entgegenzusetzen haben. Beringer ging hinaus, so sehr mit dem Geschehenen beschäftigt, dass ihm nicht einmal auffiel, wie sehr er hinkte.

Er spürte es erst auf der Straße. Da hatte er sich schon wieder gefasst.

Wer hat dich nun ins Knie geschossen, Keizer oder Charlotte?, witzelte er über sich selbst. Aber es brachte ihn nicht weiter. Er konnte grübeln, so viel er wollte, ihm wurde dadurch nicht klarer, was Charlotte bei Dellbrück zu suchen gehabt hatte. Er verstand, weshalb Dellbrück so wütend auf ihn war. Er hatte es im selben Moment verstanden, als er Charlotte sah. Sie hatte dem Mann eingeredet, dass er mit seiner Frau ein Verhältnis gehabt hatte. Aber weshalb? Sie musste es besser wissen. Sie selbst war doch immer die einzige Frau – als er mit seinen Gedanken bis hierher gekommen war, zwang er sich beinahe mit Gewalt, nicht weiterzudenken.

Er hatte bei Proust vor Jahren einen Satz gelesen, der ihm nun im Zusammenhang mit seinen Gefühlen für Charlotte plötzlich wieder in den Kopf kam und vor dessen Bedeutung er beinahe erschrak.

„... als er inne wurde, dass er eine seiner Frauen bis zum Wahnsinn liebte, (hatte er) sie kurzerhand erdolcht, um ... die Freiheit seines Geistes wieder zu erlangen.“

Er musste der Wahrheit ins Gesicht sehen: So stand es um ihn und seine Beziehung zu Charlotte, nachdem er Dellbrücks Haustür hinter sich geschlossen hatte. Auch deshalb war es richtig, die Stadt so bald wie möglich zu verlassen. Noch so eine Begegnung und er könnte für nichts mehr garantieren.

Am Abend desselben Tages machte er sich noch einmal auf den Weg, diesmal allerdings nicht in eine der edlen Wohngegenden, in denen man, gleichgültig, wen man unter welchen Umständen treffen würde, auf dem Hin- und Rückweg immer den einen oder anderen schönen Anblick genießen könnte: sei es ein schmiedeeisernes Tor, eine alte, bewachsene Backsteinmauer, der besonders gelungene Entwurf eines Architekten für ein Wohnhaus oder auch nur ein einzelnes Kind, ein Mädchen in einem langen Kleid auf der Schaukel in einem großen Garten. Ihm schien, dass es wichtig wäre für die seelische Gesundheit eines Menschen, in der Lage zu sein, solche Dinge wahrzunehmen und zu genießen. Während seiner Arbeit bei der Polizei war die Fähigkeit dazu aus erklärlichen Gründen beinahe verkümmert. Es ist schwierig, sich beim Anblick von malträtierten Körpern, dummdreisten Visagen und Tatorten, die äußerst selten nach ästhetischen Gesichtspunkten ausgesucht werden, ein Gefühl für die Schönheit der Welt zu bewahren.

Manchmal dachte er, dass seine extremen Gefühle für Charlotte auch damit zu tun hätten, dass sich, neben anderem, sein Bedürfnis nach Schönheit allein auf sie konzentrierte.

Für einen ehemaligen Polizisten, der das Milieu kennt wie seine Westentasche, ist es selbstverständlich kein Problem, sich eine Waffe zu beschaffen, eher ist es schwierig, den Lieferanten daran zu hindern, die Tatsache in die Welt hinauszuposaunen, dass ein Bulle bei ihm gewesen sei. Aber er wusste, auf wen er sich verlassen konnte. Er besuchte seinen Freund Mo.

Mo betrieb, das heißt, eigentlich betrieb seine Freundin Rena eine heruntergekommene Bar, in der „Durchreisende Mädels" schon mal einen Striptease auf der Theke hinlegten, wenn sie dafür am Ende der Nacht umsonst hinter der Theke schlafen durften. Für Mo war die Bar nichts weiter als eine Tarnung. Beringer glaubte nicht, dass mehr als eine Handvoll Menschen die kleine Treppe kannte, die an der Rückseite des Hauses, zwischen Mülltonnen und Bierkästen versteckt, in ein Gewirr von unterirdischen Gängen führte, an deren Ende Mos wirkliches Geschäft installiert war. Wenn er nicht in der Bar hockte und würfelte, saß er dort unten und bastelte.

Mos Familie war aus Marokko. Sein Vater und sein Großvater und wahrscheinlich noch ein paar mehr Generationen zurück waren Handwerker gewesen, Kupferschmiede, die sich auch im Ziselieren der feinen Muster auskannten. Mo behauptete, er sei aus Marokko weggegangen, weil er keine Lust gehabt habe, zum Schauobjekt für Touristen zu werden, die an der Werkstatt der Familie vorübergeschlendert seien und ihn angegafft hätten, als hätten sie noch nie einen arbeitenden Menschen gesehen.

Es mochte ja sein, dass ihm so etwas nicht gefallen hatte. Aber Beringer war sicher, dass Mo aus ganz anderen Gründen Marokko verlassen hatte. Er bewegte sich einfach zu sicher im Milieu. Seine handwerklichen Fähigkeiten gingen inzwischen weit über das Schmieden und Ziselieren von Kupfergefäßen hinaus. Sie reichten vom Herstellen von Messerklingen mit einem besonderen Schliff über das Zurechtsägen von Schießwerkzeugen bis hin zum Bombenbasteln. Er arbeitete für sein Lager, aber auch auf Bestellung. Und er arbeitete mit der Polizei zusammen. Nicht immer, versteht sich. Und Beringer hatte den Verdacht, dass seine Zusammenarbeit mit der Polizei ihm mehr Vorteile brachte als dem Apparat. Aber es ist nicht leicht, intelligente Spitzel zu finden. Wahrscheinlich hatten sie Mo deshalb bis heute ungeschoren gelassen. Dass seine Tage als Bastler gezählt sein könnten, schien ihn übrigens nicht zu berühren. Beringer hatte niemals einen Verbrecher mit größerem Selbstbewusstsein getroffen als ihn. Gemessen an den Leuten aus dem Milieu, die ja selten klug und nur im günstigsten Fall schlau und skrupellos sind, mochte seine Meinung von sich auch durchaus ihre Berechtigung haben. Gemessen an seinen Gegnern, der Polizei, war sie Beringer oft genug als überheblich vorgekommen.

Beringer ging nicht gern zu Mo. Er hätte ihn während seiner Dienstzeit nur zu gern hochgehen lassen und Mo wusste das. Aber ihm war klar, dass der Marokkaner dichthalten würde. Deshalb brauchte er ihn.

Die Bar, die den sinnigen Namen „Zur weißen Taube“ trug, lag abseits der Reeperbahn, in einem Viertel, in das sich Touristen nur selten verirrten. Die Straße und der kleine Platz an deren Ende waren dunkel. Nachts konnte es einem passieren, dass man Tiere aufschreckte, Katzen oder Ratten, und es stank gewaltig nach Abfällen. Ein Teil der Wohnungen in der Straße stand leer. Beringer nahm an, dass die sanitären Verhältnisse hinter den Fassaden nicht einmal Obdachlosen mehr zugemutet werden konnten. Die „Weiße Taube“ nahm die Ecke eines Wohnblocks ein. Links führte ein schmaler Weg in Richtung Reeperbahn, rechts ging's über finstere Treppen zum Hafen hinunter.

Es fand gerade eine Darbietung statt, als er die Filzvorhänge zur Seite schob und eintrat. Eine Frau, die vielleicht fünfzig war und ziemlich dünn, bewegte sich nackt und betrunken auf dem Tresen. Als sie ihn sah, das Lokal war beinahe leer, setzte sie sich hin und winkte ihm mit staksigen Beinen zu. Mo war nicht zu sehen. Beringer beobachtete, dass Rena den Knopf unter dem Tresen drückte, der Mo Besuch ankündigte. Sicher gab es verschiedene Klingelzeichen. Er hätte gern gewusst, wie er angekündigt wurde. Als Polizist? Als Kunde? Als Idiot? Als Freund?

Er ging an der nackten Frau vorbei und achtete auf Rena.

„Das Klo ist da hinten“, sagte sie.

Er kannte den Weg.

„Nimm mich mit, Süßer“, rief die Frau auf dem Tresen hinter ihm her.

Für Besucher, die Mo sehen wollte, gab es einen durch kleine Glühlampen beleuchteten Weg. Die Lampen wurden sofort aus- oder gar nicht erst eingeschaltet, wenn Gefahr drohte. Mo ließ die Lampen an. Beringer brauchte trotzdem beinahe zehn Minuten, vielleicht hatte Mo ihn im Kreis herumgeführt. Ohne diese Lampen war jedenfalls noch nie jemand bis zu Mo vorgedrungen. Die Tür, hinter der seine Werkstatt lag, wurde automatisch geöffnet, als Beringer davor stand.

„Willkommen, Bulle“, sagte Mo.

Er saß an einem alten, ausladenden Schreibtisch, vor sich einen großen PC, auf dessen Bildschirm eine, wie es schien, komplizierte technische Zeichnung zu erkennen war.

„So sieht man sich wieder“, sagte er. „’n Stuhl?“ Seine Stimme war so hässlich-freundlich wie sein Gesicht.

„Du siehst blass aus“, sagte Beringer, während er sich setzte. „Du solltest öfter an die Sonne gehen. Sonst wirst du zum Maulwurf.“

„Lass mich raten, was du von mir willst, Bulle“, sagte Mo statt einer Antwort.

Beringer versuchte zu erkennen, wahrscheinlich einfach aus Routine, was die Zeichnung auf dem Bildschirm bedeuten könnte, aber sie verschwand, bevor er dahinter gekommen war.

„Ein Schießeisen, hab ich Recht?“

Beringer hatte keine Lust zu antworten. Er dachte, wenn er Mo reden ließe, hörte er vielleicht ein bisschen was, irgendwas, was er noch nicht wusste. Mo war tüchtig, aber weil er so wenig Leute sah, redete er gern, wenn jemand bei ihm war. Allerdings redete er nie unkontrolliert. Er wusste genau, was er weitergeben wollte.

„Man sagt, du bist sauer. Man sagt, ein Glück, dass er weg ist. Man sagt auch, dass du einen Feldzug planst, mit dem niemand etwas tun zu haben will.“

„Niemand?“, fragte Beringer.

„Hätte ja sein können, dass du Hilfe brauchst. Du siehst nicht gut aus. Was macht das Bein? Auf einem Bein ist schlecht Wettlaufen. Aber ich sag dir, das Ding fasst hier niemand an.“

„Glaubst du, ich würde mir von irgendwelchen Ganoven helfen lassen, wenn ich etwas vorhätte?“

„Ne, wahrscheinlich nicht. Aber die Frage ist: Von wem dann? Allein schaffst du's nicht. Das kann man ja sogar sehen.“

Er musste aufpassen. Er wollte eine Waffe und Mo ein wenig aushorchen. Und nun war er derjenige, der ausgehorcht werden sollte. Er würde Mo eine Geschichte erzählen, egal, ob der sie glaubte. Aber dann hätte er etwas zu reden, wenn er gefragt würde.

„Weshalb glaubst du den Quatsch?“, sagte Beringer. „Du kennst mich. Seh ich wie ein Rächer aus?“

„Du weißt, dass ich dich nicht kenne“, antwortete Mo. „Du weißt, wann man einen Mann kennt?“

Er sah ihn an und lächelte. Sein Lächeln glitzerte in seinen Augen. So stellte Beringer sich die Augen einer Kobra vor, bevor sie zustieß. Er zuckte mit den Schultern. Er hatte keine Ahnung, worauf Mo hinauswollte.

„Der Tod“, sagte Mo. „Der Tod bestimmt alles. Solange ein Mann lebt, kann er sich verändern. Solange einer lebt, weiß man nie genau, mit wem man es zu tun hat. Wenn er tot ist, kann man sich ein Bild von ihm machen. Erst wenn er tot ist, kennt man ihn.“

Natürlich hatte er Recht. Aber sollte er, Beringer, hier sitzen und mit Mo über seinen Tod reden?

„Hör zu“, sagte er, „nur, damit deine Neugier befriedigt ist. Du hast gehört, dass man die Dellbrück in der Nähe meines Hauses erschossen aufgefunden hat?“

„Gelesen."

„Egal, was die Kollegen glauben. Ich bin sicher, der Anschlag galt mir. Fundort war nicht gleich Tatort. Sie ist vor meinem Haus erschossen worden. Jemand hat sie im Dunkeln mit mir verwechselt. Ich hab aber keine Lust, mich abknallen zu lassen. Ich will einfach ein bisschen aufpassen und gerüstet sein, für den Fall, dass mir jemand einen freundlichen Besuch abstatten möchte."

„So ist das also", antwortete Mo.

Er hatte ihm kein Wort geglaubt, aber beschlossen, wenigstens so zu tun.

Im Grunde, dachte Beringer, umkreisen wir uns auf diese Art, solange wir uns kennen. Weshalb glaube ich eigentlich, dieser Mann, von dem ich nichts weiß, außer dass er keine weiße Weste hat und seine Familie in Marokko ansässig ist, als meinen Freund bezeichnen zu können?

„Wie viel willst du anlegen?", fragte Mo.

„Darauf kommt es jetzt nicht an. Schnell, handlich, leise, nicht registriert, wäre das Richtige."

Mo stand auf und verschwand im Hintergrund. Beringer wusste, dass der Raum, in dem sie sich befanden, nicht nur einen Ausgang hatte. Er nahm an, Mo würde eine Weile wegbleiben, stand auf und holte die Zeichnung zurück auf den Bildschirm. Auf den ersten Blick verstand er sie nicht, und auch nicht auf den zweiten. Irgendwie erinnerte ihn das Ganze an eine Panzerfaust, aber Panzerfäuste hatten garantiert nicht so ein kompliziertes Innenleben.

„Ich lass dich hochgehen, wenn du darüber plauderst", sagte Mo hinter ihm. Er war so leise näher gekommen, dass Beringer ihn überhört hatte.

„Ich? Mit wem sollte ich reden? Ich bin raus. Vollkommen raus aus dem Laden."

„Hört sich an, als ob es dir leid täte."

Darauf antwortete Beringer nicht. Er nahm ihm die Waffe aus der Hand. Eine Smith & Wesson, die der, die er zuletzt im Dienst benutzt hatte, zum Verwechseln ähnlich sah.

„Geht in Ordnung", sagte er. „Wie viel?"

„Tausend, weil du's bist."

„Plus Munition", setzte Mo schnell hinzu.

Der Preis war unverschämt, aber Beringer wollte nicht handeln. Vielleicht – ihm kam ein Gedanke.

„Du weißt, dass der Preis eine Gemeinheit ist", sagte er.

„Weißt du, was gemein ist? Wenn man eine Oma die Treppe runterschubst und fragt: Weshalb rennst du denn so? Das ist wirklich gemein."

„Eines Tages wirst du den Bullen ins Netz gehen. Irgendwann, wenn sie dich nicht mehr brauchen. Und dann werden sie dich nicht nur für deine illegalen Geschäfte bestrafen, sondern auch für deine blöden Witze."

„Was willst du noch, sag schon!"

„Bei dem Preis muss eine Zulage drin sein. Ich dachte an etwas Kleines, Handliches, darf ruhig einen hübschen Griff haben, muss aber funktionieren."

„So ist das", sagte Mo nach einer Weile. „Und? Wie sieht sie aus? Was macht sie? Bei der Polizei wird sie nicht sein."

„Warum nicht? Nimm mal an, eine Kollegin würde – ich meine, würde mich beschützen. Meinst du, sie würde mit einer Dienstwaffe dabei herumfuchteln?"

Auf dem Schreibtisch von Mo leuchtete eine kleine Lampe auf: dreimal kurz, dann gab's eine Pause, dann noch einmal: dreimal kurz. Mo griff in eine Schublade seines Schreibtisches und holte eine silberfarbene, zierliche Pistole hervor.

„Sie ist geladen“, sagte er. „Ich kann nichts damit anfangen. Die Munition gibt es nicht mehr. Ist ’ne gute Arbeit. Fünf Schuss stecken noch drin. Danach kannst du sie wegwerfen. Oder ins Museum bringen. Und jetzt verschwinde. Und falls du hinter der nächsten Ecke stehen bleibst, nur um herauszufinden, was ›dreimal kurz‹ bedeutet: Das ist der Pizza-Service. Auch ein Maulwurf muss manchmal essen. Viel Glück.“

Beringer benutzte den zweiten Ausgang und stellte fest, dass er sehr viel schneller wieder auf der Straße stand, als er angenommen hatte. Er kam in einer Seitenstraße heraus. Vor der Weißen Taube stand tatsächlich das Auto eines Pizzadienstes.

***

Der Gang zu Renner fiel mir schwerer als der Weg zu meinen Eltern. Die Distanz, die in den vergangenen Jahren zwischen ihnen und mir entstanden war, hatte es mir leicht gemacht, nichts zu erwarten, vor allem nichts, was mich kränken oder mein Gleichgewicht auf andere Weise hätte beeinträchtigen können. Bei Renner war das anders. Ich wusste, dass er mich nicht kränken würde. Aber ich wusste nicht, ob meine Pläne vor seinen prüfenden Augen Bestand haben würden. Was, wenn er versuchte, mir klar zu machen, dass die geplante Reise mit Beringer Unsinn war?

Ich nahm mir vor, auf ihn zu hören, wenn mir seine Argumente einleuchteten. Einen besseren Ratgeber als Renner gab es nicht. Aber ich hatte ihn falsch eingeschätzt.

„Sie werden wissen, was Sie tun, Milena“, sagte er. „Eine Woche ist eine kurze Zeit. Sagen wir: vierzehn Tage. So lange bleibt mein Angebot bestehen. Kommen Sie zu mir und sagen Sie mir, wie Sie sich entschieden haben, wenn Sie zurück sind.“

Er machte eine kleine Pause, bevor er hinzusetzte: „Sie sind eine kluge Frau. Ich bin sicher, Sie werden sich richtig entscheiden.“

„Aber ich habe mich entschieden“, sagte ich. „Es geht um einen Aufschub, mehr nicht.“

„Ja“, sagte er, „ich weiß. Grüßen Sie mir Antibes. Graham Greene hat dort lange gelebt. Schade, dass es ihn nicht mehr gibt. Er kannte sich in solchen Dingen aus. Er hätte Sie bestimmt empfangen. Und nun: Gute Reise, Milena.“

Ich ging, erleichtert und auch ein wenig beschämt von so viel Großzügigkeit. Nun blieb mir nur noch der Weg zu Titas Gastgebern. Aber ich war müde und fühlte mich angestrengt, ich war auch feige, glaube ich, aber nur ein ganz kleines bisschen. Ich hatte ja noch zwei Tage, um alles zu erledigen, und am Abend musste ich zurück in die Lagune. Beringer würde ich erst morgen Nachmittag treffen. Aber, wer weiß, vielleicht sah er noch auf einen Sprung herein, oder Ronny war da, den ich schon mal ein wenig aushorchen könnte.

Also verschob ich meinen Besuch bei Tita auf den nächsten Tag. Ich fuhr zurück. Es war halb sieben, als ich in meiner Wohnung war. Ich hatte keine Zeit mehr, um mich hinzulegen. So suchte ich unter den Koffern und Taschen, die sich angesammelt hatten, nach einem Behältnis, das ordentlich aussah und nicht zu groß war. Für eine Woche musste ich nicht viel Zeug mitnehmen; ein paar leichte Schuhe, eine Leinenhose, zwei oder drei Oberteile. Ich zögerte, als ich das schwarze Seidenkleid in der Hand hielt. Sicher würden wir nicht ausgehen. Aber sollte ich nicht für alle Eventualitäten gerüstet sein? Auch das Kleid wanderte in die Reisetasche, dazu etwas Wäsche und anderer Kleinkram. Schließlich hatte ich alles beisammen. Und dann kam ich mir auf einmal furchtbar schäbig vor.

Ich wusste nicht, wie Tita reagieren, wie ihre Gastfamilie meine Abreise aufnehmen würde, und saß doch schon auf gepackten Koffern! Ich schwor, dass ich nach Hamburg zurückgehen, meine Arbeit bei Renner ordentlich machen und mich den Rest meiner Zeit um Tita kümmern würde. Eine Weile überlegte ich auch, ob wir doch in das Haus meiner Eltern einziehen sollten. Aber ich verwarf den Gedanken. Es wäre besser, sie verkauften das Haus und legten das Geld gut an. Das Haus war zu groß für uns beide und beruflich könnte ich es auch nicht nutzen. Außerdem war es wichtig für Tita, in einer Gegend zu wohnen, in der es nach der Schule Kinder zum Spielen gab. Auch ihre neue Schule sollte sie gut erreichen können. Mit Grausen dachte ich an meine eigene Schulzeit zurück: Die langen Busfahrten und, als ich jünger war, das angespannte Gesicht meiner Mutter, die mich früh mit dem Wagen in die Schule bringen und mittags wieder abholen musste, waren mir noch lebhaft in Erinnerung.

Rechtzeitig, um noch Zeit für einen kleinen Schwatz mit Waltraud zu haben, radelte ich in die Lagune. Wider Erwarten saß Ronny, der sonst immer erst kurz vor

Mitternacht auftauchte, am Tresen und unterhielt sich mit ihr.

„Setz dich zu uns“, rief sie, „hier kannst du was lernen.“

Neugierig ging ich näher. Ronny hatte eine Cola vor sich stehen, die verdächtig nach Rum roch.

„Seit wann trinkt er denn schon um diese Zeit?“, fragte ich Waldtraud leise.

„Er trinkt gar nicht, er gibt bloß an“, war die Antwort.

„Das finde ich nun nicht fair, Fräulein Waltraud“, sagte Ronny. „Ich erzähle Ihnen von meinen Plänen und Sie nehmen mich nicht ernst.“

„Das sieht nur so aus, in Wirklichkeit bin ich voller Bewunderung für deine Absichten. Er wird nämlich Detektiv, musst du wissen“, wandte sie sich an mich.

„Wenn du das wirklich vorhast, solltest du zur Kripo gehen“, sagte ich ein bisschen von oben herab. „Da bekommst du wenigstens eine vernünftige Ausbildung. Frag deinen Freund Beringer, der kann dir bestimmt weiterhelfen.“

Ronny antwortete nicht. Irgendetwas an meinem Vorschlag hatte ihn verstimmt. Er blieb stumm, bis er hörte, dass ich plante, mit Beringer nach Frankreich zu gehen. Ich sprach mit Waltraud darüber, und wir erwogen gemeinsam, ob es sinnvoll wäre, eine Woche Urlaub zu nehmen oder lieber gleich zu kündigen. Ich sah zufällig zu Ronny hinüber, und ich sah, dass er von Beringer nicht in dessen Pläne eingeweiht worden war. Er tat mir leid, weil er plötzlich wie ein begossener Pudel neben dem Tresen stand. Ich wechselte das Thema. Während ich Waltraud von dem Besuch bei meinen Eltern erzählte, hörte er zu, ohne sich einzumischen.

Dann begann unsere Schicht und ich verlor ihn aus den Augen. Zwischendurch dachte ich, vielleicht würde er um Mitternacht noch einmal auftauchen, weil er damit rechnete, dass Beringer dann da wäre. Aber weder der noch Ronny ließen sich sehen. Vielleicht kamen mir deshalb in dieser Nacht das Bistro und die Kundschaft, die Kolleginnen und überhaupt die gesamte Lagune besonders öde vor. Ich langweilte mich, obwohl es eine Menge zu tun gab, und träumte zwischen „zweimal Würstchen und Kartoffel-Salat" und „ein Sechserpack und 'ne Bifi" von aufregenden Verhandlungen vor Gericht, aus denen mein Mandant und ich selbstverständlich als Sieger hervorgingen, und, merkwürdig genug, von einem Champagner-Frühstück auf der Terrasse des Carlton in Cannes. Den Mann, der dabei neben mir saß, konnte ich nicht genau erkennen. Es hätte Beringer sein können, aber würde der jemals einen weißen Leinenanzug anziehen? Renner war es auf jeden Fall nicht. Der hätte für eine solche Veranstaltung ganz sicher nur ein müdes Lächeln übrig.

In der Nacht radelte ich nach Hause, zum letzten Mal, wie ich mir schwor. Ich war sehr müde. Um ausschlafen zu können, stellte ich das Telefon ab.

Der nächste Vormittag gehörte, soweit er mir noch zur Verfügung stand, denn ich hatte lange und tief geschlafen, den letzten Reisevorbereitungen. Ich meldete mich in der Lagune telefonisch krank und versprach, eine Entschuldigung zu schicken. Dann rief ich eine Ärztin an, mit der ich noch aus meiner Schulzeit befreundet war, und bat sie um einen Krankenschein. Sie versprach, mich für eine Woche arbeitsunfähig zu schreiben und den Schein in die Lagune schicken zu lassen. Erst als das organisiert war und ich den Telefonhörer wieder aufgelegt hatte, fiel mir ein, dass die Aktion im Grunde überflüssig gewesen war, da ich sowieso nicht mehr in die Lagune zurückkehren würde. Ich sinnierte ein bisschen darüber, was ich doch für ein ordentlicher Mensch wäre, bevor ich mich auf den Weg zu Titas Gasteltern machte. Vermutlich brauchte ich ein wenig Aufmunterung und das Gefühl, eigentlich doch nicht so schlecht zu sein. Denn heimlich glaubte ich natürlich, dass ich eine Rabenmutter sei.

Ich holte drei Mal tief Luft, ehe ich an der Gartentür des Hortensienhauses läutete. Dann erschien die Hausfrau, diesmal nicht als Gärtnerin, sondern in einem Kleid, das meine Mutter vermutlich als Nachmittagskleid bezeichnet hätte. Sie war sorgfältig geschminkt und sah aus, als erwarte sie Besuch.

„Oh“, sagte sie, „haben wir irgendetwas vergessen?“

„Bitte?“

„Ich hab gründlich nachgesehen. Ich glaube nicht, dass noch etwas hier geblieben ist. Aber kommen Sie doch herein.“

„Wo ist Tita?“, fragte ich, plötzlich ein Gefühl von Panik spürend, das meinen Magen zusammenkrampfen ließ, sodass er wehtat.

„Aber Ihr Freund hat sie doch abgeholt, vor zwei Stunden schon.“

Sie sah mich an und sah, dass etwas nicht in Ordnung war.

„Was ist denn?“, fragte sie. „Sie sehen angegriffen aus. Geht es Ihnen nicht gut? Kommen Sie, trinken Sie etwas Wasser. Ach, da fällt mir ein, er hat ja etwas für Sie dagelassen.“

Sie ergriff meine Hände und führte mich ins Haus und in die Küche. Dort roch es nach Pflaumenkuchen und auf dem Tisch stand eine silberne Schale mit geschlagener Sahne. Der Duft des Kuchens verstärkte meine Übelkeit. Ich bekam ein Glas Wasser in die Hand gedrückt, bevor die Frau verschwand, und saß da, als sei ich gelähmt. Einmal sah ich ein Mädchen in Titas Alter um die Ecke kommen.

„Bringen Sie Tita bald wieder?“, wurde ich gefragt.

Ich konnte nicht antworten, sondern begann zu heulen. Das Mädchen verschwand. Dann kam die Frau zurück und gleichzeitig klingelte es an der Haustür. Sie drückte mir einen Umschlag in die Hand und lief, um die Haustür zu öffnen. Ich wagte eine ganze Weile nicht, den Brief zu öffnen, während ich fröhlichen Frauenstimmen im Hausflur zuhörte. Die Nachmittagsgäste waren eingetroffen. Ich nahm mich zusammen, riss das Kuvert auf und las.

> „Sie waren nicht zu erreichen, deshalb habe ich mir erlaubt, die Sache in die Hand zu nehmen. Ich habe Ihre Tochter zu Ihren Eltern gebracht. Es ist alles in Ordnung. Wir sehen uns wie verabredet. J. B.“

Erleichterung und Wut, beides gleichzeitig, empfand ich, aber dann gewann die Wut die Oberhand. Ich stand auf und ging auf den Flur hinaus.

„Geht es Ihnen besser?“, wurde ich gefragt, und gleichzeitig erklärte die Frau ihren Gästen, ich sei die Mutter von Tita. Ein paar neugierige und auch mitleidige Blicke fielen auf mich, bevor die Frauen den Flur verließen und ins Wohnzimmer gingen.

„Ich würde gern Ihr Telefon benutzen“, sagte ich.

Ich rief meine Eltern an. Tita war dort und sie würde, wie mir meine Mutter erklärte, die Ferien über dort bleiben. Die Stimme meiner Mutter klang fröhlich und entspannt.

„Stell dir vor", sagte sie, „unsere Kleine wusste noch genau, dass wir im Billardzimmer dieses Perpetuum mobile gehabt haben. Sie wollte gleich, dass wir es ansehen. Es war leider schon eingepackt, aber ich habe ihr versprochen, wenn sie nach Prag kommt ..."

Es war alles in Ordnung. Ich stand da, fühlte mich ausgebootet, schuldbewusst, wütend, traurig und erleichtert zugleich und bemühte mich, nachdem ich diesen Wirrwarr von Gefühlen eine Weile genossen hatte, die Wut wieder kräftiger zum Vorschein kommen zu lassen. Es gelang mir. Ich bedankte mich bei Titas Gastgeberin und verließ das Hortensienhaus.

Ich würde nicht bis zu der verabredeten Zeit warten. Ich würde jetzt zu Beringer fahren, jetzt gleich, und ihm mitteilen, was ich davon halte, dass er sich, ungefragt und ungebeten, in mein Leben einmischt. Ich wollte die Woche in Frankreich, auf die ich mich gefreut hatte, nicht aufgeben. Aber zwischen ihm und mir musste einiges klargestellt werden, bevor ich daran denken konnte, mich ihm anzuschließen. Ich war weder seine Angestellte, noch ging ihn mein Privatleben etwas an.

Als ich in unser Provinznest zurückgekommen war und den Weg vom Bahnhof bis zu Beringers Haus zu Fuß zurückgelegt hatte, war ich so aufgedreht, dass ich den Kerl in der Luft hätte zerreißen können. Es war kurz nach sechzehn Uhr, als ich an seiner Haustür läutete. Beringer war nicht da.

Ich ging ein paar Minuten vor dem schäbigen Vorgarten auf und ab und beruhigte mich allmählich. Beringer würde zur verabredeten Zeit auftauchen, dessen war ich mir sicher. Wenn er vorher käme, umso besser! Ich beschloss zu warten. Während ich immer wieder hundert Meter nach rechts und hundert Meter nach links spazierte, um ihn nicht zu verpassen, begann ich erneut daran zu zweifeln, ob das, was ich vorhatte, richtig wäre. Ich versuchte, mir klar zu machen, dass Tita es bei meinen Eltern gut hätte; besser vielleicht als bei mir im Augenblick, dass ich ohne Beringer vermutlich damit beschäftigt wäre, in Hamburg eine Wohnung zu suchen, was ich auch dringend tun musste. Denn eins war klar: Keine Minute länger als nötig würde ich hier bleiben.

Ich blieb stehen und betrachtete das Haus, in dem Beringer lebte. Es war auf einem Foto in der Zeitung abgebildet gewesen, aber in Wirklichkeit sah es noch ramponierter aus als auf dem Foto. Verlassen, heruntergekommen, trostlos – das waren die Worte, die mir zu seiner Beschreibung einfielen. Weshalb lebte ein Mann, der eine große, schöne Villa in der Stadt besaß, in diesem schäbigen Kasten, noch dazu misstrauisch beäugt von Nachbarn, die offenbar auch jetzt nichts Besseres zu tun hatten, als hinter den Gardinen zu stehen und meine Schritte zu beobachten? Die, da war ich mir sicher, würden auch Beringer nicht aus den Augen lassen. Ich nahm meine Wanderung wieder auf, atmete tief und roch zum ersten Mal an diesem Tag den leicht modrigen Geruch des Herbstes. Ganz plötzlich freute ich mich auf die bevorstehende Reise in den Süden.

Dann fiel mir ein: War dies nicht die Straße, an der die Kollegin von Beringer erschossen aufgefunden worden war? Ich sah mich aufmerksam um. Beringer hatte Recht gehabt: Vor seiner Tür konnte sie unmöglich ermordet worden sein. Unter den Augen solcher Nachbarn geschah nichts unbemerkt. Was hatte eigentlich in der Zeitung über das Ergebnis der gerichtsmedizinischen Untersuchung der Toten gestanden? Welche Spuren waren am Körper festgestellt worden? Vielleicht hatte jemand die Tote aus dem Auto geworfen? So etwas ließe sich feststellen, auch ohne Augenzeugen. Wenn die Polizei gründlich ermittelte – wenn. Wer vertrat eigentlich den Ehemann dieser Frau als Anwalt? Wie war doch ihr Name gewesen?

Dann sah ich Beringer. Er war noch gut zweihundert Meter entfernt, aber ich erkannte ihn an seinem Gang. Ich blieb vor dem Haus stehen und wartete. Er ging langsam, und als er nahe genug herangekommen war, sah ich, dass er erschöpft war. Plötzlich tat er mir leid, und ich musste mich anstrengen, die Reste meiner Wut zusammenzusuchen.

„Sie sind schon da“, sagte er.

Es klang wie eine Feststellung, die seine Erwartungen bestätigte. Er ging an mir vorbei, ohne mich zu begrüßen, schloss die Haustür auf und ging hinein. Die Tür ließ er offen, er rechnete wohl damit, dass ich ihm folgen würde.

Das Haus sah innen so heruntergekommen aus wie außen. Die Möbel waren billig und nicht mehr neu. Die Wände waren mit Tapeten beklebt worden, von denen man ahnen konnte, dass sie in den Sechzigerjahren modern gewesen waren. Es gab keinerlei Hinweise darauf, dass derjenige, der jetzt hier wohnte, einen Versuch unternommen hätte, den Flur oder das Wohnzimmer wohnlich zu gestalten; keine Blumen, keine Bilder, nichts. Nur das Porträt eines Mannes in einer Uniform, die ich nicht kannte, die aber ganz sicher schon lange aus der Mode war. Ich betrachtete das Porträt einen Augenblick länger als nötig. Irgendetwas daran fesselte mich.

„Mein Großvater“, sagte Beringer. „Ich werde uns einen Kaffee machen. Sie trinken doch Kaffee?“

Ich setzte mich auf einen der beiden mit dunkelgelbem Samt bezogenen Sessel. Vor mir stand ein Tisch mit einem Aschenbecher. Erleichtert kramte ich meine Zigaretten aus der Handtasche.

„Ich will eine Erklärung“, rief ich.

Aus der Küche kam keine Antwort. Aber ich hörte, dass Wasser in ein Gefäß eingelassen wurde, auch Geschirr klapperte. Ich zündete eine Zigarette an. Als ich hoch sah, blickte ich in die Augen des Großvaters, genau wie vorhin, nur dass ich mich da an einer anderen Stelle im Raum befunden hatte. Ich stand auf, probierte ein wenig herum und wusste nun, dass ich es mit einem besonderen Bild zu tun hatte. Ich ging näher heran, um den Farbauftrag zu prüfen.

„Verstehen Sie etwas von Bildern?“, hörte ich Beringer in meinem Rücken sagen.

„Ein wenig schon, ich war eine Zeit lang mit einem Kunsthändler verheiratet. Das hier ist faszinierend, was den Blick anbetrifft, aber Sie werden es bald restaurieren lassen müssen. Die Farbe –“

„Setzen Sie sich. Ich nehme an, Sie wollen wissen, weshalb ich mir herausgenommen habe, Ihre Tochter in ein anderes Quartier zu bringen.“

Beringer hatte sich an den Tisch mit dem Aschenbecher gesetzt, nachdem er zwei Tassen mit einer schwärzlichen Brühe darauf abgestellt hatte.

„Nescafé“, sagte er.

Ich setzte mich und fühlte mich beobachtet, obwohl Beringer seine Tasse in die Hand genommen hatte und darin herumrührte. Es war der Großvater, der mich ansah. Er mochte mich nicht.

„Ich hatte vor, mit Ihnen zusammen nach Frankreich zu fahren“, sagte ich und spürte meine Wut wieder stärker. „Aber wie kann ich das, wenn Sie sich in mein Leben einmischen? Ich verlange eine Erklärung. Ich verlange eine Erklärung, die begründet ist. Sonst werde ich nicht mit Ihnen fahren.“

Beringer sah auf. Er sah mich mit völlig unbewegtem Gesicht an, und dennoch meinte ich, darin etwas zu sehen, das nach „du wirst mitkommen“ aussah, sodass ich noch wütender wurde.

„Sie haben kein Recht, nicht das geringste –“

„Bevor Sie weiterreden, hören Sie mir einen Augenblick zu. Sie waren gestern Abend in der Lagune.“

Ich schwieg verblüfft. Was sollte das denn jetzt werden? Wollte dieser Mann mir nun auch noch meine Nachtarbeit vorwerfen?

„Na und? Sie wissen ganz genau ...“

„Das ist doch jetzt völlig gleichgültig. Lassen Sie mich ausreden.“

Beringer machte eine Pause, setzte seine Tasse ab und begann, in seinen Jackentaschen herumzusuchen. Schließlich zog er eine Packung Menthol-Zigaretten hervor, die er vor sich auf den Tisch legte. Ich sah, dass er kräftige Hände und lange, schmale Finger hatte. Die Hände gefielen mir.

„Sie haben mit ihrer Kollegin darüber gesprochen, dass Sie bei Ihren Eltern gewesen sind.“

„Woher ...“

„Neben Ihnen stand Ronny. Er hat das Gespräch mit angehört. Irgendwie hatte er herausgefunden, dass Ihr Freund ...“

„Das dürfte kaum die richtige Bezeichnung sein“, warf ich ein.

„Jedenfalls dieser Mann, der Ihre Tochter schon einmal benutzt hat, um Sie unter Druck zu setzen, dabei war, das Ganze zu wiederholen. Ronny hat mich noch in der Nacht informiert. Er hat sich die Nacht um die Ohren geschlagen, um das Haus zu bewachen, in das sie Ihre Tochter gebracht hatten. Am Morgen hat er mich angerufen, um mir zu sagen, dass alles in Ordnung sei. Ich habe mich dann gleich auf den Weg gemacht, um Ihre Tochter zu Ihren Eltern zu bringen.“

„Sie hätten mich informieren müssen“, sagte ich lahm.

„Ja.“

Er hob seine Tasse auf und trank. Dann sah er mich an. In seinem Gesicht war außer einer gewissen Müdigkeit nichts zu erkennen.

„Das hätte ich auch getan, wenn es möglich gewesen wäre.“

Ich hatte das Telefon abgestellt! Ich hatte nicht gestört werden wollen und hatte so verhindert, dass Beringer mich informieren konnte. Ich spürte, dass ich rot wurde, und ärgerte mich darüber.

„Es tut mir leid“, sagte ich. „Ich muss mich bei Ihnen bedanken.“

„Das ist nicht nötig. Es war kein besonders großer Akt, auch wenn ich etwas früher aufstehen musste. Im Übrigen habe ich es nicht Ihretwegen getan. – Oder doch, nur in einem anderen Sinn“, setzte er nach einer kurzen Pause hinzu.

„Wenn Ihre Tochter verschwunden wäre, hätten Sie die Polizei informiert und gewartet, bis man sie gefunden hätte. Das wäre deshalb schlecht gewesen, weil ich den Beginn unserer Reise auf morgen festgesetzt habe."

Ich war sprachlos und wusste nicht, was mich mehr verblüffte: die völlige Emotionslosigkeit, mit der er mir eine so bedeutende Sache wie die verhinderte Entführung meiner Tochter mitteilte, oder die Bestimmtheit, mit der er von unserer Abreise sprach.

„Sie – Sie berührt anscheinend gar nichts", sagte ich ziemlich hilflos und kam mir dabei dumm vor. Beringer sah mich an und einen kurzen Augenblick lang fühlte ich mich wieder von zwei Seiten beobachtet.

„Seit ich hier hause", sagte er schließlich, „habe ich mir angewöhnt, jeden Tag einen Spaziergang zu machen. Trainingsprogramm. Ein paarmal habe ich dabei unterwegs einen Fuchs getroffen. Er lief vor mir her, fast wie ein Hund, aber wenn er mich bemerkte, verschwand er in den Feldern oder im Graben. Er hatte ein hellrotes Fell, ziemlich klein, zierlich, würde ich sagen. Heute lag er am Straßenrand. Tot. Es war nicht zu erkennen, woran er gestorben ist. Kein Blut an der Schnauze, keine Verletzungen. Seine Augen waren geschlossen, aber er schlief nicht, oder doch: den ewigen Schlaf. Das hat mich berührt, wenn Sie schon danach fragen. Und jetzt sollten wir vielleicht ein paar Einzelheiten besprechen, die unser Vorhaben betreffen."

Ich schwieg einen Augenblick, bevor ich antwortete. Das war, ich wusste es genau, die letzte Gelegenheit, die Reise abzusagen, mich einigermaßen begründet aus der Geschichte zurückzuziehen. Aber ich brauchte nur wenig Zeit, um mich zu entscheiden. Ich wollte diese Reise. Ich wollte die Gelegenheit, für ein paar Tage wegzukommen. Ich wollte in eine andere Welt eintauchen, etwas erleben, das mich für die tödliche Langeweile, in der ich freiwillig drei Jahre gelebt hatte, entschädigen würde. Auch die schlechten Manieren, auch die Unzugänglichkeit dieses Beringer würde ich dafür in Kauf nehmen. Ich fühlte mich stark genug, damit fertig zu werden.

„In Ordnung", sagte ich. „Fangen Sie an."

Ich bildete mir ein, so etwas wie Respekt in Beringers Gesicht zu lesen, als er zu sprechen begann. Aber über den Fall, über seine Gründe, Keizer bis nach Frankreich zu verfolgen, sprach er nicht. Ich erfuhr, dass er in der Umgebung von Vence für uns Zimmer bestellt hatte. Ich bekam einen Fahrplan-Ausdruck, mit unserer Abreisezeit und den verschiedenen Anschlüssen. Wir würden bis Nizza den Zug benutzen und uns dann mit einem Bus „nach oben" begeben. Wir würden uns in unserem Quartier einrichten und dann sollte mein Teil der Arbeit beginnen.

„Ich werde das Quartier nicht verlassen", sagte Beringer.

Und als ich ihn fragend ansah, ergänzte er, „bis wir wissen, wie die Begegnung mit ihm stattfinden kann, selbstverständlich. Den letzten Schritt werde ich selbst tun."

Bei den Worten „den letzten Schritt werde ich selbst tun" wurde ich unruhig. Ich wollte nicht in eine Sache hineingezogen werden, die im Gefängnis enden könnte, auf gar keinen Fall.

„Ich muss wissen, was Sie Vorhaben", sagte ich. „Es gibt für alles eine Grenze. Wenn am Ende Ihres Rachefeldzuges ein Mord steht, sagen Sie es lieber gleich. Dafür bin ich nicht zu haben."

Zum ersten Mal verzog er sein Gesicht zu einer Andeutung von Lächeln.

„Das dachte ich mir", sagte er, „ich werde deshalb auf Mord verzichten."

Hätte ich ihn schwören lassen sollen?

„Wir werden unterwegs genug Zeit haben, um uns über Details zu unterhalten", sagte er. „Ich sage Ihnen noch einmal: Ich bin froh, Sie dabeizuhaben. Wir werden irgendwie miteinander auskommen. Da bin ich sicher."

Irgendwie. Auch gut.

„Und später, sehr viel später, werden Sie Ihren Enkeln erzählen können, Sie hätten einmal, vor langer Zeit, dazu beigetragen, dass ein böser Mann kein Unheil mehr anrichten konnte. Bis dahin muss ich Sie allerdings bitten, über unsere Pläne zu niemandem ein Wort zu verlieren. Zu niemandem, hören Sie?"

Ich sagte „ja" und dachte dabei an Ronny, der am Abend neben Waltraud und mir gestanden und ein trauriges Gesicht gemacht hatte.

Und ich dachte zum wiederholten Mal, dass ich gern gewusst hätte, was eigentlich wirklich los war mit dem Mann, der da vor mir saß und so tat, als ginge ihn die Welt nichts an, als habe sie keine Bedeutung für ihn, außer wenn es galt, einen Kriminellen zu verfolgen, der früher oder später der Polizei, in Frankreich oder wo auch immer, sowieso ins Netz gehen würde. Und dann tat ich etwas, was ich schon lange nicht mehr getan hatte, was aber früher immer eine meiner besonderen Begabungen gewesen war: Ich ging zum Angriff über, weil mir mein Ziel klar geworden war.

Im Grunde bin ich überzeugt, dass damals, genau in diesem Augenblick, in dem heruntergekommenen Haus, zwischen schäbigen Möbeln und einer Herbstdämmerung vor den Fenstern, die so trübselig war, dass Depressive sie nicht heil überstehen können, unser Abenteuer begann.

Es fing damit an, dass ich die Fahrpläne zur Seite legte, meine Zigarette ausmachte, mich in den Sessel lehnte, die Beine übereinander schlug und sagte: „Jetzt, nachdem alles Unwesentliche besprochen ist, möchte ich gern wissen: Wovor laufen Sie eigentlich davon?"

Ich sah die Überraschung in Beringers Gesicht und dann, dass er die Absicht hatte, nicht zu antworten.

Er stand auf.

Ich blieb sitzen.

„Wir sind Partner", sagte ich.

Ich ließ meinen Rock ein ganz klein wenig höher rutschen. Ich bin sicher, dass er die Bewegung wahrnahm.

Er stand vor mir und sah auf mich herunter.

„Möchten Sie, dass ich es Ihnen sage?", fragte ich scheinheilig.

Ich hoffte, er würde „nein" sagen, denn ich hatte nichts als eine kleine Ahnung. Und ein großes Verlangen. Beides ließ sich spontan schlecht in Worte fassen. Dann hörte ich ihn „nein" sagen. Seine Stimme war verändert, sie war rau geworden. Ich sah auf und sah, dass er schluckte, so wie jemand, der bemerkt, dass er einen trocknen Mund hat. Ich war auf dem richtigen Weg.

„Möchten Sie, dass ich es Ihnen zeige?", sagte ich leise und stand auf.

Beringer ist größer als ich. Es war keine Handbreit Platz mehr zwischen unseren Körpern. Ich wandte mich langsam um, bis ich meinen Hintern an der richtigen Stelle hatte. Ich spürte sein Geschlecht und wartete darauf, dass er die Arme um mich legen würde. Er tat es nicht. Ich bewegte mich ein wenig. Wir standen so, eng aneinander gepresst, eine kleine Weile, bevor ich mit den Knien den Sessel wegstieß und einen Schritt nach vorn tat. Aber dann geschah etwas, womit ich nicht gerechnet hatte. Ich spürte seine Hände auf meinen Hüften.

Wir haben es gemacht, einfach so, im Stehen, ohne uns anzusehen. Es war irrsinnig. Es war das Beste, was ich bis dahin gehabt hatte.

Ich stand über den Sessel gebeugt und ließ ihm Zeit hinauszugehen. Ich zog meinen Rock herunter, nahm die Fahrpläne und die Zigaretten und verschwand, bevor er zurückkam.

Draußen war es beinahe dunkel. Ein feiner, alles durchdringender Regen hatte eingesetzt. Weit weg, in westlicher Richtung, sah ich das blaue Licht der Lagune. Im Osten, näher und auf eine nie gekannte Weise verlockend, schimmerten die Lichter der Kleinstadt durch den Regen. Ich würde nicht in die Lagune gehen und auch nicht nach Hause. Ich würde ein letztes Mal durch das Provinznest wandern.

Diese Kleinstadt hatte in meinem und Titas Leben nie wirklich eine Rolle gespielt. Wir wohnten am Stadtrand. Titas Kindergarten und später ihre Schule lagen ganz in unserer Nähe. Wir kauften ein in einem Einkaufszentrum gleich um die Ecke. Unsere Spaziergänge und Unternehmungen hatten uns auf die nahe gelegenen Wiesen und in die Wälder geführt, die nicht weit entfernt waren. Wenn ich wirklich etwas Wichtiges gebraucht hatte, war ich nach Hamburg gefahren, nachdem ich gleich am Anfang unseres Aufenthalts festgestellt hatte, dass es hier in der Stadt nichts gab, was meinen Wünschen entsprach. Nun wollte ich noch einmal sehen, was ich so lange gemieden hatte. Und ich brauchte ein Ziel für mein Herumlaufen.

Bis ich die ersten Häuser erreicht hatte, lief ich eine halbe Stunde. Es waren niedrige Häuser aus roten Backsteinen, weiß verputzt oder grau gestrichen. Die Fenster zu ebener Erde waren mit eisernen Jalousien verschlossen. In den oberen Stockwerken brannte nur hier und da Licht. Hin und wieder fuhr ein Auto an mir vorüber, aber eigentlich war ich allein. Unvermittelt erreichte ich die Innenstadt. Dort waren Geschäfte und Schaufenster, in denen Dinge lagen, die mir seltsam vorkamen: Pullover und Blusen in Farben, die ich für ausgemustert gehalten hatte; Fernseher und Radios, die altmodisch aussahen, obwohl sie als das neueste Modell angepriesen wurden. Ich kam an mehreren Bäckern vorbei, in deren Schaufenster Brötchen und Brote aus Gips lagen, und an Schlachtern, deren Schaufenster gekachelt waren und leer. Überhaupt waren viele Schaufenster leer, zwei Cafés waren geschlossen, es gab ein einziges Gasthaus, das noch geöffnet war und über dessen Eingang ein Schild leuchtete mit der Aufschrift: Grillstation. Ich ging die Hauptstraße entlang bis zum Ende. Unterwegs kam ich an mehreren Juwelieren vorüber, deren Auslagen in der Hauptsache aus Eheringen bestanden und aus schmalen Goldketten und Dingen, die als Geschenke zu Hochzeit, Silberhochzeit und Konfirmation angepriesen wurden. Als ich am Rathaus vorüberkam, sah ich eine Gruppe von Jugendlichen, die ihre Autos auf dem Parkplatz davor abgestellt und die Radios auf volle Lautstärke gedreht hatten. Sie nahmen keine Notiz von mir. Wenig später fuhren sie an mir vorüber, die Fenster heruntergedreht, die Musik brüllend laut. Die Autos mit den jungen Leuten traf ich noch zwei Mal. Da war ich schon auf dem Rückweg, nachdem ich an einem Kaufhausfenster gestanden hatte, in dem eine tote Maus gewesen war.

Merkwürdigerweise erlebte ich den Gang durch die Stadt trotz allem wie im Traum und erst der Anblick der toten Maus brachte mich in die Wirklichkeit zurück.

Ich begann darüber nachzudenken, was da vorhin geschehen war. Hatte ich nun mich oder Beringer befreit? Oder uns beide? Oder niemanden, und die Geschichte nahm nichts weiter als einen bösen Anfang?

Aber nicht einmal die finstersten Vorstellungen davon, was mir bei einem längeren Zusammensein mit Beringer bevorstehen könnte, reichten aus, um meine wunderbare Stimmung zu verderben. Ich wanderte durch die Straßen, die an Ödnis nicht mehr zu überbieten waren, roch den Duft des Herbstes und den Gestank von altem Grillfett, hörte auf das dumpfe Dröhnen der Basstöne in den Autoradios junger Männer und fühlte mich, als sei für mich eine Extra-Welt gebaut worden, in der ich, unberührt von allem Widerwärtigen, von nun an leben durfte. Ich staunte darüber, was guter Sex bewirken kann.

Am anderen Ende der Stadt lag ein kleiner Marktplatz, früher wohl einmal das Zentrum des Dorfes, aus dem die Stadt entstanden war, jetzt eine Oase der Stille. Es gab wenig Licht dort, sodass es aussah, als seien die Häuser, die den Platz umstanden, besonders liebevoll und gar nicht aufdringlich restauriert worden.

Wie in einer anderen Zeit, dachte ich.

Nur das Reklameschild über dem Eingang zu einer Kneipe erinnerte daran, dass die Zeit weitergegangen war. Ich bekam Lust darauf, etwas zu trinken, das heißt, eigentlich spürte ich erst jetzt, wie durstig ich die ganze Zeit über schon gewesen war. Ich betrat den Vorraum der Gastwirtschaft. Alte Ziegel bedeckten den Fußboden, die sich im Lauf von hundert oder zweihundert Jahren ein wenig gegeneinander verschoben hatten. Der Flur endete im Dunkel. Rechts gab es eine Tür, an der ein Schild mit der Aufschrift „Gaststube" angebracht war. Der Griff an der Tür war alt. Ich erinnerte mich daran, solche Griffe an Stalltüren gesehen zu haben, als ich im vergangenen Jahr mit Tita eine Woche auf dem Land verbracht hatte. Ich trat ein.

Der erste Eindruck war der von gelbem Licht. Es war, als hätte jemand, der sich um das Wohlbefinden seiner Gäste besondere Gedanken gemacht hatte, den Herbst mit ins Haus genommen. Ich blieb einen Augenblick in der Tür stehen und sah mich um. Es gab fünf oder sechs Tische, fünf, glaube ich; drei unter den drei niedrigen Fenstern, die beiden anderen rechts und links vom Tresen. Auf den Fensterbänken und auf den Tischen lag Herbstlaub. Auf den Tischen lagen rot-weiß karierte Decken, die der Decke auf einem Bild von Bonnard ähnlich sahen, das ich besonders liebte. Hinter dem Tresen stand ein älterer Mann und sah mir stumm entgegen. Ich grüßte freundlich, bekam keine Antwort und setzte mich an einen Fenstertisch. Es war der in der Mitte, und ich war der einzige Gast.

„Ich hätte gern etwas zu trinken“, sagte ich. „Am liebsten ein großes Bier.“

Der Mann hinter dem Tresen verzog keine Miene. Er nahm eine kleine Schiefertafel von der Wand hinter seinem Rücken und kam damit langsam an meinen Tisch. Ich verstand nicht, was hier vor sich ging. Der Mann war nicht unfreundlich, aber er war auch nicht freundlich. Dann stand er neben mir und hielt mir die Schiefertafel hin.

„Schreiben Sie auf, was Sie möchten“, sagte eine weibliche Stimme. Die Frau, die zu der Stimme gehörte, stand hinter dem Tresen. Ich hatte sie nicht kommen sehen.

„Es ist sein Haus. Es ist auch seine Gastwirtschaft. Es ist seine Art zu arbeiten. Er nimmt die Bestellungen auf und macht die Abrechnung. Er denkt, dann wüsste er über alles Bescheid. Die Arbeit mache ich.“

„Ich hatte keine Ahnung“, sagte ich.

„Sie sind noch nie hier gewesen. Sind Sie neu in der Stadt?“

„Auf der Durchreise“, antwortete ich.

„Ach. Ich dachte, ich hätte sie neulich in der Blauen Lagune gesehen“, sagte die Frau.

Es lag nicht daran, dass sie mich bei einer Lüge ertappt hatte. Nur kam es mir plötzlich vor, als wäre die Stimmung, in die mich der Anblick des kleinen Marktplatzes, der alten Häuser, der stillen Kneipe versetzt hatte, verflogen. Der Mann hatte die Tafel auf den Tisch hinter dem Tresen gelegt. Seine Frau, da nahm ich noch an, dass es sich um seine Frau handelte, war dabei, das Bier zu zapfen. Der Mann lehnte mit dem

Rücken an der Wand hinter dem Tresen und sah zu mir herüber. Ich begann, mich unbehaglich zu fühlen.

„Ist Ihr Mann schon immer – ich meine, hat er früher, irgendwann, hören können?“

„Er ist nicht mein Mann“, sagte die Frau, während sie das Bier an meinen Tisch brachte und einen Augenblick daneben stehen blieb.

„Er ist mein Bruder. Er liest jedes Wort von den Lippen ab. Aber nicht, wenn ich ihm den Rücken zuwende. Dann hat er keine Ahnung, was vorgeht. Das gefällt ihm nicht. Deshalb muss man darauf achten, dass das nicht zu lange dauert. Es ist sein Haus. Er will wissen, was vorgeht. Die Arbeit hab ich.“

Ich trank das Bier, so schnell ich konnte, legte das Geld auf den Tisch und machte mich aus dem Staub. Als ich auf der Straße stand, hatte ich das Gefühl, jemand habe mich unverhofft und unsanft auf den Boden der Wirklichkeit zurückgeholt. Ich ging schneller, ohne auf die Auslagen in den Schaufenstern zu achten. Die Straßen waren nun ganz ohne Leben. Auch die dröhnenden Lautsprecher aus den Autos hörte ich nicht mehr.

Es war halb zehn, als ich in meiner Wohnung ankam. Ich rief trotzdem noch bei meinen Eltern an. Tita war schon im Bett.

„Du solltest sie sehen“, sagte meine Mutter. „Es ist, als seist du wieder nach Hause zurückgekommen. Sie schläft in deinem Zimmer. Du konntest uns gar keine größere Freude machen, als das Kind ein paar Tage zu uns zu geben.“

Ihre Stimme klang leise und herzlich. Vielleicht wollte sie Tita nicht wecken.

„Und Vater?“, fragte ich.

„Er sitzt in der Bibliothek und studiert Brehms Tierleben. Die beiden wollen morgen in den Zoo. Er möchte für alle Fälle gerüstet sein. Unser Mädchen ist ziemlich wissbegierig."

Unser Mädchen.

Ich spürte einen kleinen Stich, irgendwo in der Magengegend. Weshalb muss es eigentlich immer so kommen, dass man für alles bezahlt?, dachte ich. Ein paar Tage fahre ich weg und schon ist meine Kleine „unser Mädchen" für meine Eltern. Ich bin es doch, die sie bisher versorgt und behütet hat, oder?

„Ich bin froh, dass sie sich bei euch wohl fühlt", hörte ich mich sagen. „Ich fahre eine Woche nach Frankreich. Es hat mit meiner neuen Arbeit zu tun. Ich melde mich von unterwegs. Tita soll sich Frankreich auf der Landkarte ansehen. Vielleicht kann Vater ihr zeigen, wo Vence liegt, vielleicht hat er auch Bücher von Südfrankreich in seiner Bibliothek."

Ich schwieg einen Augenblick. Auch meine Mutter sagte nichts. Früher hätte ich in einem solchen Moment gewusst, was sie dachte. Jetzt kam sie mir so verändert vor, dass ich zögerte, mir ihre Gedanken vorzustellen.

„Sag ihr, dass ich sie lieb habe", hörte ich mich flüstern.

„Natürlich, mein Kind", antwortete meine Mutter. Sie schwieg und setzte hinzu: „Gute Reise."

Mir war das Herz schwer, als ich auflegte. Aber gleichzeitig war ich auch froh. Ich musste mir keine Sorgen machen um mein Mädchen. Ich war frei, jedenfalls für die kommende Woche.

Ich will gar nicht entscheiden, ob es Zufall war oder ob ich so eine Ahnung hatte, als ich in den Briefkasten sah, bevor ich mich am nächsten Tag auf den Weg zum Zug machte. Ich fand eine kurze Nachricht von Beringer.

Sechzehn Uhr, Flughafen. Harrod's.
Reisepläne geändert. B.

Sofort spürte ich, wie ich wütend wurde. Ich bildete mir ein, genau zu wissen, weshalb Beringer seine Pläne geändert hatte. Er ist davon ausgegangen, dass ich mit irgendjemand, egal wem, darüber gesprochen habe, dachte ich. Er traut mir nicht. Er vertraut mir nicht. Er will mich kontrollieren. Er will der sein, der alle Fäden in der Hand hält. Er will kein Risiko eingehen, auch nicht das geringste.

Ich nahm den Zug nach Hamburg, in dem ich Beringer eigentlich hätte treffen müssen, wenn er vorgehabt hätte, zur gleichen Zeit am Flughafen zu sein wie ich. Am Hauptbahnhof stieg ich in den Bus nach Fuhlsbüttel. Auf der Fahrt durch die Stadt verflog meine Wut. Ich hatte das Gefühl, nach langer, entbehrungsreicher Zeit wieder am Leben teilnehmen zu dürfen. Ich fühlte mich wunderbar. Und ich nahm mir vor, mich von allen Beringers der Welt nicht beeindrucken zu lassen.

Der Vorsatz war nötig. Wir trafen uns, wie verabredet.

„Setzen Sie sich", sagte Beringer, „wir haben noch etwas Zeit. Was möchten Sie trinken? Espresso?"

Ich nickte. Beringer bestellte einen doppelten Espresso. Ich klemmte mich auf den Barhocker neben ihm. Beringer stand, wegen seines Knies, nahm ich an. Ich fand, dass er gut aussah, übernächtigt, aber ziemlich attraktiv. Vorsicht, dachte ich plötzlich und der Gedanke war richtig. Ich hatte alles Mögliche erwartet, aber nicht das, was dann kam.

„Ich würde gern etwas klarstellen“, sagte er. „Dieser ...“ Er zögerte, sprach dann aber unbeirrt weiter, so, wie er es wahrscheinlich auf dem Weg zum Flughafen geübt hatte, „dieser Zwischenfall gestern. Ich gebe Ihnen meine Interpretation und schlage vor, dass wir sie zur Grundlage unserer Zusammenarbeit nehmen.“

Pause.

„Sie haben sich mir angeboten. Ich bin auf das Angebot eingegangen. Die Gründe für die jeweilige Handlungsweise, schlage ich vor, nicht näher zu untersuchen. Selbstverständlich können Sie frei über sich verfügen. Deshalb steht es Ihnen frei, Ihr Angebot zu erneuern, wann immer es Ihnen in den Sinn kommt. Ich habe nicht die Absicht, darauf einzugehen, halte es aber auch nicht für ausgeschlossen. Auf jeden Fall würde diese Art der Betätigung an unserem Verhältnis, an unserem Arbeitsverhältnis, nichts ändern. Ich habe Sie eingeladen und gebeten, mir bei einer bestimmten Sache behilflich zu sein. Sie haben zugestimmt. Wenn diese Angelegenheit erledigt ist ...“

Ich unterbrach seinen Redestrom. Ich hatte begriffen. Und außerdem einfach keine Lust mehr, zuzuhören und mir meine gute Laune verderben zu lassen.

„Ich habe verstanden“, sagte ich. „Es kann ja sein, dass Sie in den Auseinandersetzungen mit Kriminellen besonderen Mut bewiesen haben. Im Umgang mit Frauen haben Sie ihn jedenfalls nicht. Ich verspreche Ihnen, Ihr sorgsam gehütetes inneres Gleichgewicht in dieser Frage nicht durcheinander zu bringen.“

„Sie verstehen gar nichts“, sagte Beringer. „Wo haben Sie Ihren Koffer?“

„Koffer? Für eine Woche?“

„In Ordnung“, antwortete er, offenbar zufrieden, dass ich nicht meinen gesamten Hausstand mitgeschleppt hatte. Ich dachte, er müsse merkwürdige Erfahrungen mit Frauen gemacht haben, während ich neben ihm zur Abfertigung ging. Auch Beringer hatte nur eine kleine Reisetasche dabei.

Im Flugzeug saßen wir nicht nebeneinander. Das, so erklärte er mir, habe damit zu tun, dass er sich erst so spät dazu entschlossen habe, die Bahnkarten zurückzugeben und die Flüge zu buchen. Mir war's recht. Ich war ohnehin sicher, ich würde den Flug ohne Beringer an meiner Seite besser genießen können.

Als wir in Nizza das Flugzeug verließen, fühlte ich mich von der Sonne und der warmen, weichen Luft in die Arme genommen. Der Kontrast zum nebeligen, herbstlichen Norden war sehr viel stärker, als ich erwartet hatte.

Allein wegen dieser Luft, dachte ich, war es richtig, sich auf Beringers Vorhaben einzulassen. Ich werde diese Woche genießen, egal, was kommt.

Wir nahmen ein Taxi. Beringer nannte dem Fahrer eine Adresse.

„Das ist kein Hotel“, erklärte er. „Ich habe es für richtig gehalten, ein Haus zu mieten. In einem Hotel bestünde die Gefahr, dass ich gesehen werde.“

Oder dass wir zusammen gesehen werden, dachte ich, sagte aber nichts.

Die Fahrt verlief schweigend. Ich sah aus dem Fenster, bewunderte Villen unter Pinien, Bündel von

Gladiolen in Rot, Rosa, Lila und Weiß, die in Wassereimern am Straßenrand standen, und ältere Herren auf Sporträdern, die sich mühten, die Höhenunterschiede am Rand der Seealpen, an denen wir entlangfuhren, zu überwinden. Ihre bunten Radfahreranzüge klebten an ausgemergelten Körpern, auf zähen Oberschenkeln, an kaum vorhandenen Hinterteilen. In der Nähe von Vence wurden die Villen prächtiger, die Gärten größer, die Palmen stattlicher. Der Fahrer bog kurz hinter dem Ortsschild nach rechts ab und fuhr einen steilen Weg hinauf, der rechts und links von Oleanderbüschen dicht gesäumt war. Dann bog er um eine Kurve, der Weg wurde frei, der Blick über die Landschaft war traumhaft schön. Als das Taxi hielt, stieg ich aus, ohne mich um Beringer zu kümmern, blickte zurück und bewunderte die Gegend. Ich beneidete die Menschen, die hier leben durften. Erst die Geräusche des davonfahrenden Autos brachten mich wieder in die Wirklichkeit zurück.

Wir standen vor einem Gartentor. Hinter dem Tor war ein Platz, der mit hellgrauen Steinen gepflastert war. Zwei riesige, alte Palmen standen dort, sie waren sorgfältig beschnitten worden. Das Haus, das den Platz von zwei Seiten umschloss, war aus dem gleichen grauen Stein. Man sah diesen Stein nur an den Stellen, die nicht von dunkelroten Bougainvilleen bewachsen waren. Wenn man unter den Palmen stand, hatte man einen weiten Blick über die Landschaft, deren Hügelketten in allen Grautönen hintereinander lagerten. Ganz in der Ferne glitzerte das Meer.

„Das Haus soll zwei Bäder haben, zwei getrennte Bereiche. Ich hoffe, man hat mir nicht zu viel versprochen.“ Beringers Stimme riss mich aus meinen Träumen.

Das Haus hatte zwei Bäder. Es hatte auch zwei Schlafzimmer, aber in der Küche und im Wohnzimmer würden wir uns kaum aus dem Weg gehen können. Beim Anblick der Küche fiel mir ein, dass auch ich etwas zu klären hatte, aber Beringer kam mir zuvor.

„Ich erwarte nicht, dass Sie die Hausarbeit übernehmen", sagte er. „Ich werde morgens für uns beide Kaffee kochen. Ich frühstücke nicht. Wir werden herausfinden, wo man hier in der Nähe einkaufen kann. Bitte sehen Sie nach. Es steht ein Wagen in der Garage, hat man mir gesagt."

Es stand ein Wagen dort, ein hübscher, neuer Peugeot 304, silberfarben und handlich. Ich erklärte, mich kurz frisch machen und dann mit dem Wagen zum Einkaufen fahren zu wollen. Es ging mir aber gar nicht ums Einkaufen. Ich wollte den Wagen ausprobieren, die Umgebung ansehen, den Süden genießen. Zur Not würde ich auch etwas zu essen mitbringen.

„Gut", sagte Beringer. „Ich lege Ihnen Geld auf den Küchentisch."

Dann verschwand er hinter einer Tür aus dunklem, gewachstem Holz, die sehr alt zu sein schien. Gleich darauf hörte ich ein Geräusch, als habe er die Dusche angemacht. Ich sah mich noch ein wenig um, bevor ich mich auf den Weg machte. Das Haus war nur spärlich möbliert, mit dunklen, bäuerlich wirkenden Möbeln. Es gab einen Kamin, der zu funktionieren schien, jedenfalls war er benutzt worden. Vor dem Kamin standen ein paar gemütlich aussehende Sessel. Durch die Fenster des Wohnzimmers sah man auf die Palmen vor dem Haus und auf die langsam verschwimmenden Hügelketten. Von da, wo ich vor ein paar Minuten noch glitzerndes Meer gesehen hatte, kam eine dunstige weiße Wand näher. Trotz der bunten Gladiolen, des Oleanders und der leuchtenden Bougainvilleen war nicht zu übersehen, dass auch hier der Herbst näher kam.

Ich ging in die Küche, nahm das Geld vom Tisch, schnappte mir das Auto und fuhr los. Wieder bewunderte ich Villen und Gärten, roch den Duft der Pinien, fuhr langsam und ließ die warme Luft mein Gesicht und meine Arme streicheln.

Hier möchte ich leben, dachte ich. Nur hier. Jetzt weiß ich, wohin ich gehöre. Nicht in den kalten, nebeligen Norden, nein, ich gehöre in den Süden, genau hier hin, zwischen Palmen und Berge, in eine hübsche, kleine Villa, mit einem silbernen Auto und genügend Geld, um mir und Tita ein vergnügtes Leben zu machen.

Und dann schwor ich mir, dass ich meine Chance, bei Renner zu arbeiten, nutzen würde. Ich würde viel arbeiten, viel Geld verdienen und eines Tages würde ich hier unten ein Haus haben. Ich glaube, der Blick, mit dem ich vom Auto aus die Gegend betrachtete, war in diesem Augenblick fast so etwas wie ein Besitzerblick. Ich wusste noch nicht, welches, aber irgendwann würde irgendeines dieser hübschen Häuser mein Haus sein.

Das Haus, in dem wir wohnten, lag näher bei Vence, als ich gedacht hatte. Notfalls hätte ich auch zu Fuß in die Stadt gehen können. Ich parkte den Wagen auf einem Parkplatz am Stadtrand, schlenderte über eine mit Platanen bestandene, kleine Einkaufsstraße, geriet auf den Marktplatz und setzte mich in eines der beiden Straßencafés, die nebeneinander lagen und nur durch verschiedenartige Stühle zu erkennen gaben, dass sie nicht zusammengehörten. Ein freundlicher Kellner brachte mir einen Pastis, ich trank und genoss das Leben und den Anblick der um mich herum sitzenden Gäste. Die meisten waren Franzosen, aber auch ein paar Touristen und eine Gruppe besonders fröhlicher Menschen, deren Mittelpunkt eine Frau war, hatten sich zu einem abendlichen Umtrunk niedergelassen. Ich sah erst eine Weile möglichst unauffällig zu der Gruppe hinüber, bis ich glaubte, was ich sah: Da drüben saß die Frau, die auf dem Zeitungsfoto als Galeristin zusammen mit einem gewissen Caizier abgebildet worden war.

Ich bestellte einen zweiten Pastis und setzte mich, während der Kellner an meinem Tisch stand, unauffällig so, dass ich die Gruppe besser beobachten konnte. Sie waren zu sechst: die Galeristin, zwei Männer, angetan mit Schlapphut und Künstlergehabe, ein sehr junges Mädchen mit riesigem Busen und ein älteres Ehepaar, vielleicht Touristen mit Geld. Ich besah die Leute gründlich, weil ich annahm, ich würde über kurz oder lang mit ihnen zu tun bekommen.

Die Galeristin sah älter aus als auf dem Zeitungsfoto, nein, nicht älter, sondern angestrengter, verlebter. Sie trug ein eng anliegendes, groß geblümtes Seidenkleid in Rot und Weiß. Auf ihrem Rücken hing ein weißer Strohhut, der allein etliche hundert Mark gekostet haben musste. Ihre langen, leicht gewellten Haare waren blond gefärbt, aber von einem Frisör, der sein Handwerk verstand. Arme und Beine waren nackt und braun, am Arm hingen ein paar auffällige goldene Armreifen, die Füße, schmal und gepflegt, steckten in goldenen Sandalen. Die Frau sah elegant und teuer aus. Wenn man ihr lautes Lachen überhörte und ein plötzlich auftretendes, seltenes Zucken in ihrem Gesicht übersah, hätte sie einem so Vorkommen können, als habe sie die Klasse, die ein gediegener familiärer Hintergrund mitunter hervorbringt.

Die beiden Maler waren nicht echt. Das sah ich auf den ersten Blick. Ich hatte zu lange in diesem Milieu gelebt, um nicht einen Blick dafür entwickelt zu haben. Natürlich malten sie. Davon war ich überzeugt. Ich würde ihre Bilder ganz sicher irgendwo in der Stadt ausgestellt finden. Wenn ich sie mir vorstellte, fielen mir Sonnenblumen ein und Lavendelfelder, wahrscheinlich waren auch ein paar pseudo-abstrakte Bilder darunter in Farben, die schwer zu ertragen waren, weil die Sinnlosigkeit, mit der sie nebeneinander gesetzt worden waren, nur noch von dem fehlenden Raumgefühl des Künstlers übertroffen wurde. Was den beiden nicht fehlte, war das Gefühl für die Attitüde des Künstlers. Die Hüte, der Schal des einen, die nackte Brust (übrigens kein besonders anregender Anblick) des anderen, die ausgefransten Turnschuhe: Es passte alles. Die beiden hatten Karaffen mit Rotwein vor sich stehen, jeder eine Literkaraffe, aus denen sie schon kräftig nachgeschenkt hatten; in ihre eigenen Gläser, versteht sich.

Das großbusige Mädchen, ich schätzte es auf höchstens achtzehn, trank nicht. Es schien eher zu schlafen, jedenfalls beachtete es seine Umgebung nicht. Es wurde auch nicht beachtet, woraus ich schloss, dass die Maler das Mädchen schon länger kannten, unzählige Male gemalt, es noch öfter beschlafen hatten.

Die Eheleute am Tisch konnten eigentlich nur Deutsche sein. Ich war nicht in der Lage, mir vorzustellen, dass Franzosen auf die Komödie hereinfallen könnten, die da gerade vor ihren Augen aufgeführt wurde. Die Leute hatten Geld. Man würde die Tage mit ihnen verbringen und sie so lange überzeugen, bis sie schließlich mit einem Stapel scheußlicher Bilder davonzogen.

Ich sah mir die Galeristin noch einmal genauer an. Sie hatte die beiden an der Angel und nicht die Absicht, locker zu lassen, bis die Tausender den Besitzer gewechselt hätten. Das junge Mädchen stand auf, um zu gehen. Der Brustfreie griff zum Abschied in den Ausschnitt ihrer Bluse und versuchte, eine Brust hervorzuziehen. Das Mädchen wandte sich gelangweilt ab. Die Galeristin lachte. Der Brustfreie schenkte Rotwein nach. Die Ehefrau war sicher rot geworden, ich konnte es aus dieser Entfernung nicht erkennen. Der Ehemann starrte den Maler an. Er war neidisch.

Ich wandte mich ab, als ich genug gesehen hatte, und winkte dem Kellner zu, um zu bezahlen. In diesem Augenblick kam ein Mann auf den Platz, der mich interessierte. Ich verfolgte ihn mit den Augen, während ich mir vom Kellner erklären ließ, dass er die Rechnung schon längst unter den Teller geschoben habe, der auf meinem Tisch stand. Ich solle das Geld nur auf den Teller legen. Das sei der einfachste Weg, um es loszuwerden. Ich freute mich darüber, dass mein Französisch noch immer so gut funktionierte, und sang im Stillen ein kleines Loblied auf meine Eltern, die darauf bestanden hatten, dass ich in den Semesterferien nach Paris ging. Später, als mein Französisch gut genug war, hatte ich sogar ein Semester Jura dort belegt, ohne großen Gewinn allerdings, denn europäisches Recht gab es noch kaum, und das deutsche und das französische Rechtssystem waren zu verschieden, um von einem Semester in Paris profitieren zu können.

Der Kellner verließ meinen Tisch, ging ins Restaurant zurück und kam gleich darauf mit einem silbernen Kübel zurück, der mit Eis gefüllt war und in dem eine Flasche Champagner steckte. Er trug den Kübel an den Tisch des Neuangekommenen. Erst jetzt sah ich, dass der Mann eine Plastiktüte bei sich getragen hatte. Aus der zog er nun ein Bündel frischer Artischocken hervor. Er gab die Tüte dem Kellner, öffnete den Champagner und trank das erste Glas, als sei es Wasser. Dann begann er, die Artischocken zu essen. Ich sah ihm dabei zu. Der Mann mochte etwa vierzig Jahre alt sein. Er war blond, sehr groß und sehr kräftig. Er erinnerte mich an Max Ernst, aber auch an den älteren Hemingway; eine merkwürdige Mischung, aber aufregend. Dann fiel mir auf, dass es am Tisch der Galeristin still geworden war. Ich war mir ganz sicher, dass der Champagnertrinker nicht zu dem Tisch hinübergesehen, sondern an ihm vorbeigegangen war, als sähe er die dort Sitzenden nicht. Sie aber hatten ihn gesehen. Und nun saßen sie da und waren still.

Jedenfalls einen Augenblick lang, dann lachte die Galeristin. Ihr Lachen war heller und reiner, so, als gäbe sie sich Mühe, ihre Stimme besonders angenehm klingen zu lassen. Beide, der Schlapphütige und der Brustfreie, schenkten wie auf Kommando ihre Gläser voll und winkten dem Kellner, um die leeren Rotwein-Karaffen durch neue ersetzen zu lassen. Das Touristen-Ehepaar starrte den blonden Riesen an, der seelenruhig seine Artischocken aß, Champagner trank und niemanden beachtete.

Ich fand, ich hatte für meinen ersten Ausflug in die Stadt genug gesehen. Während ich zum Auto zurückging, nahm ich mir vor, herauszufinden, wer der Blonde war, der nicht nur mich, sondern auch die abgebrühte Galeristin beeindruckt hatte. Gerade noch rechtzeitig fiel mir ein, dass ich ja eigentlich zum Einkaufen in die Stadt gefahren war. In einem Monoprix-Kaufhaus durchstöberte ich die Lebensmittelabteilung, bis ich, beladen mit Tomaten, Käse und verschiedenen Paté-Sorten und Wein, zum Auto zurückging. Heute würde ich ein leichtes Abendessen bereiten, aber ab morgen wäre Beringer dran. Als Haushälterin war ich schließlich nicht engagiert worden.

***

Es war ihm klar, dass er einen Fehler gemacht hatte. Sie hatte sich ihm angeboten und er war wie ein willenloser Idiot darauf eingegangen. Es war die Art, wie sie es gemacht hatte, das war ihm klar. Trotzdem würde er etwaigen Konsequenzen aus dem Weg gehen. Er kannte sich nicht besonders gut aus mit Frauen. Die Einzige, die er wirklich kannte, war Charlotte, und auch die ...

Er stellte sich vor, dass Milena auf die Idee kommen könnte, aus diesem einmaligen Vorfall irgendetwas abzuleiten: Ansprüche, Fortsetzungen, intimes Beisammensein, und er war sicher, dass er nichts davon wollte. Glücklicherweise war es nicht schwierig, ihr das klar zu machen. Das hatte ihn ein wenig stutzig gemacht. Aber auf jeden Fall war er froh, so leicht aus der Sache herausgekommen zu sein.

Die gemeinsame Reise verlief problemlos. Niemand war am Flughafen, um sie zu beobachten oder ihnen zu folgen, nicht einmal Ronny. Der Junge tat ihm ein wenig leid, aber er wäre hier unten völlig nutzlos gewesen. Ein wenig riskant war es natürlich, ein Haus zu mieten, ohne es vorher gesehen zu haben. Aber sie hatten Glück. Das Haus war in Ordnung. Zwei getrennte Schlafbereiche, darauf hatte er bestanden, waren vorhanden.

Während Milena in Vence einkaufte, würde er beginnen, das Wohnzimmer als Arbeitszimmer herzurichten. Er nahm sich vor, ihr nachher alle Informationen zu geben, über die er selbst verfügte. Nachdem er umgeräumt und die Papiere ausgebreitet hatte, legte er sich auf einen alten Liegestuhl und sah dabei zu, wie die Sonne unterging. Die Schatten über den Hügelketten waren vorn von dunklem Blau und wurden lichter und lichter, bis hin zum zartesten, hellen Grau, das sich ganz hinten mit dem Himmel über dem Meer verband. Der Horizont verschwamm im Dunst. Kaum noch zu sehen war der Hügel von St. Paul de Vence mit der ockerfarbenen Kirche und den ockerfarbenen Mauern der Häuser. Von Vence herauf hörte er die Schläge einer Kirchturmuhr. Die Welt schien friedlich, und ihr Friede begann, ihn in Besitz zu nehmen.

Als ihm unbehaglich wurde, auch, weil es kühler geworden war, stand er aus dem Liegestuhl auf, froh, dabei allein zu sein, denn der Stuhl war zu tief für einen Krüppel. Im Haus hatte er eine Decke gesehen. Er trug einen Stuhl unter die Palmen, holte sein Buch und die Decke, wickelte sie um seine Knie und begann zu lesen.

„Wenn man sich von Liebe zu einer Frau ergriffen fühlt, sollte man sich fragen: In welcher Umgebung lebt sie? Wie ist ihr Dasein verlaufen? Alles Glück des Lebens hängt davon ab.“

Das waren die ersten Sätze, die er las, und natürlich hinderten sie ihn am Weiterlesen.

Wie war das, als er Charlotte kennen gelernt hatte? Wo hatte er sie kennen gelernt? Er hatte an einer Tagung in Brüssel teilgenommen. Damals wurde über die Anfänge von Europol nachgedacht. Auf dem Rückflug hatte er schlechte Laune gehabt, weil drei kostbare Arbeitstage mit lächerlichen Kompetenzstreitereien verplempert worden waren. Das Konzept, das man ihnen vorgelegt hatte, war ein Witz gewesen. Er schimpfte auf die Bürokratie und dachte gleichzeitig, dass er ein Teil davon wäre. Auch das trug nicht zur Verbesserung seiner Stimmung bei. Und dann erschien dieses Wunderwesen von Stewardess neben ihm, hielt ihm ein Glas Rotwein hin und sagte: „Ich möchte Ihnen diesen wunderbaren Wein anbieten“, mit einer Stimme, die ihm noch in der Erinnerung Schauer über die Haut jagte. Es war die letzte Maschine von Brüssel nach Hamburg. In der Business-Class saß außer ihm ein Mann, der von einer vollkommen verschleierten Frau begleitet wurde. Die beiden waren so stumm, dass er sie auf dem Flug gar nicht wahrnahm. Er blickte in den sternübersäten Himmel, trank Rotwein und sah Charlotte zu, von der er noch nicht wusste, dass sie Charlotte hieß, aber schon wusste, dass er sich ein Leben ohne sie nicht mehr vorstellen wollte.

Drei Monate später waren sie verheiratet. Ihre Eltern, die zu alt waren für eine lange Reise, schickten ein Telegramm zur Hochzeit. Sie lebten in Kanada. Er hatte kein Interesse daran, sie kennen zu lernen. Seinem Vater teilte er ein paar Wochen später mit, dass er verheiratet wäre. Das war unumgänglich, denn der hatte ihn angerufen, weil er vorhatte zu kommen, um irgendeine Trophäe oder einen Stapel alter Jagdzeitungen aus dem Haus zu holen. Er nahm an, es ging um die Jagdzeitungen, denn er erinnerte sich, dass der Vater irgendetwas darüber gesagt hatte, als er dann kam. Wahrscheinlich fand er, es wäre eine Erklärung dafür nötig, dass ein erwachsener Mann ein paar hundert Kilometer fährt, um einen Stapel Jagdzeitungen aus den Dreißiger- oder Vierzigerjahren abzuholen. Zu Charlotte, die ihm die Tür öffnete, sagte er nichts. Beringer hatte seinem Gesicht angesehen, dass er sie ablehnte. Sein Typ Frau trug handgewebte Röcke und die Haare in Flechten um den Kopf gelegt.

Jean hatte sich nie für Charlottes Vergangenheit interessiert. War das ein Fehler gewesen?

***

Ich fuhr über eine kleine Brücke aus der Stadt und freute mich unterwegs, dass ich umgeben war von Süden. Die hellen Sandsteinmauern der Häuser, rosa gestrichen, grob verputzte Wände, die grauen, weiß gefleckten Stämme der Platanen, dunkle Zypressen, Mauern, die berankt waren mit Zierkürbissen – alles schien mir vertraut. Wenn ich in die Gärten sah, die noch bunt aussahen, obwohl auch schon die ersten Anzeichen des Herbstes zu erkennen waren, fühlte ich mich in Bonnards Bilder versetzt. Ich fuhr absichtlich langsam. In einem Garten saßen zwei Frauen an einem steinernen Tisch. Sie trugen Gelb und Grün, und die im grünen Kleid hatte einen blauen Hut auf dem Kopf. Ich hätte anhalten mögen, nur um mich davon zu überzeugen, dass ich kein Bild sah, sondern ein Stück Wirklichkeit.

Ich fuhr den Wagen in die Garage, schloss das Tor und trug meine Einkaufstüten ins Haus. Beringer saß mit einer Decke auf den Knien unter den Palmen. Er stand auf und folgte mir in die Küche. Ich begann die Tüten auszupacken. Immer noch glücklich, bewunderte ich dabei die Küche, die in einem warmen, dunkelroten Ton gefliest war, der sich auf den Fronten der Schränke und auf dem großen Tisch in der Mitte wiederholte. Beringer beobachtete mich, während ich mich vor den Schränken bewegte. Der Blick aus dem Küchenfenster ging bis hinunter zum Meer.

„Ich nehme an, Sie werden mir berichten, was Sie gesehen haben, als Sie unterwegs waren", sagte er.

„Ja. Aber vorher würde ich gern etwas wissen."

„Fragen Sie."

Ich wusste nicht, was es war, das dieses Gefühl auslöste. Ich hatte es schon gespürt, als ich ihn unter der Palme gesehen hatte. Es war wie ein kurzer, süßer Schmerz, irgendwo unterhalb des Bauchnabels. Ich empfand ihn wieder, als ich seine Stimme hörte, und beschloss, ihn nicht zur Kenntnis zu nehmen. Also fragte ich und gab dabei meiner Stimme einen möglichst neutralen Klang.

„Ich glaube nicht, dass wir nur deshalb auf das Flugzeug umgestiegen sind, weil Sie glaubten, ich könnte zu irgendjemand über die Art unserer Fortbewegung sprechen. Weshalb also wirklich?"

Beringer schwieg einen Augenblick. Er schien die Frage nicht erwartet zu haben, aber er entschloss sich zu antworten.

„Im Zug reist man anonym", sagte er. „Im Flugzeug nicht."

Nun war ich an der Reihe, überrascht zu sein.

„Sie wollten eine Spur legen? Mit Absicht?"

„Ich glaube nicht, dass ein Mann wie Keizer ein so lohnendes Geschäft, wie es sein Drogen-Handel-auf-dem-Lande gewesen ist, wirklich aufgibt. Kommen Sie, ich zeige Ihnen, wie die Strukturen aussehen, in denen er und seine Leute sich bewegt haben."

Er wandte sich um. Ich folgte ihm ins Wohnzimmer. Überall hingen Karten, auch ein Plan von dem Nest, aus dem wir kamen, war da. Dort, wo die Lagune lag, piekste ein rotes Fähnchen. Mehrere dieser Fähnchen steckten auch noch an anderen Stellen in der Karte.

Beringer begann, mir das System zu erläutern, nach dem Keizer und seine Leute gearbeitet hatten: ländliche Diskos, ein paar luxusrenovierte Bauernhöfe, Tankstellen, die Lagune, waren Verteilungspunkte gewesen. Seine Verteiler hatten einer vom anderen nichts gewusst. Und sie hatten sich auch nicht bemüht, mehr herauszufinden, als sie wissen mussten. Zweimal waren die übel zugerichteten Leichen junger Männer in den Wäldern gefunden worden. Die Polizei nahm an, dass sie zu neugierig geworden waren oder angefangen hatten, auf eigene Rechnung zu arbeiten. Deshalb hatte man sie ausgeschaltet und zur Warnung liegen gelassen, sozusagen.

„Wir haben einen Teil seiner Leute festgenommen", sagte Beringer. „Aber ich bin sicher, dass da inzwischen andere nachgewachsen sind. Solange wir dem Ungeheuer nicht den Kopf abgeschlagen haben, wird es weiterleben, es wird sich andere Wege suchen, aber es wird weiterleben und sich mästen."

„Und Sie nehmen an, dass jemand von denen ein Interesse daran haben könnte, Sie immer noch zu beobachten?“

„Ich bin ziemlich sicher“, war seine Antwort.

„Ihre Kollegin, die, die in der Nähe Ihres Hauses ermordet worden ist, hatte sie mit der Sache zu tun?“

„Sie kam, um mir eine Zusammenarbeit anzubieten. Das konnte beides bedeuten: aushorchen oder Zusammenarbeiten.“

„Und? Haben Sie angenommen?“

Beringer antwortete nicht. Und ich hatte keine Lust, auf einer Antwort zu bestehen. Mir begann nämlich gerade zu dämmern, dass der Job, auf den ich mich eingelassen hatte, durchaus nicht ungefährlich war. Ich ging in die Küche.

Beringer kam nicht gleich nach. Während ich die Tomaten und den Käse auf dem Küchentisch aufbaute, hörte ich ihn im Nebenraum hin- und hergehen. Schließlich erschien er in der Küchentür.

„Hören Sie“, sagte ich, „ich bin bis vor drei Jahren Anwältin gewesen. Ich habe mich ganz gut im Milieu ausgekannt. Ich glaube nicht, dass die Methoden dieser Leute seitdem humaner geworden sind. Im Drogengeschäft geht es um sehr viel Geld ...“

„Einen Augenblick“, sagte Beringer. „Bevor Sie weiterreden. Ich weiß, dass Sie Anwältin waren. Ich hab ein paar Erkundigungen eingeholt, bevor ich Sie um Ihre Hilfe gebeten habe. Und ich weiß auch, weshalb Sie es nicht mehr sind.“

„Erstens werde ich wieder anfangen, sobald ich dieses Abenteuer hinter mich gebracht habe. Schon deshalb möchte ich gern unbeschadet hier wieder rauskommen. Und zweitens ...“

„Ihre Ermittlungsmethoden haben sich damals wie ein Lauffeuer im Haus verbreitet“, sagte Beringer.

„Verjährt, falls wirklich jemand deshalb noch etwas unternehmen möchte“, sagte ich lässig. „Ich habe Hunger.“

Ich setzte mich an den Küchentisch und trank als Erstes ein Glas Rosé.

Der Hocker, den Beringer unter dem Tisch hervorzog, um sich darauf zu setzen, hatte Metallfüße, die beim Schurren über den Fußboden ein unangenehmes Geräusch machten. Er nahm ein Stück Baguette in die Hand und begann es zu zerkrümeln. Ich sah auf seine Hände, spürte sie plötzlich auf meinen Hüften. Ich nahm mich zusammen.

„Ich war in Vence“, sagte ich, „und ich glaube, ich habe Glück gehabt.“

„Inwiefern?“

„Die Frau, die auf dem Foto neben Keizer stand, die Galeristin, sie und noch ein paar andere saßen in dem Straßencafé, in dem ich was getrunken habe.“

Ich beschrieb Beringer ausführlich die Gruppe, detailgenau das Aussehen der Leute und ließ am Ende auch den Champagnertrinker nicht aus, nicht, weil ich ihn für wichtig hielt, sondern weil ich mich in meine eigene Erzählweise verliebt hatte und Vergnügen daran fand, mit Sprache ein Bild zu malen, das so plastisch wie möglich war.

„Das ist interessant“, sagte Beringer. „Wie haben Sie gesagt, war die Beziehung zwischen dem Artischockenesser und der Gruppe?“

„Es gab keine. Deshalb habe ich sie eine negative Beziehung genannt.“

„Sie sind unlogisch, Milena. Auch eine negative Beziehung ist eine Beziehung. Was war's nun, eine negative oder keine?"

Er hatte Recht. Ich dachte einen Augenblick nach.

„Eindeutig eine negative", sagte ich. „Der Blonde hat die Gruppe überhaupt nicht beachtet. Und die Galeristin hat sehr bemüht ausgesehen, auch die Maler, nur das Ehepaar hat ein wenig erstaunt auf die Champagnerflasche geschaut."

„Haben Sie einen Fotoapparat?", fragte Beringer.

Ich schüttelte den Kopf. „Ich kann ganz gut fotografieren", sagte ich. „Aber ich hab's schon lange nicht mehr gemacht. Katalogfotos, meine ich."

„Ich fürchte, dann wird Ihnen die Kamera nicht gefallen, die ich mitgenommen habe. Eigentlich ist das Wort ›Kamera‹ schon eine Übertreibung. Einen Augenblick, ich zeig sie Ihnen."

Beringer ging hinaus. Auf der Tischplatte blieb ein Haufen Brotkrümel zurück. Das Glas, das ich neben seinen Teller gestellt hatte, war noch immer leer.

Ich stand auf und öffnete die zweite Küchentür, die auf eine rückwärtige Terrasse hinausführte. Auch hier war das Rascheln der Palmenblätter zu hören. In der Ferne glitzerten die Lichter der Küste. Die Nacht war schön. Hinter mir hörte ich die Füße des Hockers auf dem Fußboden. Ich ging hinein, ließ aber die Küchentür offen.

„Schließen Sie, bitte, die Tür", sagte Beringer. „Wir werden auch die Fensterläden schließen, am besten immer, bevor es dunkel wird. Es ist zu leicht, von außen in das Haus hineinzusehen."

„Rechnen Sie damit?"

„Ich rechne mit allem, wenn's nicht eintritt, umso besser."

Einen Augenblick lang war ich versucht zu sagen: Haben Sie auch mit mir gerechnet? Aber ich verschluckte den Satz in der letzten Sekunde.

Die Kamera erwies sich als billige Knipsmaschine. Ein wenig traurig dachte ich an die schöne, alte Hasselblad, mit der ich gearbeitet hatte, tröstete mich aber damit, dass sie sowieso zu groß und zu auffällig gewesen wäre. Beringer wollte Fotos von der Gruppe, falls die am nächsten Tag wieder da sitzen würde, Fotos von dem Champagnertrinker, Fotos von der Galeristin.

„Am liebsten mit Keizer?", fragte ich, aber er ging nicht auf meinen Ton ein.

„Sie werden morgen fotografieren, so viel Sie können. Und Sie werden versuchen herauszufinden, wo Keizer wohnt, ob er allein wohnt, ob er bewacht wird, ob das Grundstück, auf dem er lebt, besonders gesichert ist."

„Und die Galerie? Sollte ich nicht Interesse für Grieshaber demonstrieren?"

„Nicht, bevor Sie die anderen Arbeiten erledigt haben", sagte er.

Wahrscheinlich hatte er Recht. Ich würde nicht mehr anonym sein, wenn ich erst in der Galerie gewesen wäre und mich als mögliche Kundin zu erkennen gegeben hätte. Denn das musste ich tun, wenn ich den Betrieb dort näher kennen lernen wollte.

Am Ende des Abendessens hatte ich drei Gläser Rosé getrunken, zwei Tomaten und ein Viertelpfund Käse gegessen, von der Pate gekostet und beim Geschmack der mit Butter bestrichenen Baguettes an Studentenurlaube am Meer gedacht, in denen wir draußen geschlafen und uns am Morgen in der Atlantikbrandung vom Sand und von den Absonderungen der Liebe befreit hatten. Beringer hatte den Krümelberg auf der Tischplatte vergrößert und den Wein nicht angerührt. Wir schlossen gemeinsam die Fensterläden rund um das Haus und gingen schlafen. Jeder in sein Bett, versteht sich.

Einmal, nachts, wachte ich auf und meinte, Beringers Schritte zu hören. Sie hörten sich an wie die Schritte von Kapitän Ahab auf dem Deck der „Pequod". Aber sie beunruhigten mich nicht. Beinahe getröstet schlief ich wieder ein.

Am Morgen hatte ich Kopfschmerzen. Sie verschwanden unter der Dusche. Ich beschloss, im Ort zu frühstücken, packte den Fotoapparat in die in der Küche hängende Korbtasche und fuhr nach Vence hinunter. Ich wusste, dass es dort irgendwo eine von Matisse ausgemalte Kapelle geben musste, die ich mir gern ansehen wollte. Jean Genets Urteil: „Die Ausnützung des Raumes ist unglaublich. Sie befinden sich im Innern eines Gedichts", hatte ich vor Jahren von einem Kunden meines Mannes gehört und nicht vergessen. Ich fand die Kapelle auch, aber sie war geschlossen. Also schlenderte ich durch die Stadt, ließ mich von den Düften anregen, die aus den Läden am Markt kamen, fotografierte hier und da einen besonders schön dekorierten Obststand und fühlte mich wunderbar.

Dann stieß ich auf einen der beiden, die ich für Pseudo-Maler gehalten hatte. Es war der Brustfreie. Er war nicht Maler, sondern Glaskünstler und gerade dabei, einem älteren Herrn die Vorzüge der Gegenstände zu erläutern, die er aus Glas herstellte. Bei den Gegenständen handelte es sich um Tische, Stühle und Leuchten, die in einer besonderen Technik zusammengesetzt waren. Ihre Beine oder Arme bestanden aus versetzt übereinander geklebten, kleinen Glasplatten. Sie sahen aus wie „Knickebein mal tausend" oder besondere Auswüchse von Tropfsteinhöhlen, vielleicht speziell für Touristen mit Geld angefertigt, denn die Preise waren hoch.

Ich fotografierte von außen durch die Ladenscheibe den Künstler und sein Opfer, bevor ich weiterging. Nun hatte ich Hunger.

Das Straßencafé war so gut besetzt, dass ich Mühe hatte, einen freien Tisch zu finden. Die Platanen auf dem Platz, die im Sommer sicher nötig waren, um Schatten zu spenden, hatten ihre Blätter bereits verloren. Aber die Herbstsonne brauchte keine Blätterdächer mehr. Die Menschen saßen zwischen den kahlen, gefleckten Stämmen in der Sonne, tranken und redeten und genossen den milden Tag. Ich sah mich um, konnte aber niemanden entdecken, den ich kannte. Sollte ich erst in die Galerie gehen? Bestimmt würde sie irgendwann in der Mittagszeit schließen.

Na und?, dachte ich. Ich werde frühstücken und heute am Nachmittag noch einmal wiederkommen.

Kurz bevor ich gehen wollte, kam der große blonde Mann, dem ein Kellner, wie am Tag zuvor, unaufgefordert eine Flasche Champagner brachte. Während er seine Artischocken neben den Sektkühler legte und die erste zu knabbern begann, erschien die Galeristin. Sie war allein, sah sich suchend um und ging dann an einen Tisch, an dem, ich sah es erst jetzt, das Ehepaar von gestern Platz genommen hatte. Ich knipste noch ein wenig herum, sodass die, die mich eigentlich interessierten, nicht auf die Idee kommen könnten, sie seien gemeint. Es war kurz vor dreizehn Uhr, als der Film zu Ende ging. Ich schaffte es gerade noch, in einen Fotoladen zu laufen, den ich am Tag zuvor neben dem Monoprix gesehen und in dessen Schaufenster ich Hochzeitsfotos bewundert hatte. Die, auf denen die Braut ein kleines Kind auf dem Arm hielt, hatten mir besonders gefallen. Ich hätte sie gern als Beleg dafür genommen, dass die Leute hier unten im Süden nicht prüde waren, aber ich wusste nicht, ob das wirklich so stimmte. Der Fotohändler versprach, die Bilder bis zum Abend entwickelt zu haben.

„Jetzt ist hier nichts los", sagte er. „Im Sommer, da ist so was natürlich nicht möglich. Aber jetzt? Die Leute, die hier wohnen, die wissen ja, wie sie aussehen."

Als ich aus dem Laden trat, war die Straße beinahe leer. Die Mittagszeit wird hier eingehalten, ob es Sommer ist, Herbst oder Winter. Ich fuhr nach oben, in das Haus zurück, das mir so gut gefiel. Beringer war nicht da.

War ich enttäuscht? Oder beunruhigt? Aber weshalb? Ich ging in die Küche, aß eine Tomate, nahm auch noch den Rest Käse und trank ein Glas Wasser. Durch das Küchenfenster sah ich auf den wild bewachsenen Abhang, der ein paar Meter vor der Terrasse begann. Das Grundstück war sehr viel größer, als ich bisher angenommen hatte. Ich bekam Lust, ein wenig herumzustrolchen und das Gelände zu erkunden.

Der Abhang hätte, gerodet und in Terrassen angelegt, einen wunderbaren Garten abgegeben. Aber auch so gefiel er mir, obwohl es Kolonien von Agaven, eine Menge Sträucher mit Stacheln und kratzende Ranken gab, die sich an meinem Zeug festklammerten. Meine Arme und das Stück Haut zwischen langer Hose und Turnschuhen waren schnell zerkratzt. Aber es gab stille Plätze, wunderbare Düfte, viele Schmetterlinge, und ich war froh, dass niemand auf die Idee gekommen war, Ordnung in das Chaos zu bringen. Mir kam es so vor, als wäre der Abhang ein Stück konzentrierter Süden.

Eine Weile lehnte ich mich mit dem Rücken gegen einen Felsbrocken, der aus der Erde gewaschen worden war. Der Stein hatte die Farbe des Hauses, und mein Rücken fühlte sich warm an, nachdem ich einen Augenblick dort gestanden hatte. Als ich mich umsah und den Abhang hinaufblickte, um festzustellen, wie weit ich mich vom Haus entfernt hatte, war das Haus hinter den Sträuchern verschwunden. Nur die gewaltigen Häupter der beiden Palmen waren noch zu sehen und das Felsmassiv, das sich hinter dem Haus erhob. In der Ferne war ein Wanderweg zu erkennen, der sich die Felsen entlangschlängelte. Ich schätzte den höchsten der Felsen auf acht- oder neunhundert Meter.

Vielleicht wegen der Agaven, deren spitze Pfähle überall zwischen den Büschen hervorsahen, hatte ich plötzlich ein Bild aus dem Orfeu-Negro-Film vor Augen, ich sah einen Körper vom Felsen in die Tiefe stürzen. Für einen Augenblick schloss ich die Augen. Als ich sie wieder öffnete, war das Bild verschwunden. Aber ich spürte eine merkwürdige Unruhe, die dazu beitrug, dass mir meine Wanderung durch den südlichen Garten plötzlich als unsinnig und von lächerlicher Romantik beherrscht erschien. Ich kletterte zurück. Die Haut an Armen und Beinen juckte und brannte.

Unter den Palmen stand noch immer der Liegestuhl, in dem Beringer gesessen hatte. Ich stand davor und überlegte, ob ich mir eine Decke holen sollte, denn die Sonne war dabei, irgendwo weit hinten im Meer zu verschwinden, als Beringer hinter der Gartenpforte auftauchte. Das Tor quietschte. Ich blieb stehen und sah ihm entgegen. Er sah erbärmlich aus.

„Was haben Sie gemacht?", fragte ich, während mir im gleichen Augenblick einfiel, dass es ihm vielleicht unangenehm sein könnte, in diesem Zustand gesehen oder darauf angesprochen zu werden.

„Nichts. Ich hab eine kleine Wanderung unternommen. War wohl ein bisschen viel für mich. Macht es Ihnen etwas aus, mir ein Glas Wasser zu holen?"

Er fiel in den Liegestuhl. Ich betrachtete sein Gesicht, bevor ich hineinging. Es war weiß und von einem dünnen Schweißfilm bedeckt. Ich sah, dass er fror. Also holte ich nicht nur ein Glas Wasser, sondern brachte auch die Decke. Beringer lag mit geschlossenen Augen im Liegestuhl. Ich deckte ihn zu, stellte das Glas Wasser neben ihn auf den Boden und ging ins Haus. Ich hörte ihn „danke" murmeln, bevor ich die Tür hinter mir schloss.

Ich konnte mir genau vorstellen, was geschehen war. Er hatte seine Trainingsspaziergänge wieder aufgenommen, war zu weit nach oben gewandert und hatte sich auf dem langen, abschüssigen Rückweg überanstrengt.

Es geht nicht mit Gewalt, dachte ich. Mit Gewalt gesund werden. Gewaltsam diesen Keizer bestrafen. Ich dachte auch an den gewaltsamen Akt, zu dem ich ihn herausgefordert hatte. War ich wirklich gegen Gewalt?

Immer, wenn mir ein Gedanke unangenehm zu werden beginnt, verscheuche ich ihn. So tat ich es auch mit diesem. Die Dämmerung vor den Fenstern erinnerte mich daran, dass ich die Fotos abholen musste. Beringer schlief, als ich an ihm vorbei zum Auto ging, jedenfalls hatte er die Augen geschlossen. Er würde aufwachen, wenn ich das Auto anließe, aber das war nicht zu ändern.

Die Fotos waren fertig. Ich steckte sie ein, ohne einen Blick darauf zu werfen, und beschloss, ein paar Dinge zum Abendessen zu besorgen. Ich konnte mir nicht vorstellen, dass Beringer Lust haben würde, auszugehen. Als ich zurückkam, fand ich ihn in der Küche. Er hatte Kaffee gekocht und zwei Tassen auf den Tisch gestellt.

„Haben Sie die Fotos?“, war seine erste Frage.

Ich nickte und kramte den Umschlag unter den Aluschalen hervor, in die der Traiteur die Lachspastete und das Ratatouille eingepackt hatte. Während ich die Tasche auspackte, besah Beringer die Fotos. Ich beobachtete ihn dabei und wunderte mich. Er nahm jedes Bild in die Hand, warf einen Blick darauf und legte es zur Seite, ohne es genauer anzusehen. Es sah aus, als suche er etwas ganz Bestimmtes und hoffte gleichzeitig, er würde es niemals finden. Ich hatte sechsunddreißig Aufnahmen gemacht und begann, mir den Stapel, den Beringer schon zur Seite gelegt hatte, anzusehen, als ich spürte, wie der Mann neben mir erstarrte. Ich sah zu ihm hinüber. Er hatte etwas gesehen, was ihn fesselte, nein, vielleicht war „erschüttert“ das bessere Wort. Er war wieder so blass wie vorhin auf dem Liegestuhl. Dann spürte ich, dass er meinen Blick bemerkt hatte. Er legte das Foto zu den anderen, ohne näher darauf einzugehen, so, als sei nichts geschehen.

Ich tat, als sei ich nicht interessiert daran, warf einen kurzen Blick darauf, konnte aber nichts Besonderes entdecken. Es war eines der Fotos, das ich zu Tarnzwecken aufgenommen hatte, einfach ein Schnappschuss von dem Markt, der dem Café gegenüberliegt. Ich sah den hellen, leeren Marktplatz, rechts den Eingang zu der Tiefgarage, die man unter dem Platz angelegt hatte, und am Rand zur Straße den Stand einer Blumenfrau, vor dem zwei Frauen darauf warten, bedient zu werden. Man konnte, so fand ich jedenfalls, deutlich die Mittagsstimmung erkennen. Der leere Platz deutete auf Stille hin. Ich fand das Foto gelungen, aber ich konnte nichts darauf entdecken, das Grund zur Beunruhigung gegeben hätte.

Beringer blätterte den Rest der Fotos noch einmal durch, ohne Interesse. Es war klar, er hatte gefunden, was er suchte. Und er wollte nicht darüber reden.

Ich war gekränkt, so sehr, dass ich keine Lust verspürte, ihn zu fragen, was es mit dem Bild auf sich habe.

„Ich gehe ins Wohnzimmer", sagte ich, „vielleicht kann ich mein Französisch auffrischen, wenn ich den Fernseher einschalte."

Beringer antwortete nicht und ich verschwand. Ich hatte überhaupt keine Lust darauf, fernzusehen. Meine Stimmung war plötzlich auf dem Nullpunkt. Ich kam mir überflüssig vor. Diese Reise schien mir sinnlos. Ich sehnte mich nach Tita und nach einem freundschaftlichen Gespräch mit Renner. Ja, sogar Waltraud wäre mir in diesem Moment willkommen gewesen, ihre derbe Freundlichkeit hätte Balsam für meine verletzte Seele sein können.

Ist dir eigentlich schon einmal klar geworden, dass du immer gerade nach dem verlangst, was du nicht hast? Wie wäre es denn, wenn du stattdessen versuchtest, das Beste aus der Situation zu machen, in der du dich gerade befindest?

Und was ist das Beste?

Überleg: Du bist in einem hübschen Haus im Süden. Dort gibt es ein gemütliches Wohnzimmer, vor dessen Kamin ein Sofa steht, auf dem du dich zusammenrollen und deinen Ärger vergessen kannst.

Ich beachtete die Pläne und Papiere, die überall herumlagen, nicht mit einem Blick, legte mich auf das Sofa, versank in den mit braunem Samt bezogenen Kissen und schlief einfach ein. Ich träumte einen hübschen, kleinen Traum, von dem ich beim Aufwachen nichts mehr wusste. Nur das Lächeln in meinem Gesicht spürte ich noch. Lange geschlafen hatte ich nicht.

„Sie würden mir einen großen Gefallen tun, Milena", sagte Beringer, „wenn Sie den Kamin anmachen würden."

Ich setzte mich auf und sah in die Gegend des Zimmers, aus der seine Stimme gekommen war. Beringer war damit beschäftigt, die Pläne von den Wänden abzunehmen und zu zerreißen. Es musste das Geräusch des reißenden Papiers gewesen sein, das mich geweckt hatte.

„Bitte", sagte er. „Wenn es gleich ginge?"

Den Kamin anzumachen, war einfach, weil alles, was dazu nötig war, griffbereit in der Nähe lag: Holz in einem Korb, Papier in einem Extrafach und mit irgendeinem brennbaren Zeug getränkte Feueranzünder. Es dauerte nur wenige Minuten, bis das Feuer brannte. Ich ging hinüber in mein Bad, um mich ein wenig herzurichten. Als ich zurückkam, stand Beringer vor dem brennenden Feuer und warf die Papiere, die er am Tag zuvor so sorgfältig ausgebreitet und aufgehängt hatte, in kleinen Fetzen in die Flammen. Ich sah ihm zu, bis nichts mehr übrig war. Dann ging ich in die Küche, holte eine Flasche Wein und zwei Gläser, stellte sie auf den Tisch neben dem Sofa und ließ mich zwischen den Kissen nieder. Beringer stand mit dem Rücken zu mir und sah zu, bis der letzte Papierschnipsel verbrannt war. Ich hätte meine Hand ausstrecken und ihn berühren können. Aber ich wollte zuerst mit ihm reden.

„Kluge Vorgesetzte“, sagte ich, „die von ihren Mitarbeitern ein Maximum an Leistung erwarten, halten sie nicht von Informationen fern, sondern beziehen sie in ihre Überlegungen mit ein. Wenn ich bedenke, wie wichtig ...“

„Reden Sie keinen Unsinn, Milena. Ich bin nicht Ihr Vorgesetzter. Und ich erwarte auch kein ‚Maximum an Leistung‘, wie Sie glauben. Ich erwarte von Ihnen, dass Sie ein paar Fotos machen, die Lebensumstände einer bestimmten Person erkunden und, wenn’s darauf ankommt, das Auto fahren.“

„Das ist alles?“, fragte ich.

Ich fragte es mit dieser besonderen Betonung in der Stimme, die Männer im Allgemeinen dazu bringt, darüber nachzudenken, ob sich die Umgebung, in der sie sich gerade befinden, für eine schnelle Nummer eignet. Eigentlich pflegte ich meine Bekanntschaften anders zu machen, aber aus irgendeinem Grund, wahrscheinlich instinktiv, wusste ich, wie ich mit Beringer umgehen musste, um ihn dahin zu bringen, wo ich ihn haben wollte.

Er wandte sich zu mir um. Ich sah, dass er verstanden hatte, was ich wollte. Ich war so versessen darauf, mich mit ihm einzulassen, dass ich keinen Augenblick darüber nachdachte, welcher Art die Beziehung eigentlich war, die ich zwischen uns aufbaute. Und schon gar nicht dachte ich darüber nach, ob und wie der Anfang einer Beziehung die Art des Verhältnisses auf Dauer bestimmt. Ich sah ihm ins Gesicht. Sein Atem ging schneller. Er sah mich an.

„Zieh dich aus", sagte er.

Seine Stimme klang rau, aber im Gegensatz zu mir, die ich meine Stimme spielerisch verstellt hatte, war der raue Ton echt. Ich stand auf, ging auf ihn zu und begann, seine Hose zu öffnen.

Ich will nicht beschreiben, wie Sex mit Beringer gewesen ist. Ich habe darüber nachgedacht, Worte zu finden, die passend wären. Ich glaube, es war wie das Leben: schmerzhaft und irrsinnig schön, wie ein Pfingsttag, wenn die Welt in Blüten explodiert, aber die Blüten schreien dabei. Sie schreien vor Lust und Schmerz, und irgendwo, unter einem Brennnesselbusch, hockt der Tod und hört das Geschrei und sieht die Blüten und lacht.

Ich weiß nicht mehr, wie wir in mein Schlafzimmer gekommen sind. Ich habe geträumt, Jean hat mich dorthin getragen. Ich hoffte, dass ich es nur geträumt hätte, denn irgendwann, als ich wieder einigermaßen bei Verstand war, machte ich mir Sorgen um ihn. Ich hab nicht davon gesprochen, nur daran gedacht, wie sein Bein diesen Irrsinn überstanden haben mochte. Wir lagen nebeneinander und rauchten. Jemand, einer von uns beiden, musste das Fenster geöffnet haben, bevor wir uns hingelegt hatten. Vom Bett aus sahen wir die Kronen der Palmen und hörten das Rascheln der harten Blätter. Sie standen schwarz vor dem dunklen Himmel. Einmal flog ein Nachtvogel am Fenster vorbei, eine Eule oder ein Kauz. Wir hörten die Flügelschläge und sahen einen Schatten. Irgendwann flog irgendwo ein Flugzeug. Ich weiß das so genau, weil ich mich daran erinnere, überhaupt keine Lust zum Verreisen dabei zu empfinden. Die habe ich sonst jedes Mal, wenn ich ein Flugzeug sehe oder höre. Ich war vollkommen glücklich.

Dann sagte Beringer etwas Seltsames. Er sagte: „Mein armer, kleiner Fluss."

Ich fragte ihn, was er meine, leise, um die wunderbare Ruhe, in der wir auf dem Bett lagen, nicht zu zerstören.

„Hast du noch nie über kleine Flüsse nachgedacht? Ich meine solche mit Ufern, an denen Weiden stehen? Die sich durch Wiesen schlängeln, so in sich ruhend und doch stolz, als wüssten sie, dass das Leben von ihnen abhängt? Frösche und Biber und – auch Kinder sind ja an solchen Flüssen. Es gibt wunderbare Spiele, die man an den Ufern spielen kann. Und Sumpfdotterblumen. Du bist wie ein kleiner Fluss, wie ein zärtlicher kleiner Fluss."

„Du hast armer, kleiner Fluss gesagt."

Jean antwortete nicht. Ich war zu faul, um auf einer Antwort zu bestehen.

„Erzähl mir etwas von dir", sagte ich. „Dieser Mann, zum Beispiel, dessen Porträt bei dir hängt: Weshalb willst du ihn um dich haben? Er ist nicht dein Vater.

Was ist mit deinem Vater? Und deiner Mutter? Gibt es auch ein Porträt von ihr?"

„Nein, von ihr nicht. Ich war erst fünf, als sie gestorben ist. Ich erinnere mich nicht gut. Mein Vater –

ich weiß nicht, weshalb er sie geheiratet hat. Er hat sie nicht gemocht, glaube ich. Diese Hugenotten haben manchmal einen sonderbaren Stolz, verstehst du. Es muss – ach, lass die alten Geschichten."

Er machte eine Pause. Ich sah die Glut seiner Zigarette aufleuchten.

„Du solltest kommen und dir das Haus in Hamburg ansehen. Die Familiengeschichte wabert in allen Räumen. Mein Großvater hat es gebaut. Meinen Großvater, den hab ich geliebt", sagte er dann, „auch wenn er ziemlich streng war. Die Vorfahren sind aus dem Languedoc gekommen, um 1690. Einer meiner Ururvorfahren ist dort Pastor einer reformierten Gemeinde gewesen. Er hat seine kleine Gemeinde gleich mitgebracht, auf der Flucht vor den Katholischen. Die haben sich angeblich zuerst in Oranienburg niedergelassen. Später ..." Jean verstummte.

„Languedoc, das klingt schön", sagte ich nach einer Weile. „Bist du einmal dort gewesen?"

Als er nicht antwortete, wusste ich, dass er eingeschlafen war. Seine Hand lag noch immer auf meinem Oberschenkel und ich legte sie sanft zwischen meine Beine. Jean bewegte sich nicht. Er schlief wirklich. Ich lag noch eine Weile wach und hörte dem Rascheln der Palmblätter zu, bevor ich ebenfalls einschlief.

***

Als ich wach wurde, war es im Zimmer dunkel, aber durch die Ritzen der Fensterläden schimmerte Tageslicht. Jean lag nicht mehr neben mir. Er hatte die Fensterläden nicht aufgemacht und mich schlafen lassen. Ich beeilte mich mit dem Duschen und gab mir

Mühe mit dem Anziehen. Als ich in die Küche kam, hatte er schon Kaffee gekocht. Er saß am Küchentisch, sein Gesicht sah aus, als habe er Schmerzen. Sein Blick war sachlich und kühl. Für das Kostüm, das ich trug, hatte er keinen Blick.

„Ich denke, du wirst in Vence frühstücken", sagte er. „Aber bevor du fährst, solltest du eine Tasse Kaffee trinken."

Ich antwortete nicht, nahm mir einen Kaffee und setzte mich an den Tisch. Ich wartete.

„Du wirst die Galerie aufsuchen und herausfinden, ob Keizer dort regelmäßig ist. Du wirst versuchen, eine Verabredung mit ihm zu treffen, wenn es geht, nicht in der Galerie oder im Café, sondern dort, wo er wohnt. Diese Verabredung muss bald sein, so bald wie möglich. Aber zuerst wirst du frühstücken. Geh in das Café, in dem dieser blonde Mann verkehrt. Finde heraus, wie lange er dort schon Stammgast ist."

„Und wie soll ich das machen? Ich kann mich ja schlecht an seinen Tisch setzen. Außerdem kommt er erst mittags."

„Du bist doch sonst so –" Er zögerte einen Augenblick und sagte dann: „– erfinderisch."

Das Wort klang wie eine Beleidigung. Sein Gesicht blieb dabei unverändert.

„Du wirst dir schon etwas einfallen lassen. Frag die Kellner, sei ein bisschen freundlich zu ihnen."

Ich antwortete nicht, sondern sah ihn nur an.

„Entschuldige", sagte er, „die Sache ist nur so wichtig für mich. Wenn es möglich wäre, würde ich alles allein machen. Aber es geht nicht. Ich hasse es, abhängig zu sein. Heute Morgen kann ich nicht einmal mehr richtig laufen."

Er versuchte ein kleines Lächeln, das aber misslang. Ich sagte nichts, trank den Kaffee aus, suchte den Autoschlüssel und fuhr nach Vence.

Eigentlich hätte mich die Umgebung, in der ich mich dann in Vence befand, entzücken können: der helle Marktplatz, die eisernen, dunkelgrün gestrichenen Tische und Stühle, Croissants, die auf der Zunge zergingen, und ein Café au lait, wie er sein sollte. Trotzdem fühlte ich mich nicht wohl. Meine Stimmung war schlecht. Und daran, ich wusste es ganz genau, war Beringer schuld. Das Gespräch vorhin war deutlich genug gewesen. Er hatte sich distanziert. Es war ihm nicht daran gelegen, mit mir zusammen zu sein. Er brauchte mich nur für seine Rache-Idee.

Wenn du dich benutzen lässt, hast du selbst Schuld, sagte ich mir. Genieß einfach das Leben.

Aber so einfach war das nicht. Glücklicherweise waren nicht sehr viele Gäste im Café. Vielleicht war es noch zu früh. Jedenfalls hatte ich Glück und der Kellner ließ sich auf ein Gespräch mit mir ein; auf eine Weise, übrigens, die meine nicht besonders gute Laune beträchtlich verbesserte.

„Wenn ich mir erlauben darf, das zu sagen: Das Kostüm, das Sie tragen, ist entzückend, und es steht Ihnen ganz besonders gut“, sage er, während er einen zweiten Kaffee auf meinen Tisch stellte.

Das waren ungefähr die Worte, die ich am Morgen gern von Jean gehört hätte. Anscheinend war ich ein wenig ausgehungert nach Komplimenten, denn, Jean hin oder her, ich freute mich über die Worte des Mannes. Er hatte nämlich recht. Das Kostüm, ein Modell von Missoni, war die letzte teure Anschaffung gewesen, die ich vor meinem Umzug in die Provinz getätigt hatte. Es sollte mir den Scheidungstermin angenehmer gestalten, streng nach dem Grundsatz: In Situationen, die Niederlagen bereithalten, will ich so gut und so teuer wie möglich aussehen. Nicht nur, aber auch, das Kostüm hatte dazu beigetragen, dass ich das Gericht hoch erhobenen Hauptes verlassen konnte. Danach war das gute Stück im Schrank verschwunden. Meine Arbeit, die Provinz, die einfachen Vergnügungen, die sie für mich bereit gehalten hatte, waren nicht geeignet gewesen, es wieder hervorzuholen. Als ich es dann in die Hand nahm, während ich für diese Reise packte, schien es mir plötzlich besonders schön und genau richtig für den Besuch einer reichen, Kunst sammelnden Dame in einer südfranzösischen Galerie. Glücklicherweise war das Ding keineswegs unmodern geworden.

„Danke", antwortete ich mit einem besonders schönen Lächeln. „Das Kompliment hätte meinem Mann heute früh einfallen sollen."

Der Kellner guckte ein wenig verdutzt, um dann breit und verständnisvoll zu lächeln. Er hielt mich für eine Frau, die Lust hatte, mit ihm anzubändeln. Das gefiel mir nicht. Ich hab's gern, wenn ich mich mit Männern unterhalten kann, ohne dass die auf dumme Gedanken kommen. Aber ich beschloss, in diesem Fall darüber hinwegzusehen. Also lächelte ich vorsichtig zurück; vorsichtig, um es mir mit ihm nicht zu verderben, aber auch, um ihm nicht allzu große Hoffnungen zu machen.

„Ich hab gleich eine Viertelstunde Pause", sagte er. „Wenn Sie Lust haben: Wir haben an der Bar einen sehr guten Cognac."

„Nehmen Sie den Kaffee mit an die Bar, bitte", antwortete ich. „Mir ist sowieso ein wenig kühl hier draußen."

Der Kellner nahm den Kaffee, und ich folgte ihm, nicht, weil mir kühl war, eher das Gegenteil war der Fall, sondern weil der Blonde vom Markt herüberkam, in der Hand sein Bündel frischer Artischocken, und ich dachte, dass es bestimmt weniger auffallen würde, mich nach ihm zu erkundigen, wenn er mich dabei nicht beobachten könnte.

Der Raum mit der Bar erwies sich als ein typisches, großes, altes Bistro mit braunen Wänden und altmodischen Tischen und Stühlen. Die Bar nahm eine ganze Wand ein und hätte den perfekten Hintergrund abgegeben für eine Szene mit Jeanne Moreau und Michel Piccoli. Auch Lino Ventura oder Alain Delon hätten sich hier nicht schlecht gemacht.

Ich stellte mich an den Tresen, trank meinen Kaffee und betrachtete durch die großen, leicht getönten Schaufensterscheiben die Gäste auf der Straße. Es war mein Kellner, der den Champagnerkübel an den Tisch des Blonden brachte. Ich sah, dass er dort stehen blieb, weil ihn der Blonde etwas fragte. Sie unterhielten sich eine Weile. Dann kam er zurück. Schon im Gehen band er seine weiße Schürze ab.

„Jean-Paul, gib uns zwei Cognac, bitte", rief er seinem Kollegen hinter der Bar zu.

„Für mich ein Glas Champagner", rief ich hinterher.

Ich trinke nie Cognac, und außerdem dachte ich, es sei besser, mein neuer Freund wüsste von Anfang an, welche Art Getränke zu mir passten.

Wir unterhielten uns dann angeregt. Und es gelang mit sogar, mit Gustave freundlich umzugehen und ihn mir trotzdem vom Leib zu halten. Irgendwann brachte ich ihn dazu, ein wenig über den Blonden zu erzählen.

„Ach, Sie meinen Monsieur Charles?" fragte Gustave.

„Monsieur Charles? Ist er denn Franzose? Ich finde, er sieht eher wie ein Amerikaner aus, finden Sie nicht? So ein bisschen wie Hemingway. Der schreibt doch bestimmt, oder?"

„Also, Amerikaner ist er nicht. Die reden anders. Aber Franzose ist er auch nicht. Man merkt es an seiner Aussprache. Und überhaupt: Sieht der aus wie ein Franzose? Er sagt, er sei Belgier. Aber wissen Sie, was ich glaube?"

„Keine Ahnung", sagte ich, „aber erzählen Sie doch."

„Er ist was Gemischtes", sagte Gustave feierlich.

Damit konnte ich nun überhaupt nichts anfangen. Aber nach einigem Hin und Her kam heraus, dass Gustave annahm, der Blonde habe einen deutschen oder amerikanischen Vater und eine französische Mutter.

„Für wie alt schätzen Sie ihn?", fragte er eifrig.

An dem Eifer, mit der er die doch eigentlich völlig nebensächliche Herkunft des Blonden diskutierte, sah ich, dass der Mann auch die Fantasie der Kellner beschäftigte.

„Mitte fünfzig", sagte ich nach einem prüfenden Blick durch die Scheiben, „vielleicht ein, zwei Jahre mehr oder weniger."

„Genau", war Gustaves Antwort. „Und was war vor fünfundfünfzig Jahren?"

„Neunzehnhundertfünfundvierzig."

„Ja, und?"

„Was, und? Keine Ahnung“, sagte ich. „Der Krieg war wohl damals zu Ende, der Zweite Weltkrieg, aber sonst?“

„Sie sind wirklich noch sehr jung“, antwortete Gustave.

Er sagte es beinahe ein wenig mitleidig, und ich schämte mich, dass ich nicht wusste, worauf er hinauswollte.

„Fünfundvierzig“, sagte er. „Kriegsende. Besatzer. Flüchtende Soldaten. Alles durcheinander. Mit irgendwem wird sich seine Mutter eingelassen haben. Eher mit einem Ami, nehme ich an. Er sagt, er habe lange in New York gelebt. Im französischen Viertel. Keine Ahnung, ob es da so etwas gibt. New Orleans, ja, da wohl. Aber New York? Da hat er Französisch gelernt. Und mit zwanzig will er nach Europa gekommen sein. Hier lebt er schon mindestens acht Jahre, so lange frühstückt er schon den Champagner.“

Er machte eine kleine Pause.

„Das ist doch alles faul“, sagte er dann. „Eine Weile haben wir uns das Maul über ihn zerrissen. Aber auf die Dauer wird aus jedem Stammgast ein Möbelstück, mehr nicht. Solange er seine Rechnung bezahlt –“

„Und gute Trinkgelder gibt –“, warf ich ein.

„Und gute Trinkgelder gibt“, wiederholte Gustave und lächelte dabei auf eine besondere Art.

Glaubt er, dass ich dafür bezahle, wenn ich mich mit ihm unterhalte?, fragte ich mich. Immer schießen diese Kerle übers Ziel hinaus.

„Außerdem“, sagte Gustave, „seit er sich mit dem Comissair angefreundet hat, gehört er irgendwie zur Prominenz. Wir sind nur eine kleine Stadt, wissen Sie. Wenn die Touristen weg sind und die Herrschaften in den Villen ihre Sommerhäuser verlassen haben, dann kennt hier jeder jeden."

Das Gerede über die Herkunft des Blonden hatte mich wenig interessiert. Aber die Freundschaft mit dem örtlichen Polizeikommissar würde für Beringer interessant sein. Da war ich mir sicher.

„Wie lange bleiben Sie hier?", fragte Gustave.

Ich sah auf die Uhr, die über der Eingangstür angebracht war.

„Oh, schon so spät", sagte ich. „Ich bin längst verabredet."

„Nicht jetzt", antwortete Gustave. „Ich meine, wie lange machen Sie hier Ferien?"

„Ich mache keine Ferien. Ich bin unterwegs, um meine Sammlung auszubauen. Bilder, vielleicht auch besondere Keramik. Deshalb interessierte mich auch Ihr Monsieur Charles. Wenn er ein so beeindruckender Maler gewesen wäre, wie sein Aussehen vermuten lässt, hätte ich versucht, ihn kennen zu lernen. Schriftsteller interessieren mich weniger."

„Schriftsteller", wiederholte Gustave.

Es klang abschätzig, aber ich hatte keine Lust, ihn noch weiter auszufragen. Ich fand, ich hätte genug über diesen Charles gehört.

„Wenn Sie Maler kennen lernen wollen, dann mach ich Sie mit den beiden bekannt", sagte Gustave zuvorkommend.

Er zeigte auf die beiden, die ich schon am Tag zuvor beobachtet hatte, die Schlapphüte. Sie hatten gerade Platz genommen. Noch saßen sie allein am Tisch, aber bald würden auch die anderen auftauchen. Ich müsste mich beeilen, wenn ich die Galeristin noch in der Galerie antreffen wollte.

„Ich meinte Maler, Gustave“, sagte ich und er lächelte verständnisvoll.

„Dann kommt für Sie eigentlich nur die neue Galerie infrage“, gab er zur Antwort. „Aber da wird man Ihnen das Fell über die Ohren ziehen. Sie liegt am alten Markt, gleich neben der Wohnung von Monsieur Charles. Ein schöner Platz, Sie werden sehen.“

Ich winkte ihm zu und verließ das Café. Wo die Galerie lag, war mir bekannt, aber dass Monsieur Charles gleich nebenan wohnte, hatte ich nicht gewusst. Ein merkwürdiger Zufall. Ob er mit seinen Nachbarn Streit hatte? Welchen Grund konnte es sonst geben, dass sie sich so geflissentlich übersahen?

Der alte Markt von Vence liegt innerhalb der Stadtmauer, die um die Kirche herum das historische Zentrum der Stadt umschließt. Viele der kleinen Läden innerhalb der Mauern waren geschlossen, vermutlich waren hauptsächlich die Sommergäste ihre Kunden. Aber aus den Läden, die geöffnet hatten, kam der Duft von frischer Baguette, von silbrig glänzendem Meeresgetier und von Austernkisten. Es roch nach Wein und Knoblauch und nach gebratenen, mit Kräutern gefüllten Hähnchen. Am liebsten wäre ich in jeden Laden gegangen, um eine Kleinigkeit zu kaufen. Ich stellte mir vor, wie ich zurückkommen und meine Schätze auf dem Küchentisch ausbreiten würde. Eiskalten Rosé würde ich öffnen, und wir würden, bevor wir uns niederließen, um zu probieren, welcher Käse am besten schmeckte und ob die Kräuter-Hähnchen wirklich so gut wären, wie ihr Duft versprach, miteinander anstoßen auf die herrlichen Urlaubstage, die vor uns lagen. Bei dieser Szene angekommen, wurde mir klar, dass meine Fantasie gefährlich nahe daran war, mir einen Streich zu spielen. Nüchtern und ohne Wunschdenken betrachtet, war ich nichts weiter als die Erfüllungsgehilfin eines lädierten Racheengels. Dass da nicht viel Platz war für romantische Vorstellungen von gemeinsamen Urlaubstagen, sollte ich eigentlich inzwischen begriffen haben.

Ich ging, an der Kirche vorbei, durch das rückwärtige Tor in der Stadtmauer, wandte mich nach rechts und stand nach etwa dreißig Metern vor den Fenstern der Galerie. Sie reichten bis zum Boden. Der Laden hatte zwei Hälften, beide strahlend weiß gestrichen. Der Teil rechts von der Eingangstür war leer, bis auf einen Bonnard, der mein Herz höher schlagen ließ. Auf der linken Seite hingen, ziemlich dicht gehängt, die Grieshaber-Bilder, von denen in dem Artikel die Rede gewesen war. Ich konzentrierte mich einen Augenblick, wobei ich mich an die Gesichter der Kunden erinnerte, die die Galerie meines Exmannes besucht hatten und von denen anzunehmen war, dass sie Geld hatten. Erst als ich das Gefühl hatte, der freundlich-distanzierte Gesichtsausdruck, der Kauflust, ja Gier, verbergen sollte, wäre mir gelungen, öffnete ich die Tür und betrat die Galerie.

Es war niemand zu sehen, aber ich war sicher, dass es irgendwo hinter den Wänden eine Möglichkeit gab, die Kunden trotzdem zu beobachten. Ich war auf ein Gespräch über Grieshaber vorbereitet, aber natürlich kam der Bonnard meinen Absichten noch sehr viel mehr entgegen.

Ich hatte das Bild, „Die roten Ziegel, Hafen von Cannes“, das Bonnard neunzehnhundertvierundzwanzig gemalt hatte, bisher nur auf Abbildungen gesehen. Es war, so viel wusste ich, in Privatbesitz. Anscheinend war es Keizer gelungen, dem Besitzer das Bild abzukaufen, für viel Geld, natürlich; je mehr Geld, desto besser, würde er sich gedacht haben. Eine bessere Geldwaschanlage war kaum denkbar.

Das Bild war herrlich. Ich stand hingerissen davor und bewunderte das Rot der Ziegel, die am rechten Rand gestapelt waren und ihre Farbe von dort aus auf die Kaimauer, das Heck eines Kahns, das Wasser des Hafens und den Himmel darüber verteilten. Wer auch immer mich aus dem Hintergrund beobachtete, würde erkennen, dass meine Begeisterung echt war.

Es war nicht Keizer, der nach ein paar Minuten aus einem schmalen, uneinsichtigen Gang nach vorn kam, wie ich gehofft hatte. Die Galeristin erschien, lächelnd und die Hände vorstreckend, als wollte sie mich an sich ziehen.

„Das ist wunderbar, nicht wahr?“, sagte sie.

Ich sah sie an. So, aus der Nähe betrachtet, wirkte sie älter, als ich angenommen hatte. Die Bräune, die ich aus der Ferne an ihr bewundert hatte, sah, aus der Nähe betrachtet, nicht unbedingt vorteilhaft aus. Die Frau wirkte, als gäbe es an ihrem Körper auch nicht den winzigsten Zentimeter, der nicht gebräunt sein könnte. Einen kleinen Moment hatte ich das Bild einer Frau vor Augen, die auf dem Dach ihres Hauses eine uneinsehbare Sonnenterrasse besitzt und jede freie Minute nackt dort oben verbringt. Das Bild war überflüssig, und ich gab mir Mühe, es loszuwerden.

„Ja“, sagte ich. „Es ist schön. Obwohl ...“

Ich trat näher an das Bild heran, sah die an den unteren Rand gekritzelte Signatur, trat wieder zurück und noch einmal vor.

„Lustig“, sagte ich, „er kann einfach keine Lebewesen malen.“

„Ach, dieser kleine Hund, da links. Ohne Bedeutung. Bonnard malt Farben. Da liegt seine Bedeutung.“

Wir redeten ein wenig hin und her, sodass ich Gelegenheit hatte, mich als vermögende und kenntnisreiche Person darzustellen. Ich sagte auch, dass ich eigentlich wegen der Bilder von Grieshaber gekommen sei, aber nun, nachdem ich „Die roten Ziegel“ gesehen hätte, daran nicht mehr interessiert sei.

„Ich kann mir nicht vorstellen, dass Monsieur Caizier das Bild verkauft“, sagte sie. „Das Hauptinteresse unserer Galerie liegt eigentlich darin, bestimmte, zu Unrecht vergessene deutsche Künstler am Markt zu halten. Den Bonnard hat Monsieur Caizier vor noch nicht langer Zeit privat erworben und vorübergehend hier aufgehängt, weil die Alarmanlagen in seiner Villa noch nicht den von der Versicherung gewünschten Vorschriften entsprechen. Die Galerie ist bestens gesichert. Aber wenn Sie es wünschen, werde ich ihn natürlich fragen.“

„Ich kann nicht selbst mit ihm sprechen?“ „Selbstverständlich. Nur für den Fall, dass er absolut nicht verkaufen will, erspart Ihnen meine Voranfrage natürlich Zeit und Mühe“, sagte sie. „Warten Sie einen Augenblick, ich will sehen, ob ich ihn erreichen kann.“

Die Galeristin verschwand wieder im Hintergrund. Ich hatte Zeit, mir die Holzschnitte im anderen Teil des Ladens anzusehen. Es waren einige darunter, die mir sehr gefielen, und die Ausstellung insgesamt war gut präsentiert. Worte des Künstlers zu seiner Arbeit, auch zu seiner Lebensauffassung, waren auf kleinen Tafeln zwischendurch angebracht. Ich las:

Von unseren Ahnen seht Ihr
gerade noch die Fußnägel,
seht kaum den riesigen Schatten,
der sich vor Eure Füße wirft.
Da gibt es ein Bild, es ist
bald hundert Jahre her,
das alles hat, was Euch heute bedrängt.

Aber Ihr Sündenfresser wollt es nicht kennen.
Das ist vorbei, sagt Ihr!
Verdammte Schneedämpfer,
ich werde Euch dieses Bild
so lange vor die Nase halten,
bis es Euch in die Augen dringt
wie ein starker Schmerz.

Die Worte gefielen mir, und ich dachte darüber nach, als ich in meinem Rücken die Stimme der Galeristin hörte und erschrak. Sie musste sehr leise zurückgekommen sein. Ich sagte ihr, dass mir die Art gefalle, wie sie die Ausstellung aufbereitet habe, und sie schien sich zu freuen.

„Ich habe Monsieur Caizier nicht erreicht", sagte sie. „Aber sein Sekretär sagte mir, er würde in ein oder zwei Stunden zurück sein. Wenn Sie mir Ihre Telefonnummer geben, könnte ich Sie davon unterrichten, wie er auf Ihre Anfrage reagiert hat."

Keizer war also nicht allein in seiner Villa. Ich stellte mir den Sekretär vor: untersetzt, mit breiten Schultern und kleinem Kopf. Wie wollte Beringer mit so einem fertig werden? Es war unbedingt notwendig, dass ich Keizers Haus kennen lernte. Wahrscheinlich würden wir ihn von dort weglocken müssen. Aber würde er überhaupt allein ausgehen?

Ich gab der Frau die Telefonnummer und sagte ihr, ich sei am Nachmittag zwischen siebzehn und achtzehn Uhr zu erreichen. Sie versprach, bis dahin herausgefunden zu haben, ob ich eine Chance hätte, den Bonnard zu erwerben. Sie tat mir eher ein bisschen leid, denn sie verstand etwas von Bildern und vermutlich war der Job bei Keizer eine große Chance für sie gewesen. Die Welt war voll von arbeitslosen Kunsthistorikerinnen, deren Kenntnisse nicht gebraucht wurden. Die Stellung hier würde wohl auch nicht für die Ewigkeit geschaffen sein, jedenfalls dann nicht, wenn Beringer sein Ziel erreichte.

Während ich durch die Stadt ging, beschäftigte ich mich damit, mir Keizers Sekretär vorzustellen. Dass er nicht sehr groß sein und breite Schultern haben würde, war mir sofort klar gewesen. Nun stattete ich ihn noch mit ein paar besonderen Eigenschaften aus. In meiner Fantasie hatte er kräftige Beine, deren Oberschenkel länger waren als der Teil unter dem Knie. Außerdem waren seine Beine zu einem leichten, aber deutlich erkennbaren O geformt. Sein Hals war kurz und so kräftig, dass Hals und Kopf fast ohne erkennbaren Ansatz ineinander übergingen. Die Haare waren dunkel und sehr kurz geschoren. Sonnenbrille und dunkler Maßanzug, der musste sein, denn für so eine ungewöhnliche Figur, auch der Oberkörper war länger als bei den meisten Männern, gab es sicher keine Konfektionsware. Erst als ich bei der Roleximitation – oder war sie echt? – am Handgelenk angekommen war, rief ich mich zur Ordnung. Fantasie ist wunderbar, aber sie soll die Wirklichkeit ergänzen, nicht verdrängen. Ich beschloss, in Bezug auf Keizers Sekretär offen zu bleiben, und machte mich stattdessen auf die Suche nach einem schönen Geschenk für Tita.

Ich vermisste meine Tochter, ihre Zärtlichkeit, das ernste kleine Gesicht morgens beim Frühstück, wenn sie mir auseinander setzte, wie viel verschiedene Dinge sie den Tag über zu tun haben würde, ihre verrückten kleinen Sätze: Ein feines Leben haben wir. Oder: Wenn die Sonne scheint, sieht man nichts. Besser, es regnet. Oder: Der Hammer ist der Mann von der Zange. Darüber hatten wir ein langes, ernsthaftes Gespräch, weil ich wissen wollte, welche Vorstellungen sie mit diesem Satz verband.

In Gedanken lächelnd, blieb ich vor einem Schaufenster stehen, in dem Kindermode ausgestellt war. Von Kinderkleidern verstehen die Franzosen etwas, das habe ich schon immer so empfunden; leider auch davon, welche Preise sie für die Röcke und Hosen, die Blusen und Pullover, die Samtkleidchen erzielen können. Ich betrat den Laden trotzdem und stand bald darauf mit einer eleganten Tüte in der Hand wieder auf der Straße, in ihr die teuerste Samthose, die meine Tochter jemals tragen würde, jedenfalls solange sie mit mir zusammenlebte. Im Weitergehen begann ich mir auszumalen, wie wohl Titas Zukünftiger aussehen würde, und dann erst, wirklich erst dann, wurde mir klar, dass ich herumlief und dummes Zeug dachte aus einem einzigen Grund: Ich versuchte, so lange wie möglich in der Stadt zu bleiben und so wenig wie möglich an Jean zu denken.

Meine Beziehungen zu Männern waren immer einfach und unkompliziert gewesen. Ich hatte immer gewusst, worauf ich mich einließ. Und es waren nie

Probleme aufgetaucht, weil ich Wert darauf gelegt hatte, dass ich Beziehungen einging, die sozusagen unter Gleichen stattfanden. Das ein wenig theaterhafte Ende der letzten Beziehung mit Baumeister war eher ungewöhnlich für mich, in Wirklichkeit ja aber auch ganz harmlos und hatte sich bestimmt nur deshalb so dramatisch abgespielt, weil ich die immer noch bestehenden Unterschiede zwischen Stadt und Land, oder besser, zwischen Großstadt und Provinz, nicht genügend beachtet hatte. Unerfahrenheit in sozialen Fragen, nichts weiter.

Was Jean betraf, so fühlte ich mich nicht unerfahren, im Gegenteil. Ich hatte von Anfang an gewusst, dass ich ihn mit meinem Körper, meinen Bewegungen, meiner Stimme, wenn ich es richtig anstellte, gewinnen konnte. Mir war klar, dass ich es jederzeit wieder schaffen würde, mit ihm zu schlafen; und zwar, weil es nicht nur mir allein Vergnügen machte. Ich war damals und bin auch jetzt noch der Meinung, dass diese Art von Intimität nur möglich ist, wenn über das sexuelle Verlangen hinaus eine tiefere Übereinstimmung zwischen einer Frau und einem Mann besteht, etwas, was am Anfang einer Beziehung ganz sicher nicht in Worte zu fassen ist, das aber eine Grundlage bilden kann für die guten und die schlechten Zeiten, die beiden bevorstehen.

Jean Beringer und mir stehen gar keine Zeiten bevor, dachte ich.

Genau das war das Problem, das mich umtrieb. Nicht, dass ich keine Lust gehabt hätte, allein zu bleiben. Ich wusste, dass ich es konnte. Aber es geschieht nicht oft, dass einem jemand über den Weg läuft, von dem man weiß: der ist es. Und wenn dieser Jemand dann, trotz intimster körperlicher Nähe, immer noch den Eindruck vermittelt, als sei zwischen ihm und mir ein Abgrund, ein mit Eis gefüllter Abgrund, ein mit Stacheldraht und Eis gefüllter Abgrund, dann ist das nicht nur ein Grund, auszuweichen, sondern auch ein Grund, traurig zu sein. Ich wollte aber nicht traurig sein. Ich wollte die unerwartete Gelegenheit genießen, in einer spannenden Geschichte im Süden Frankreichs unterwegs zu sein. Ich wollte mich auf den Beginn meiner Arbeit bei Renner freuen. Ich wollte meine Fantasie dazu benutzen, mir das Leben in der großen Stadt auszumalen, das ich bald führen würde. Das alles wollte ich mir nicht zerstören lassen von einem Mann, der was auch immer mit sich herumschleppte, das ihn daran hinderte, offen zu sein.

Ich fuhr den Berg hinauf, neben mir die Tüte mit der Hose für Tita, und war wieder mit mir zufrieden. Ich musste in dieser Sache einen klaren Kopf behalten. Meine und Titas Zukunft standen auf dem Spiel.

Das Tor zum Grundstück war offen. Darüber freute ich mich, denn es schien mir ein Zeichen zu sein, dass Jean Beringer im Haus war und auf mich wartete. Ich stellte den Wagen in die Garage und schloss das Tor. Der eiserne Hebel, mit dem der größere Torflügel im Boden befestigt wurde, scharrte über die Steine, sodass ich dachte, meine Heimkehr würde nicht unbemerkt bleiben. Die Terrasse unter den Palmen war mit kleinen, gelben Früchten übersät, die unter meinen Schuhen knackten, als ich darauf trat. Der Liegestuhl war leer. Die Haustür war abgeschlossen. Beringer war nicht da.

Ich ging durch alle Räume, nicht, weil ich ihn suchte, sondern weil ich überlegte, womit ich mich beschäftigen könnte. Die Fotos fielen mir ein, die Jean sich angesehen hatte und bei deren Anblick, zumindest beim Anblick des einen, er sichtlich beeindruckt gewesen war. Ich wollte mir das Foto noch einmal genauer ansehen. Der Umschlag lag in der Küche, dort, wo ich ihn liegen gelassen hatte.

Ich setzte mich so an den Küchentisch, dass ich die rückwärtige Tür im Auge behielt, und breitete die Fotos vor mir aus. Es waren alle da: der Blonde, die Maler, die Galeristin mit ihren Kunden, eine Unzahl von Häuserfronten, zufälligen Passanten und auch ein paar Marktstände. Nur das Foto, das diese besondere Wirkung auf Jean gehabt hatte, war nicht dabei. Ich dachte, dass er es zerrissen haben könnte, und sah in der Abfalltüte nach. Ich fand nichts. Schließlich gab ich die Sucherei auf und schlenderte ziellos noch einmal durchs Haus. In Jeans Zimmer lag auf dem Nachttisch das Buch, in dem er gelesen hatte. Ich nahm es mit ins Wohnzimmer, legte mich so, dass ich das Telefon erreichen konnte, und begann zu lesen.

Ich hätte gern gewusst, was ihn gerade an diesem Buch so interessierte. Leider gehörte er nicht zu den Menschen, die ihre Kommentare an den Rand schreiben. Ich liebe es, solche Kommentare zu lesen und mir dabei vorzustellen, was das für ein Mensch sein könnte, der: Richtig! Genau! So nicht, mein Lieber! an den Rand geschrieben hat. Besonders genieße ich lange Kommentare, mit spitzem Bleistift und in winziger Schrift über den gesamten Rand des Blattes verteilt.

Oder ich versuche, undurchsichtige Systeme von Linien, Kreisen und Punkten zu entwirren. Wenn ich Glück habe, finde ich dann auf der ersten oder letzten

Seite eine persönliche Zeichenerklärung, weil sich die Erfinderin selbst nicht zugetraut hat, ihr kompliziertes System im Kopf zu behalten. Diesmal fand ich eine einzige umgeknickte Seite, aber sie konnte auch genauso gut die Stelle bezeichnen, an der Jean aufgehört hatte zu lesen. Ich las die Seite trotzdem sehr aufmerksam. Und ich las ein paar Sätze, die mich verwunderten. Ich erinnere mich genau an sie:

> „Er bewunderte die furchtbare, immer neue Produktivität seiner Erinnerung. Erst von den nachlassenden Kräften dieser Unheilsgebärerin, deren Fruchtbarkeit mit dem Alter abnimmt, konnte er eine Linderung seiner Marter erhoffen."

Ich dachte darüber nach, wie schmerzhaft Erfahrungen sein mussten, wenn jemand die Erinnerung daran als Marter bezeichnete. Ich war froh, dass mir bisher diese Art von Erfahrungen erspart geblieben war. Durch die Fenster, die nicht von den Kronen der Palmen beschattet wurden, schienen die letzten, schrägen Sonnenstrahlen auf mein Gesicht. Ich legte das Buch auf den Boden und schlief ein.

Das Telefon war ein altmodisches Gerät mit einer entsprechend grässlich schnarrenden Klingel. Ich sah verschlafen auf die Uhr, bevor ich abnahm. Es war kurz nach fünf. Die Stimme des Mannes am anderen Ende ließ weder an O-Beine noch an einen besonders kräftigen Hals denken. Sie war eine ganz normale männliche Stimme, ohne irgendwelche Besonderheiten.

„Madame Prohaska?"

„Ja?"

„Einen Augenblick, bitte. Monsieur Caizier möchte Sie sprechen."

Keizer musste neben der Stimme gestanden haben, denn es dauerte nur eine Sekunde, bis ich ihn hörte.

„Hallo. Wer da? Madame Prohaska?"

Das war nun allerdings keine ganz alltägliche Tonlage. Die Stimme hörte sich an wie die eines Zuhälters, der gleichzeitig versucht, freundlich, intelligent, überlegen und hart zu erscheinen. So viele verschiedene Eigenschaften, das musste schief gehen. Übrig geblieben war eine schmierige Intonation, die durchaus nicht ungefährlich klang, obwohl ich sicher war, dass der Besitzer der Stimme gerade diesen Ton hatte vermeiden wollen.

Ich hatte vielleicht ein wenig viel Zeit auf meine Stimmenanalyse verwendet, denn ich hörte ein zweites „Hallo", bevor ich antwortete.

„Ach, ich bin so froh, dass Sie Deutsch sprechen", sagte ich. „Bei sprachlichen Problemen ist es ja besonders schwer, über so diffizile Dinge wie den Ankauf eines Bildes zu verhandeln."

„Meine Kunden erwarten von mir, dass ich in der Lage bin, in ihrer Sprache mit ihnen zu verhandeln", antwortete Keizer.

Ich staunte. Auf den Kopf gefallen war der nicht.

„Frau Jungblut ..."

„Die Dame in der Galerie?", fragte ich dazwischen.

„Frau Jungblut hat mir von Ihrem Interesse an dem Bonnard erzählt. Ich muss Ihnen nicht sagen, dass Sie ein kleines Vermögen investieren müssten, um ihn zu erwerben."

„Wenn die Provenience einwandfrei ist", konnte ich mir nicht verkneifen zu sagen, denn ich war sicher, Keizer würde über dieses Wort stolpern, „dann werden wir uns einig."

„Die Provenience, ja, einwandfrei, na klar."

Er machte eine Pause. Ich hatte Zeit, mir zu überlegen, wie mein nächster Zug aussehen sollte. Ich musste ihn dazu bringen, mich in sein Privathaus einzuladen.

„Ich mache Ihnen einen Vorschlag", hörte ich Keizer sagen. Der Satz und auch die folgenden klangen so, als habe er sie sich zurecht gelegt.

„Sie werden verstehen, dass ich Sie persönlich kennen lernen möchte, bevor wir uns über so ein bedeutendes Geschäft unterhalten. Ich habe heute Abend ein kleines Treffen mit Freunden in einem Restaurant in der Nähe arrangiert. Man muss ja die Zeit nutzen, wenn man hier ist, um alte Freundschaften zu pflegen. Im Grunde ist man viel zu viel unterwegs. Aber die Kunst ist nun mal über die ganze Welt verteilt ..."

Er machte eine Pause und ich dachte: Und die Dummheit manchmal auf eine Person konzentriert.

„Jedenfalls würden Sie mir eine Freude machen, wenn Sie heute Abend mein Gast wären. In zwangloser Atmosphäre erleichtern wir uns das Kennenlernen. Was halten Sie davon?"

Ehrlich gesagt, hielt ich nichts davon. Also versuchte ich, Keizer davon zu überzeugen, dass wir uns vielleicht am nächsten Tag ...

Er ließ sich nicht darauf ein. Mir blieb nichts anderes übrig, als zuzustimmen. Keizer behauptete, ich würde das Restaurant nicht ohne weiteres finden, und er erbot sich, mir seinen Wagen zu schicken. Auch das gefiel mir nicht, aber die Möglichkeit, im Dunklen irgendwo in den Seealpen herumzuirren, auf der Suche nach diesem verflixten Restaurant, gefiel mir noch weniger. Außerdem, so dachte ich, hätte Jean dann den Wagen. Wir würden in Verbindung bleiben. Er konnte zwar kaum fahren, aber notfalls, also für den Fall, dass ich ihn brauchte, könnte er wohl trotzdem das Auto benutzen.

Ich sagte zu, gab Keizer aber nicht die Straße und die Hausnummer an, sondern bat ihn, seinen Fahrer um 22.30 Uhr auf dem Platz in der Nähe warten zu lassen. Ich würde dorthin kommen. Als ich auflegte, spürte ich, dass meine Hände vor Aufregung feucht geworden waren.

Ziemlich nachdenklich hockte ich anschließend auf dem Sofa und grübelte. Hatte ich das richtig gemacht? Ach was, sagte ich mir. Wer entscheidet denn, was richtig und was falsch ist? Und weshalb ist der, der vielleicht entscheiden könnte, immer noch nicht da? Ich hatte nicht übel Lust, wütend zu werden, und dann roch ich diesen wunderbaren Kaffeeduft.

Jean war zurückgekommen, während ich mit Keizer sprach. Er hatte den rückwärtigen Eingang benutzt, war gleich in die Küche gegangen und hatte Kaffee gekocht. Ich sah ihn an, während er mir eine Tasse reichte. Ich sah, dass er versuchte, die Anspannung zu verbergen, die ihn beherrschte.

„Du warst lange weg“, sagte ich und kam mir blöd vor.

„Mit wem hast du gesprochen?“, fragte er.

Ich erzählte ihm von der Galerie, von Keizers Sekretär, von dem Bonnard und davon, dass ich am späten Abend mit ihm und seinen Freunden in einem Restaurant verabredet sei. Ich hörte mir zu beim

Sprechen, und ich fand, dass ich mich trotz des Restauranttreffs eigentlich ganz klug angestellt hatte. An Jeans Gesicht war nicht abzulesen, was er dachte.

„Versuch herauszufinden, ob dieser Bonnard das einzige Schaustück ist, das er besitzt, oder ob er bei sich zu Hause noch andere Schätze hortet. Wenn ja, hast du eine Chance, das Haus kennen zu lernen. Wo, sagtest du, ist dieses Restaurant?"

„Keine Ahnung, er hat nur gesagt, es liege in den Bergen. Nicht sehr weit, glaube ich, aber schwierig zu finden."

„Und der Name, ich meine, er wird dir doch einen Namen genannt haben."

„La Colombe blanc", sagte ich.

Wir tranken schweigend unseren Kaffee. Ich hätte gern gewusst, worüber er nachdachte, aber ich hatte keine Lust, ihn zu fragen. Wenn ich es genauer betrachtete, dann hatte ich nicht einmal Lust, länger als unbedingt nötig in dieser Küche zu sitzen. Also stellte ich mit einem lauten Klirren meine Tasse zurück auf den Tisch und stand auf. Diesmal war er es, der damit anfing.

„Du hättest wohl nicht zufällig Lust –"

Ich erkenne diese Stimme, diese besondere Stimme, die die Lust einleitet, an der Reaktion meiner Haut. Und wenn meine Haut auf diese besondere Art reagiert, dann ist es zu spät, um nein zu sagen. Also ging ich einfach los und ließ die Türen hinter mir offen. Ich hätte mich nicht gewundert, wenn Jean mir nicht gefolgt wäre. Bei diesem Mann musste ich mit allem rechnen. Aber er kam hinter mir her. Und ich wagte nicht, mich umzusehen. Und wir zogen wirklich nur die nötigsten Sachen aus. Und es soll mir niemand etwas über die romantische Liebe erzählen. Sie interessiert mich nicht.

***

Es waren immer die gleichen Gedanken, die in seinem Kopf herumgingen:

Ich bin neunzehnhundertfünfundfünfzig geboren. Ich habe meine Mutter nicht gekannt. Soweit ich mich erinnern kann, habe ich sie auch niemals vermisst, ganz einfach, weil ich nicht wusste, was ich vermissen sollte. Natürlich habe ich die Mütter der anderen kennen gelernt: die Mütter der Klassenkameraden, die Mütter der Jungen im Hockeyverein, auch die der Jungen, mit denen ich eine Zeit lang, gegen den Willen meines Vaters, auf der Straße Fußball spielte. Ich war begehrt als Stürmer, nicht beliebt, aber sie wollten mich dabeihaben. Alle diese Mütter haben niemals in mir so etwas wie Sehnsucht nach so einer Person an meiner Seite geweckt; im Gegenteil, sie schienen mir immer irgendwie lästig zu sein, Forderungen zu stellen, die gerade nicht erfüllbar waren, Ansprüche zu haben, deren Herkunft und Ziel im Dunkeln lag.

Selbstverständlich fällt man unter den Gleichaltrigen auf, wenn man keine Mutter hat. Und es gab auch den einen oder anderen, der versuchte, mich diese Tatsache als Nachteil empfinden zu lassen. Aber abgesehen davon, dass solche Kameraden Ausnahmen waren und ich bei den meisten anderen das Gefühl hatte, als beneideten sie mich eher heimlich, hatte ich den einen großen Trumpf, den niemand von ihnen aufbieten konnte. Ich hatte eine Herkunft, eine Familie, eine Familiengeschichte, in deren Tradition ich erzogen worden war und die mein Selbstbewusstsein beinahe unerschütterlich machte.

Es war nicht nur dieses Haus, das sichtbare Zeichen unsere Besonderheit, das allen diesen Hans und Werner und Peter, ja, sogar meinem einzigen engen Freund während der Schul- und Studienzeit, Bernd Haslinger, immer, wenn sie dort sein durften, großen Eindruck gemacht hatte. Da war der Turm, in dem man im Sommer die Nächte verbringen konnte und zusehen, wie die Stadt schlafen ging; das Entree mit den Porträts irgendwelcher Vorfahren und dem lebensgroßen Bild meines Großvaters; die Sammlung von Zinnsoldaten, die in lederbezogenen, mit dunkelblauem Samt ausgeschlagenen Schachteln lagen, jeder einzelne Soldat in einem extra für ihn vorgesehenen Halter. Die Schachteln waren groß und flach, so groß, dass ich sie als kleiner Junge nicht allein hatte tragen können. Noch bis ich und meine Freunde zehn oder elf Jahre alt waren, durften wir niemals unbeaufsichtigt die Heere aufbauen, um sie gegeneinander kämpfen zu lassen. Mein Vater achtete sehr genau darauf, dass die Haushälterin sich in unserer Nähe aufhielt, damit die zarten, bunt bemalten Reiter und Kanoniere, die Fahnenträger und das Gewehr tragende, einfache Fußvolk in der Hitze der Schlacht nicht beschädigt wurden. Und da war die alte, holzgetäfelte Bibliothek, die wir nicht unbemerkt betreten konnten, um die dort liegenden aufregenden Bildbände zu betrachten. Denn immer saß dort, jedenfalls zu den Zeiten, wenn mir erlaubt war, meine Freunde mit nach Hause zu bringen, mein Vater und las. Immer saß er dort, so, als wollte er verhindern, dass außer mir noch jemand anderer bestimmte Bücher zu Gesicht bekäme, von denen ich den Klassenkameraden erzählt hatte, deren Bilder sie nur allzu gern selbst gesehen hätten und von denen mein Vater wohl ahnte, dass sie mir bekannt waren, obwohl ihre Existenz niemals zwischen uns erwähnt wurde.

Eines dieser Bücher, übrigens, hat dann später Bernd doch noch zu sehen bekommen, einen Bildband, der die Abbildungen von siamesischen Zwillingen enthielt, die tatsächlich gelebt und ein tragisches Schicksal gehabt hatten. Einer von ihnen war zum Alkoholiker geworden, hatte sich zu Tode getrunken und den anderen mit in den Tod genommen. Es war allerdings nicht das gewiss grässliche Schicksal dieser beiden Männer, das uns beim Durchsehen des Buches beeindruckte. Wir waren zu der Zeit schon alt genug, um die Absicht zu erkennen, mit der die Monstrositäten in diesem Band gesammelt und zur Schau gestellt wurden. Auf eine widerlich geschickte Weise war für die so genannten gebildeten Schichten nichts weiter als eine Begründung für das Euthanasieprogramm der Nationalsozialisten geschaffen worden. Ich bin Bernd noch heute dankbar, weil er niemals versucht hat, auch nur in einer winzigen Anspielung darauf einzugehen, dass wir dieses Buch ausgerechnet in der Bibliothek meines Vaters fanden, wo es wie selbstverständlich seinen Platz neben einem Band mit Fotos von Pyramiden und ägyptischen Götzenbildern einnahm. Über meinen Vater wurde nicht gesprochen. Er war eine Respektsperson, solange wir klein waren. Später, als Bernd und mir klar wurde, dass er nicht ohne Schuld sein konnte, verständigten wir uns mit ein paar kurzen Bemerkungen darüber, dass es sinnlos sei, sich die Schuld der Alten aufzuladen.

Stattdessen begann ich, Spuren der Hugenottenvergangenheit, die meine Familie auf so unübersehbare Weise geprägt und die ich meinen Kameraden gegenüber so oft triumphierend ins Feld geführt hatte, systematisch zu suchen. Ich erinnere mich an Radtouren, allein oder mit Bernd, bei denen ich in Potsdam mit Genugtuung feststellte, dass Alexander von Humboldt mütterlicherseits von Hugenotten abstammte, dass die ersten Maulbeerplantagen dort von Hugenotten angelegt worden waren, ja, dass dieses ganze Potsdam ohne die Refugies kaum denkbar war. Wie sehr beeindruckte mich das Große Militärwaisenhaus, das Gontard in Potsdam gebaut hat, als der Siebenjährige Krieg das Problem der Kriegswaisen überdeutlich werden ließ.

Ich selbst empfand mich niemals als Waise. Ich gehörte immer zu den Privilegierten, nicht nur, was meine Herkunft, sondern auch, was meine Begabungen betraf. Ich hatte es lediglich einem dummen Zufall zu verdanken, dass mein Abiturzeugnis nur das zweitbeste des Jahrgangs war. Die Polizeiakademie absolvierte ich als Bester; was meinen Vater zu der Bemerkung veranlasste, er habe nichts anderes erwartet. Ich übrigens auch nicht. Ich hatte nach der Schule die Wahl gehabt, Sport oder Jura zu studieren. Aber Lehrer zu werden oder Richter schien mir nicht verlockend. Und im Polizeidienst konnte ich meine Interessen und Begabungen kombinieren und hatte dazu noch gewisse Karrieremöglichkeiten, die mir sonst nirgendwo geboten wurden.

Und es lief dann ja alles nach Plan. Es waren nicht etwa noch bestehende Beziehungen meines Vaters, die es mir möglich machten, so schnell Karriere zu machen. Mein Ehrgeiz, meine Intelligenz, meine Sprachkenntnisse, ja, auch mein ernsthaftes Interesse an meinem Beruf brachten es mit sich, dass ich bei der Bekämpfung der organisierten Kriminalität bald eine herausragende Rolle einnahm. Ich hatte Erfolg, soweit man das in diesem Bereich überhaupt haben kann. Der Fall Keizer war nur eine kleine Sache im Vergleich zu den internationalen Kartellen, auf deren Spur ich gemeinsam mit französischen und US-amerikanischen Kollegen gewesen war. Ich war einer der wenigen deutschen Beamten, die internationales Ansehen auf höchster Ebene genossen.

Genau genommen, passte auch Charlotte ganz ausgezeichnet in meinen Lebensplan. Frauen sind mir nie gleichgültig gewesen. Ich kann Lust empfinden und Lust bereiten und habe Vergnügen an beidem. Für einen Mann mit meinen Aufgaben war es auf die Dauer richtiger gewesen, eine Frau an der Seite zu haben. Und Charlotte war die Richtige. Sie war beeindruckend schön, fröhlich, intelligent und mit einem besonderen Talent ausgestattet: Obwohl ihre Herkunft offenbar eher kleinbürgerlich war, gelang es ihr hervorragend, die Regie in dem großen Haus der Familie zu übernehmen. Sie brachte meinen Vater dazu, sich in eine eigene Wohnung zurückzuziehen, ohne dass das Verhältnis zu ihm wesentlich gestört wurde. Sie liebte die alten Möbel, die Bilder, die holzgetäfelten Wände, die hohen Fenster in der Bibliothek und begann nur sehr vorsichtig, notwendige Renovierungsarbeiten ausführen zu lassen. Sie füllte das Haus mit Leben.

Niemals werde ich vergessen, wie ich mich fühlte, als ich sie zum ersten Mal in das Haus brachte, über die Diele führte und sie ihre Hand auf das Treppengeländer legte.

„Hier werden wir wohnen", sagte sie, ohne sich nach mir umzusehen. In ihrer Stimme hielten sich Staunen und Ehrfurcht die Waage. Wenn sie nicht begonnen hätte, die Treppe emporzusteigen, wäre ich in Versuchung geraten, ihre Hand zu küssen, die auf dem Treppengeländer lag. So aber ging sie zum ersten Mal in ihrer unnachahmlichen Art die Treppe hinauf, und ich stand da und sah ihr nach und wusste, dass alles richtig war. Wo war da ein Fehler gewesen?

Das alles, immer wieder und wahrscheinlich sogar in denselben Worten, sprach Beringer vor sich hin, während er wie ein Verrückter versuchte, mit den Wegen in dem Bergmassiv hinter dem Haus fertig zu werden. Man kann einen Weg, der zu schwierig ist, wieder und wieder in der Hoffnung gehen, dass man ihn irgendwann leicht bezwingen wird. Dazu braucht man Geduld und Ausdauer. Ausdauer brachte er auf, aber er hatte keine Geduld mit sich. Er sah das erschrockene Gesicht von Milena vor sich, in das er gesehen hatte, als er zum ersten Mal seine Bergtour hinter sich gebracht hatte und am Ende seiner Kräfte wiedergekommen war; so am Ende, dass er es sich gefallen ließ, von ihr zugedeckt und umsorgt zu werden. Wenn er in diesen Minuten noch in der Lage gewesen wäre, einen Gedanken zu fassen, hätte ihm eigentlich klar werden müssen, an was für eine Frau er geraten war. Er war zu erschöpft, um das Wunder zu begreifen.

Aber er war zäh. Er erholte sich bald und war in der Lage, ihr klare Anweisungen zu geben. Er hatte geglaubt, sie hätten Zeit. Es war ein Schock für ihn, als er feststellen musste, dass das Gegenteil der Fall war. Aber der Schock war auch heilsam, weil er ihm half, klarer zu sehen.

Er vernichtete alle Papiere und trieb Milena zur Eile an. Sie erwies sich als sehr anstellig, obwohl er ihr nichts von seinen Ahnungen sagte. Es ist möglich, dass er fürchtete, sie würde aussteigen, wenn ihr die Dimensionen des Unternehmens plötzlich klar geworden wären. Er nahm aber an, dass sie zu ahnen begann, wie ernst es wurde. Er bildete sich ein, er müsste etwas tun, um sie bei Laune zu halten, sie abzulenken, vielleicht auch, sie an sich zu binden, für eine gewisse Zeit, bis sie die Sache dort erledigt hätten. Das bildete er sich ein, aber es hätte ihn nachdenklich stimmen können, dass ihm nichts anderes einfiel, als mit Milena Sex zu haben.

Anstrengend für ihn war, dass er ihr aus taktischen Gründen bei seinem Feldzug die Außenposition überlassen musste. Sie war geschickt, aber es gefiel ihm nicht, dass Keizer sie zusammen mit seinen Freunden eingeladen hatte. Andererseits musste er bedenken, dass ein Restaurant ein öffentlicher Ort und Milena in einer solchen Umgebung deshalb sicherer wäre als in Keizers Haus. Diese unverhoffte Einladung würde die Sache allerdings mehr verzögern, als ihm lieb sein konnte. Er sah nach wie vor keine andere Möglichkeit, Keizer zu erwischen, als in dessen Haus. Und dazu müsste er die Verhältnisse dort genau kennen. Im Übrigen war Milena eine der Frauen, denen man es ansieht, wenn sie mit einem Mann zusammen gewesen und dabei auf ihre Kosten gekommen sind. Er jedenfalls sah so etwas, und er hoffte nur, dass Keizer und seine Freunde stumpf genug waren, solch eine Beobachtung nicht machen zu können.

Beringer jedenfalls fand sie aufregend, als sie sich für den Abend zurechtgemacht hatte. Sie trug ein eng anliegendes Kleid aus einem glänzenden, schwarzen Stoff, das im Rücken bis zur Taille ausgeschnitten war. Er sagte ihr, dass sie gut aussehe, weil er annahm, dass sie für das Treffen mit Keizer eher zu viel als zu wenig Selbstbewusstsein gebrauchen konnte. Als sie das Grundstück verließ, sah er ihr nach. Es war dunkel, aber an der Hausecke brannte eine Außenlampe. Die Luft war warm, obwohl die Abende Ende September hier unten oft schon kühl sind. Die Absätze ihrer Schuhe klackten auf dem Steinboden, und die Tasche, die an einer goldenen Kette über ihrer Schulter hing, schwang herum und glitzerte ein wenig, als sie sich umwandte und ihm zum Abschied zuwinkte. Er hatte kurz daran gedacht, ihr die Waffe mitzugeben, die er von Mo bekommen hatte. Aber das Ding hätte sie nur unnötig in Gefahr gebracht. Und außerdem war in ihrer Tasche kaum genug Platz für ihr Handy gewesen.

Er blieb in der Haustür stehen, bis das Klacken nicht mehr zu hören war. Dann schaltete er die Lampe am Gartentor aus und begann, die Fensterläden am Haus zu schließen. Der Himmel war so dicht mit Sternen besetzt, wie er es niemals zuvor gesehen hatte. Sie schienen ihm beinahe zum Greifen nah. In der Ferne ging der strahlende Himmel über in die Lichter von Nizza. St. Paul und noch ein paar andere Dörfer in der Nähe waren Klumpen aus Sternen, die zufällig um beleuchtete Kirchtürme herum vom Himmel gefallen waren. Er brauchte eine ganze Weile, bis er alle Fensterläden geschlossen und das Sternenwunder ausreichend bestaunt hatte. Er hatte die Haustür offen gelassen. Als er zurück ins Haus kam, sah er, dass er nicht mehr allein war.

***

Der Wagen, der am verabredeten Platz auf mich wartete, war ein dunkler, viertüriger Citroen. Der Mann, der am Steuer saß und ausstieg, als er mich auf den Wagen zukommen sah, hatte ein eingeschlagenes Nasenbein und trug einen Smoking. Er hielt mir die Wagentür auf und begutachtete meine Beine, während ich einstieg. Es interessierte mich, ob er Deutscher oder Franzose war, deshalb sprach ich ihn an.

„Werden wir weit fahren müssen? Ich hoffe, der Weg zum Restaurant ist gut ausgebaut. Meine Schuhe sind für Bergtouren nicht gerade geeignet."

„Keine Bange, wir halten dicht vor dem Laden, ich meine, vor der Taube, äh Colombe Blanc."

Meine Neugier war zufrieden gestellt, aber ich hatte Lust, noch ein wenig zu reden. Die Stimme des Mannes klang, als habe er, bevor er sich als Boxer versucht hatte, als Tallymann im Hafen gearbeitet. Am Beginn meiner Karriere als Anwältin hatte ich einen Klienten gehabt, der aus diesem Milieu gekommen war. Der Mann hatte im Streit mit seiner Firma gelegen, und es war einfach gewesen, ihm zu helfen. Zum Dank war er irgendwann mit einem dicken Aal in meiner Kanzlei erschienen.

„Vom Fischmarkt", hatte er strahlend verkündet, „ich bin extra früh aufgestanden."

„Es hört sich an, als kämen Sie aus Hamburg", fragte ich den Fahrer, „leben Sie schon lange hier unten?"

„Wo's den Chef hintreibt", bekam ich zur Antwort.

Ich versuchte es noch einmal. „Und Ihre Familie?“, fragte ich, was, zugegeben, keine besonders intelligente Frage war, aber mir fiel einfach nichts Besseres ein.

Diesmal bekam ich keine Antwort mehr und gab mich zufrieden. Statt auf den Fahrer begann ich mich auf den Weg zu konzentrieren. Wir fuhren bergan, aber die Gegend war unbelebt. Rechts und links der schmalen, glatt asphaltierten Straße waren Vorgärten zu erkennen, von den einzeln stehenden Villen konnte ich allerdings die Umrisse nur ahnen. Obwohl der Himmel voller Sterne war, wirkte die Nacht dunkel. Die Straße machte viele Kurven, aber der Fahrer wich weder nach rechts noch nach links ab, sodass ich zur Not den Weg auch allein zurückfinden würde. Wir waren etwa eine Viertelstunde gefahren, als die Straße sehr schmal wurde, so schmal, dass zwei Autos nicht nebeneinander gepasst hätten. Wir passierten die Einfahrt zu einem winzigen Bergdörfchen und hielten gleich darauf auf einem Marktplatz. Der Fahrer sprang um den Wagen herum und öffnete mir die Tür. Ich zeigte meine Beine und stieg aus.

Rechts von mir, nur ein paar Meter entfernt, war, auf einen Felsen gebaut, das Restaurant zu erkennen. In das Innere gelangte man über eine in den Stein gehauene Treppe. Das Restaurant wirkte wie eine lang gestreckte, verglaste Terrasse. Aus geöffneten Fenstern kamen Stimmgewirr und Musik. In der Mitte des Marktplatzes stand das übliche Heldenmal für die im Krieg 1914–1918 gefallenen Patrioten. Auf der gegenüberliegenden Seite wurde der Platz durch eine Mauer begrenzt, hinter der es vermutlich steil bergab ging. Der Ausblick am Tage musste grandios sein. Jetzt sah ich nur den dunklen Himmel, Unmengen von Sternen und ein paar Lichter in der Ferne, die auf verstreute Dörfer hinwiesen.

„Wenn Sie mir folgen, bring ich Sie rauf", sagte der Fahrer, nachdem er geduldig eine Weile gewartet hatte. Wir stiegen die Felsentreppe empor und betraten das Restaurant. Ich hatte kaum zwei Schritte ins Innere getan, als ein Mann auf mich zugestürmt kam.

„Sie müssen Frau Prohàska sein! Kommen Sie, kommen Sie. Was für ein bezauberndes Halsband."

Das war also Keizer: ein großer, schlanker Mann, Ende dreißig, aber sehr viel älter aussehend, ein, trotz des eher drahtigen Körpers, weiches, beinahe konturloses Gesicht mit sehr hellen, blonden Haaren. In dem roten, schummrigen Licht war die Farbe seiner Augen nicht zu erkennen, ich nahm an, sie wären blau, auf jeden Fall standen sie leicht vor, so, als habe seine Schilddrüse eine Funktionsstörung. Sein Händedruck war keiner, weder weich noch fest, eher so etwas wie eine flüchtige Berührung, als habe er Angst vor Berührungen.

Vielleicht ein Hypochonder, dachte ich.

Aber dann wurde ich davon abgelenkt, länger über meinen Gastgeber nachzudenken. Keizer führte mich herum, um mich seinen Freunden vorzustellen. Und deren Freundinnen. Die Herren schienen mir eher langweilig zu sein, Beamtentypen, vielleicht auch Angestellte in Versicherungen oder bei Schiffsmaklern, denen auch der Smoking keine interessantere Ausstrahlung bescherte. Aber die Damen waren sehenswert. Ich zählte fünf, für jeden der Herren eine. Sie waren sehr jung, die älteste vielleicht dreiundzwanzig, groß und so gut gewachsen, dass das Herz der Spießer im Smoking bei ihrem Anblick einfach höher schlagen musste. Die Damen trugen enge, kurze Kleider mit tiefen Ausschnitten, die die Brüste beinahe bis zu den Brustwarzen entblößten. Die Kleider waren weiß, rot, grün, lila und hellblau und über und über mit Strass bestickt, sodass sie im Schein der Tischlampen bei jeder Bewegung ihrer Trägerinnen glitzerten. Die Schuhe waren aus dem gleichen Material wie die Kleider und hatten so hohe Absätze, dass ich mich wunderte, wie es möglich war, darauf zu gehen. Die Gesichter der Damen zeigten Meisterleistungen der Schminkkunst. Offenbar hatten die, die verantwortlich gewesen waren für die Maske der Begleiterinnen, ihr ganzes Können dareingelegt, Unterschiede zwischen den im Übrigen wie eineiige Fünflinge Wirkenden herauszuarbeiten. Es gab die Naive, den Vamp gab es zweimal, die Freche und die Gewöhnliche. Keizer musste den Geschmack der Herren, die er bestach, ziemlich gut kennen. Die Damen sprachen Französisch untereinander. Mit ihren Begleitern sprachen sie kaum, aber sie lachten viel und berührten sie oft.

Während Keizer beteuerte, man habe mit dem Essen auf mich gewartet, und mich an den im Hintergrund aufwändig gedeckten Tisch führte, überlegte ich, für wie blöde er eine potenzielle Kundin halten musste, dass er ihr zumutete, die Veranstaltung hier nicht zu durchschauen.

„Ich bitte um Verzeihung", hörte ich ihn neben mir. „Sicher möchten Sie vor dem Essen einen Aperitif? Ein Glas Champagner?"

Er schnippte mit den Fingern und von irgendwo tauchte ein junger Mann mit einem Tablett auf und hielt mir ein gefülltes Glas entgegen. Ich nahm das Glas und trank Keizer zu. Es war nicht zu erkennen, was er dachte. Ich beschloss, meine Augen zu disziplinieren und mich auf meine Rolle zu konzentrieren.

„Ich bin beinahe jedes Jahr hier unten“, sagte ich, „Ihre Galerie war mir bisher unbekannt.“

Ich wusste, dass alles, was er darauf antworten würde, gelogen sein musste, und war gespannt, welche Lüge er wählen würde.

„Ich bin eigentlich kein Kunsthändler“, sagte er. Das war klug pariert.

„Ich habe einfach ein wenig Geld geerbt (bescheidenes Lächeln, aus dem das Gegenteil abgelesen werden sollte). Sie haben ja Frau Jungblut kennen gelernt. Eine alte Freundin, die mich beraten hat. Es ist im Augenblick nicht gerade einfach, Geld einigermaßen gut verzinst anzulegen.“

„Dann ist der Bonnard nicht der einzige Schatz, den Sie anbieten?“

„Aber nein! Bestimmt nicht. Bei mir zu Hause habe ich ein paar Bilder, die vielleicht auch für Sie interessant sein könnten. Das Problem sind die Versicherungen. Es ist einfach nicht möglich, mehr als ein Bild in der Galerie zu zeigen. Und Sie werden verstehen, dass ich zögere, Menschen vor meine Schätze zu führen, die ich nicht kenne. Deshalb diese ...“, er zögerte einen Augenblick, um nach den richtigen Worten zu suchen, bevor er weitersprach, „... dieser für eine Kennerin vielleicht etwas ungewöhnliche Ort. Aber die Küche hier ist ganz ausgezeichnet.“

Ich versicherte ihm, dass auch ich eine Kennerin der französischen Küche sei, was ihn nicht zu beeindrucken schien. Daraus schloss ich, dass die Küche wirklich gut sein müsste. Ich hatte mich nicht getäuscht.

Wir waren beim Hauptgang angekommen (irgendein zartes Lammteil, gewürzt mit Knoblauch und Rosmarin), und ich begann mich zu langweilen, da mit Keizer kein Gespräch möglich war, das über Formeln hinausging, die er sich beigebracht hatte, weil er sie für geeignet hielt, Eindruck zu machen, als etwas Merkwürdiges geschah; jedenfalls nahm ich es als merkwürdig wahr, ohne zu ahnen, dass ich den Auftakt zu einer Vorstellung gesehen hatte, die ich so schnell nicht vergessen würde.

Während er mit mir sprach, ich hatte ihn gerade so weit, dass er nicht mehr anders konnte, als mich in sein Haus einzuladen, klingelte sein Handy. Er entschuldigte sich und stellte es aus. Kurz darauf kam einer der Kellner und brachte ihm auf einem Tablett ein Telefon. Keizer schüttelte den Kopf und der Kellner verschwand wieder. Dann sah ich den Boxer im Hintergrund des Restaurants auftauchen. Er hatte an dem Essen nicht teilgenommen und war auch, seit er mich abgeliefert hatte, nicht mehr zu sehen gewesen. Er versuchte mit Gesten, die gleichzeitig unauffällig und unübersehbar wirken sollten, Keizer auf sich aufmerksam zu machen.

„Die Waschräume?", fragte ich Keizer.

Er bedeutete mir, wie ich gehen müsse. Ich stand auf, ging an einem der Beamten vorbei, er war mit der Naiven beschäftigt, kam am Boxer vorüber, den ich nicht beachtete, und verschwand hinter der Tür, die in seinem Rücken lag. Ich schloss die Tür laut und öffnete sie wieder, so leise wie es möglich war. Im Stillen betete ich, dass keine der Damen auf die Idee verfallen möge, ihr Make-up zu erneuern, und wartete. Dann hörte ich die Stimme des Boxers.

„Lass die Hühner verschwinden, Chef.“

„Idiot. Du siehst doch, dass sie im Einsatz sind.“

„Lass sie verschwinden. Und dann hauen wir ab, so schnell es geht.“

„Was ist los?“

An Keizers Stimme war zum ersten Mal so etwas wie Verunsicherung zu spüren. Er trat einen Schritt weiter in den Hintergrund und stand nun direkt vor meiner Tür.

„Ich hab kein gutes Gefühl. Draußen sind zwei Mal Liebespärchen vorbeigegangen. Am Dorfeingang steht ein Auto mit vier Mann, die da nicht hingehören.“

„Bist du sicher?“

„Kannste Gift drauf nehmen.“

„Okay“, sagte Keizer. „Dann die Ausweichwohnung. Neben dem Aquarium. Linke Seite. Das Haus sieht baufällig aus, aber für ein, zwei Nächte reicht es. Die Hühner lassen wir hier.“

„Und die Dame, Chef?“

„Du meinst das Huhn, das uns goldene Eier legen sollte? Die nehmen wir mit. Steht der zweite Wagen unten?“

„Klar. Wie immer, Chef.“

„In fünf Minuten“, sagte Keizer.

Ich hörte ihn über den Steinboden zurück an den Tisch gehen. Wenn ich zu ihm zurückkäme, würde er mir vorschlagen, zu ihm nach Hause zu fahren. Ich konnte nicht gut ablehnen, nachdem ich mich vorher so interessiert gezeigt hatte. Aber unter diesen Umständen hatte ich absolut keine Lust, mich auf eine gemeinsame Fahrt mit ihm einzulassen. Ich musste verschwinden, und zwar so schnell und so unauffällig wie möglich. Ich sah mich um. Der verdammte

Waschraum hatte nur ein einziges Fenster, und das war in der Decke. Es war unmöglich, dort hinauszugelangen. Ich musste den Raum verlassen und versuchen, einen Fluchtweg aus dem Restaurant zu finden. Ich sah mich noch einmal um, aber außer einem Paar ausgetretener Sandalen, die vielleicht eine der Kellnerinnen unter einem Waschbecken hatte stehen lassen, gab es nichts zu sehen. Ich fasste nach dem Türgriff.

Im gleichen Augenblick kreischte eine der Damen draußen laut und durchdringend. Türen wurden aufgestoßen, jemand brüllte Kommandos in französischer Sprache, es musste ein ganzes Rudel von Männern dort herumlaufen, Polizisten? Keizers Konkurrenten?

Weder den einen noch den anderen wollte ich in die Arme fallen. Ich warf meine Schuhe über eine der Kabinentüren, riss eines der weißen Handtücher von der Wand, band es mir mit zitternden Fingern vor den Bauch und schlüpfte in die Sandalen. Sie waren zu groß. Wild entschlossen stieß ich die Tür zum Restaurant auf. Ein paar Männer, die ich nicht kannte, beschäftigten sich mit den Beamten und ihren Damen. Keizer und der Boxer waren nicht zu sehen. Die Tür zur Küche stand offen. Ein Kellner sah verschüchtert um die Ecke. Er hatte seinen Servierwagen einfach stehen lassen, als die Männer ins Restaurant gestürmt waren. Ich griff nach dem Servierwagen und fuhr, nur von dem staunenden Kellner beobachtet, einfach damit nach draußen. Ich gestehe, es fiel mir schwer, langsam zu gehen, und ich begann zu rennen, sobald die Tür hinter mir zurückschwang. Ein paar Stufen unter mir lag der erleuchtete Marktplatz. Dorthin konnte ich nicht, wenn ich ungesehen bleiben wollte. Bestimmt standen dort Autos, deren Fahrer nur darauf warteten, hinter Flüchtenden herzulaufen. Oberhalb des Restaurants war es dunkel. Dort begannen die Wanderwege in die Berge, die natürlich nicht beleuchtet waren. Mir blieb trotzdem nichts anderes übrig, als durch Büsche und Hecken nach oben zu kriechen. Zweimal fauchte mich eine Katze an, aber ich kam unbehelligt ein paar Meter hoch, bis unter mir ein Schuss fiel.

Ich bin sicher kein ängstlicher Mensch, aber der Schuss ließ mich meine Fassung verlieren. Ich blieb einfach auf den Knien am Boden hocken und begann zu heulen, glücklicherweise aber wenigstens nicht laut. So saß ich eine Weile, wagte nicht, zurückzusehen, wagte nicht, vorwärts zu kriechen, und wartete darauf, dass ich mich beruhigte.

Es dauerte lange, bis unter mir Stille einkehrte. Irgendwann hörte ich Autotüren klappen und Autos abfahren. Da heulte ich schon nicht mehr. Ich blieb trotzdem aus Sicherheitsgründen noch eine ganze Weile sitzen, bis ich begann, vorsichtig wieder nach unten zu klettern.

Der kleine Marktplatz lag unschuldig und einsam im Licht der milden Straßenlaternen. Am Heldenmal schimmerte eine blau-weiß-rote Schleife an dem künstlichen Lorbeerkranz. Alles Licht im Restaurant war erloschen. Anscheinend hatten auch die Kellner die Flucht ergriffen. Ich verspürte kein bisschen Lust, mir den Schauplatz noch einmal anzusehen. Niemand sah aus irgendwelchen Fenstern. Das Dorf schlief den Jahrhundertschlaf kleiner Dörfer und hatte sich durch den kurzfristigen Einbruch des modernen Lebens nicht aufwecken lassen. Ich sah mich um, ging ein paar Schritte, geriet in eine der auf den Marktplatz mündenden Gassen. Sie war dunkel. Ich musste Beringer anrufen. Er würde mich abholen müssen. Dann stellte ich fest, dass ich das Handy verloren hatte. Die Tasche war einfach zu klein. Sollte ich zurückgehen und unter den Büschen herumsuchen? Nein, danke! Aber dann würde mir nichts anderes übrig bleiben, als den Weg, den mich der Chauffeur heraufgebracht hatte, zu Fuß wieder zurückzugehen. Ich überlegte, dass ich sicher vier Stunden dafür brauchen würde. Als ich auf meine Armbanduhr sehen wollte, um festzustellen, wie spät es war, stellte ich fest, dass auch sie verschwunden war. Zum ersten Mal in dieser Nacht ärgerte ich mich. Bisher hatte ich, zumindest wenn ich nicht gerade vor Angst heulte, die ganze Sache ziemlich aufregend gefunden. Aber die Uhr war ein bezauberndes Stück aus den Zwanzigerjahren, ein Geschenk meiner Eltern zum Abitur, das ich nur zu besonderen Gelegenheiten anlegte. Das war nun die Strafe dafür, dass ich versucht hatte, einem Schwachkopf wie Keizer, der von Kunst und Kunsthandwerk weniger verstand als mein kleiner Zeh, zu imponieren. Wütend warf ich das Handtuch auf den Boden, das ich noch immer um den Leib gewickelt trug. Von wegen! Umwelt sauber halten! Die Umwelt hier war von Verbrechern durchsetzt. Die sollten sie bekämpfen! Wenigstens war meine Tasche noch da. Ich betrachtete die glänzenden weißen Perlen, die auf dem schwarzen Perlengrund wie kleine, silbrige Mondseen aussahen, und beruhigte mich langsam wieder. Die Perlen waren echt und die Tasche ein kleines Vermögen wert. Ich würde mindestens zwei Grieshaber dafür bekommen.

Dieser, ich gebe zu, etwas abwegige Gedankensprung brachte mich wieder auf den Boden der Tatsachen zurück. Ich musste losmarschieren, so lange jedenfalls, bis ich an einer Telefonzelle vorüberkommen würde. Von dort aus könnte ich Jean anrufen und ihn bitten, mir mit dem Auto entgegenzukommen. Unterwegs könnte ich versuchen, über das, was geschehen war, nachzudenken und ein paar vernünftige Schlüsse daraus zu ziehen. Die Latschen, die ich trug, waren auf jeden Fall für die bevorstehende Wanderung geeigneter als die Schuhe, die ich verloren hatte. Ich probierte ein paar Schritte, kehrte noch einmal um und nahm das Handtuch wieder auf. Vielleicht würde ich es brauchen, um Fußlappen daraus herzustellen.

Ich kam bis kurz vor die Verengung der Straße, die den Eingang zum Dorf bildete, als das Licht auf dem Marktplatz und an der Stadtmauer ausging. Einen Augenblick blieb ich stehen, um meine Augen an die neue Situation zu gewöhnen. Die Nacht war ja nicht dunkel. Den Umriss des schwarzen Wagens sah ich trotzdem erst, als ich die schmale Durchfahrt passiert hatte und die Straße dunkel und abschüssig vor mir lag. Das Auto stand dicht neben der Mauer, die das Dorf umschloss. Ich konnte genau erkennen, wer darin saß. Sollte ich losrennen? Nein, ich würde so tun, als hätte ich nichts gesehen, und meinen Weg einfach fortsetzen.

Das war natürlich Unsinn. Vogel-Strauß-Politik, das lernte ich nun, hat wirklich nur in den allerseltensten Fällen einen Sinn. Ich hörte, wie das Auto hinter mir angelassen wurde und losfuhr. Es fuhr mit abgeblendeten Scheinwerfern langsam hinter mir her, holte mich ein und blieb an meiner Seite. Die Scheibe an der Fahrerseite glitt nach unten.

„Steigen Sie ein", sagte der Blonde. „Wir haben dasselbe Ziel."

***

Sie war nicht gekommen, um mit ihm zu schlafen. Und er wusste es. Er hatte es die ganze Zeit geahnt. Und er dachte, dass nun der Zeitpunkt für sie gekommen wäre, ihm reinen Wein einzuschenken. Aber Charlotte wäre nicht sie selbst gewesen, wenn sie die Gelegenheit, ihn zu demütigen, nicht genutzt hätte.

„Schließ die Tür, mein kleiner Othello", sagte sie. „Schließ einfach von innen ab. Es ist nicht nötig, dass wir gestört werden."

Er schloss die Tür hinter sich, aber den Schlüssel berührte er nicht.

„Wo macht ihr es, du und diese kleine Schlampe? Komm, zeig's mir. Du wirst sehen, mit mir ist es besser."

Sie kam auf ihn zu und in einem Anfall von Wahnsinn dachte er: Weshalb nicht? Es wird das letzte Mal sein. Weshalb also nicht?

Er sah sie an und sie schien ihm schön wie beim ersten Mal. Sie sah sanft aus und biegsam und ihr Lächeln war zärtlich und ohne Hinterhalt.

„Es ist immer eine Illusion", sagte sie, „das weißt du doch. Es ist immer ganz anders, als die Beteiligten denken. Sei nicht traurig. Woher sollen wir wissen, was Liebe ist?"

Er berührte ihre Haare und ihre Lippen. Mit einer letzten Anstrengung sagte er: „Ich will alles wissen.

Es ist mir egal, wer du bist, ich will wissen, was geschehen ist."

„Später", sagte Charlotte, „wir haben viel Zeit. Wir werden später darüber reden. Komm jetzt."

Er hatte das Gefühl, als würde er nüchterner, je länger er mit ihr zusammen war, und er klammerte sich an diese Nüchternheit mit aller Kraft. Er dachte, es wäre gut, wenn sie redete, irgendetwas, wenn sie nur redete, damit er zur Besinnung käme.

„Willst du wirklich in ihr Schlafzimmer?", fragte er.

Charlotte blieb stehen und sah ihn an. Er kannte das Glitzern in ihren Augen. Er begriff, dass sie es herstellen konnte, wenn sie es brauchte. Es gehörte zum Handwerk, sozusagen.

„Ja", sagte sie, „genau da will ich hin. Ich muss doch etwas machen, damit du sie vergisst."

Sie standen vor Milenas Bett, als Charlotte begann, ihn auszuziehen. Und es gab nur noch einen Teil von ihm, der bei ihren Berührungen nicht gleichgültig blieb. Es war nicht der wichtigste Teil.

Sie machten es lange, und irgendwann begann er darüber nachzudenken, weshalb sie so viel Zeit mit ihm verbrachte. Es war, als sei sie verabredet, aber der Zeitpunkt dafür noch nicht gekommen. Sie schliefen sogar eine Weile ein, erschöpft, aber unruhig, er zumindest. Dann stand er auf, weil ihm warm war und er Durst hatte. Er ging hinaus ins Wohnzimmer und öffnete ein Fenster, dann ging er in die Küche und trank ein Glas Wasser. Er fühlte sich nicht schlecht, weil er mit Charlotte geschlafen hatte, ohne auch nur einen Rest von Zuneigung zu ihr zu empfinden. Er dachte, dass er sie benutzt hätte, so, wie sie ihn die ganze Zeit über benutzt hatte. Und nun wäre es an der Zeit, über die Wahrheit zu reden.

Als er ins Wohnzimmer zurückkam, saß Charlotte im Sessel vor dem Kamin. Sie war noch immer nackt, aber sie hatte einen dünnen Schal übergeworfen, den sie aus Milenas Zimmer genommen hatte. Sie sah ihm entgegen.

„Ich möchte etwas trinken", sagte sie, „ein Glas Wein."

„Es ist nichts da."

„Oh, möchtest du, dass ich selbst nachsehe?"

Ihre Stimme klang kokett. Er fand, es war ein kläglicher Versuch.

„Es ist vorbei, Charlotte", sagte er. „Wenn du es nicht tust, dann werde ich dir erzählen, was geschehen ist. Du brauchst nur ja oder nein zu sagen."

„Nur zu, du Wichtigtuer. Was bist du doch für ein kleines Licht. Fang ruhig an." Sie sah auf ihre Armbanduhr. „Aber sieh zu, dass du nicht länger brauchst als eine halbe Stunde."

„Sie haben dich im Flugzeug auf mich angesetzt, damals. Stimmt's? Du warst nicht verliebt in mich. Leute wie du heiraten x-mal in ihrem Leben, wenn die Organisation es ihnen befiehlt."

„Es war trotzdem nicht schlecht mit dir. Du hättest ja im Bett genauso ein Versager sein können ..."

„Halt den Mund", sagte er. Er spürte Wut in sich aufsteigen, Wut darüber, dass er getäuscht worden war, in jeder Beziehung getäuscht.

„Jawohl", sagte Charlotte. „Du hast richtig geraten. Spät, aber richtig. Ich arbeite für beide Seiten. Das heißt, so genau weiß ich das gar nicht. Als ich auf dich angesetzt wurde, war mein oberster Dienstherr ein

Amerikaner. Als ich auf die Idee kam, mein Taschengeld durch bolivianische Einfuhren aufzubessern, war mein oberster Boss ebenfalls ein Amerikaner. Weiß ich, ob die beiden untereinander Kontakt haben?“

„Und Keizer?“

„Ach, das weißt du doch selbst. Der war nur ein kleiner Fisch. Aber auch kleine Fische stören, wenn sie im falschen Teich schwimmen. Sie vermehren sich und vermehren sich und wimmeln herum, erzeugen unnötige Aufmerksamkeit, sorgen für Unruhe, wo Ruhe und Beständigkeit nötig ist.“

Sie machte eine Pause.

„Und lassen tüchtigen Polizisten ins Knie schießen“, setzte sie dann hinzu. Ihre Stimme klang zum ersten Mal höhnisch. Er hatte das Gefühl, er könnte auf sie zustürzen und sie erwürgen. Er nahm sich zusammen.

„Ihr wart es, ihr habt Inge Dellbrück umgebracht“, sagte er. „Aber warum? Es gab keinen Grund. Sie war in mich verliebt, das war alles. Oder warst du etwa eifersüchtig?“

„Sei nicht kindisch, Jean Beringer. Natürlich war sie in dich verliebt. Aber der Hauptgrund war, dass sie mit dir Zusammenarbeiten wollte. Sie hatte genug Material, nicht nur über Keizer. Mit Keizer wollte sie dir bloß einen Gefallen tun. Aber sie hatte das Loch entdeckt, verstehst du?“

„Du hast sie erschossen.“

Sie ging nicht darauf ein, aber er sah ihrem Gesicht an, dass sie überlegte, ob sie weiterreden sollte. Unter dem dünnen Schal sahen ihre nackten Beine hervor. Sie streckte sie aus und bewegte spielerisch ihre Zehen. Die Zehennägel waren dunkelrot lackiert.

„Euer BKA“, sagte sie langsam, eher nachdenklich, „hat vor einiger Zeit eine zentrale Datenbank eingerichtet. Sie speichern dort alle Vorgänge aus den Ländern, die mit Geldwäsche zu tun haben oder zu tun haben könnten. Dein Keizer, ich nenne ihn mal so, denn für uns ist er uninteressant geworden ...“, sie machte eine kleine Pause, hob den Kopf und lächelte ihn an, „... für dich übrigens auch, mein Lieber. Du weißt es nur noch nicht, also, dein Keizer war leider ein kleines bisschen zu dumm für seinen Job. Zu dumm sogar für die Dellbrück. Die hat sich gut ausgekannt und die Möglichkeiten genutzt, die die neue Technik inzwischen bereithält. Eigentlich wirklich schade für dich, dass du gerade jetzt deinen Job hingeworfen hast. Ein Mann mit deinen Fähigkeiten und dazu alle diese neuen Möglichkeiten. Weißt du noch, wie wir uns kennen gelernt haben? Du kamst aus Brüssel, stolz, so stolz, dass du mitspielen durftest im internationalen Spiel gegen die organisierte Kriminalität. Du warst richtig geschwollen – vor Stolz natürlich“, fügte sie nach einer kleinen Pause hinzu, und er wusste genau, woran sie dachte.

„Es war ein bisschen eng in der Kabine“, sagte sie. „Aber danach war ich sicher, dass mir mein neuer Job ganz nebenbei auch Spaß machen würde. Was hältst du davon, wenn ich dich hin und wieder besuche? Du wirst einsehen, dass ich jetzt erst einmal verschwinden muss. Aber wir könnten uns treffen, was meinst du? Auf neutralem Boden. Jetzt, wo du Rentner bist, hast du doch Zeit.“

Wenn sie von hier verschwinden müsste, war etwas geschehen, wovon er noch nichts wusste. Er hatte zugelassen, dass Milena sich mit Keizer traf. Milena.

„Wenn ihr etwas geschehen ist ...“, sagte er.

„Sei nicht albern. Deine kleine Freundin ist für uns völlig uninteressant. Wie ist sie eigentlich? Ich kann mir nicht vorstellen, dass du mit ihr auch nur annähernd so viel Spaß hast wie mit mir."

Sie sah auf die Uhr. Dann stand sie auf. Der Schal fiel auf den Boden.

„Sei nicht bockig", sagte sie. „Komm, wir haben noch Zeit."

Er blieb stehen und sah sie an; eine zierliche, nackte Frau, mit kleinen Brüsten und langen Beinen, wunderschön, leise lächelnd mit leicht geöffneten Lippen, böse, gefährlich, skrupellos. Es war die Mischung, die sie so anziehend machte. Charlotte hatte ihre Macht über ihn nicht verloren, auch wenn er sicher war, dass er nicht mehr eifersüchtig sein würde.

„Komm her", hörte er sie sagen, während sie sich umwandte und zum Sofa hinüberging. Sie trug keine Schuhe. Ihr Gang war lautlos. Das Geräusch, das er gehört hatte, musste eine andere Quelle haben. Er sah sich um. Am Fenster standen Milena und ein Mann, den er nicht kannte. Er nahm an, dass er der Blonde war, von dem sie gesprochen hatte.

***

Ich wusste nicht, was er damit gemeint hatte, als er sagte, wir hätten dasselbe Ziel. Aber mir war klar, dass es keinen Sinn haben würde, wegzulaufen. Vielleicht war ich auch nur zu erschöpft und fürchtete mich vor dem langen Fußmarsch. Vielleicht war ich froh, dass mir der Weg erspart bleiben würde. Vielleicht fürchtete ich den langen Fußmarsch mehr als den Mann am Steuer, von dem ich nichts wusste, als dass er gern

Champagner trank und Artischocken aß und ein wenig so aussah, wie ich mir amerikanische Schriftsteller in Frankreich vorstellte. Ich stieg ein.

Der Wagen hatte tiefe, dunkle Ledersitze und ein Armaturenbrett, das in der Nacht leuchtete wie das Cockpit eines kleinen Flugzeugs. Ich hörte beinahe keine Fahrgeräusche, aber deutlich das Klicken einer Zentralverriegelung.

„Nur, weil ich keine Lust habe, hinter Ihnen her zu laufen, für den Fall, dass Sie auf die Idee kommen sollten, wieder auszusteigen."

Ich antwortete nicht. Ich war müde und erschöpft und ein bisschen durcheinander. Schließlich war das vorhin der erste Schuss gewesen, den ich hautnah miterlebt hatte. Und wenn Keizer entführt worden war, auch die erste Entführung. Oder hatte der Schuss ihm gegolten?

„Machen Sie sich keine Sorgen um Keizer", sagte der Blonde. „Es geht ihm gut."

Die Idee, ich könnte mir um Keizer Sorgen machen, schien mir absurd. Ich schloss daraus, dass der Mann neben mir keine Ahnung von dem hatte, weshalb Beringer und ich hierher nach Frankreich gefahren waren.

„Es geht ihm so gut, dass Ihr Freund seine Rachepläne begraben darf. Das freut Sie doch?"

„Ist er tot?"

Ich sah zur Seite, der Mann neben mir lächelte. Es war dieses Lächeln, das mir zum ersten Mal die Idee eingab, er könnte wesentlich weniger harmlos sein, als er mir bisher vorgekommen war.

Ich bekam keine Antwort. Und ich war zu sehr mit mir beschäftigt, um jetzt darüber nachzudenken, ob ich erleichtert war, dass Jeans Duell mit Keizer nicht mehr stattfinden würde. Ich versuchte zu erkennen, wohin wir fuhren. Wir waren bisher nicht von der Straße abgebogen. Nach einigen Minuten sah ich Häuser und Reklameschilder, an denen ich auch auf der Hinfahrt vorbeigefahren war. Wir waren auf dem richtigen Weg. Als der Wagen auf dem Platz hielt, auf dem ich den Fahrer von Keizer getroffen hatte, öffnete der Blonde die Verriegelung.

„Steigen Sie aus“, sagte er, „wir gehen das letzte Stück zu Fuß.“

Ich kroch aus dem Auto. Das Handtuch und die ausgetretenen Latschen ließ ich darin liegen. Die Straße zum Haus war glatt. Ich würde barfuß gehen. Ohne mich um den Blonden zu kümmern, ging ich los. Er hielt mich am Arm zurück.

„Wir gehen zusammen“, sagte er.

Er zog mich um das Auto herum, entfernte mit spitzen Fingern die Sachen, die ich darin liegen gelassen hatte, zog mich zu einem in der Nähe stehenden Papierkorb, warf das Zeug hinein und schloss dann mit der Fernbedienung das Auto ab.

„Jetzt“, sagte er. „Sie gehen voran.“

Er kannte den Weg nicht. Sollte ich ihn zu Beringer führen? Was würde geschehen? Und was, wenn ich nicht zum Haus zurückgehen würde? Ich wäre gezwungen, die ganze Nacht in der Gegend herumzulaufen. Spätestens nach einer halben Stunde wäre klar, was ich tat. Es war besser, zurückzugehen. Es würde eine Chance geben, Beringer zu warnen. Ich musste nur die richtige Gelegenheit abpassen. Ich marschierte los.

Der Weg zum Haus war nicht besonders weit. Nach zehn Minuten hatten wir die Mauer erreicht, die das Grundstück umschloss. Die Gartentür! Sie schurrte über den Boden, wenn man sie öffnete. Beringer würde uns hören. Mir fiel ein, dass ich ja noch nicht einmal wusste, ob der Blonde böse oder gute Absichten hegte. Entschlossen griff ich nach der Türklinke. Meine Hand wurde zurückgerissen. Ich sah, wie der Mann das Tor öffnete und es dabei vorsichtig anhob, sodass es nicht über den Boden schurrte.

„Wir werden ein wenig lauschen“, sagte er leise.

Ich fand das Lächeln, das er dabei aufsetzte, widerlich. Seine Hand umschloss fest meinen Arm. Wir gingen dicht nebeneinander über die Terrasse. Zwischen den Palmen sah ich ein Bündel, das nicht dort gelegen hatte, als ich gegangen war. Da lag, ich konnte es deutlich erkennen, ein zusammengeschnürter Mensch, steif und beinahe unbeweglich, aber offensichtlich nicht tot.

„Ein Freund von Ihnen“, sagte der Blonde leise. „Er muss noch ein Weilchen durchhalten. Weiter.“

Er zog mich voran, bis wir vor dem Fenster des Wohnzimmers standen. Im Zimmer brannte nur eine Tischlampe. Vor dem Kamin saß eine nackte Frau, die ich noch nie gesehen hatte. Ein paar Schritte von ihr entfernt stand Jean. Er war ebenfalls nackt. Die Frau stand auf und lächelte ihn an.

„Komm her“, sagte sie.

Sie wandte sich ab und ging zum Sofa hinüber. Ich wusste, das Jean ihr folgen würde. Ich konnte es sehen. Der Mann neben mir pfiff leise durch die Lippen. Es klang irgendwie belustigt. Jean drehte sich um. Er hatte uns gehört.

„Weiter“, sagte der Blonde.

Er trat näher an das Fenster heran. Ich sah, dass er aus seinem Hosenbund eine Pistole zog, die ich bis dahin nicht bemerkt hatte. Ich weiß nicht, weshalb, aber ich fühlte mich nicht bedroht. Ich fühlte mich vollkommen sicher. Ich wusste, jetzt würde eine Geschichte zu Ende gehen und ich würde mit dem Leben davonkommen. Auch die Frau hatte sich zum Fenster umgewandt. Ich konnte sehen, dass sie erschrak. Aber sie fasste sich schnell. Sie kam auf das Fenster zu.

„Nicht?“, sagte der Blonde. „Du willst nicht weitermachen? Das ist schade. Wir hatten uns auf eine kleine Vorstellung gefreut.“

Er hob die Pistole. Der Schuss war sehr leise. Er traf die Frau über der Nasenwurzel.

Der Mann ließ mich los und ging zur Tür. Die Tür war offen. Ich weiß, dass ich mich darüber wunderte, denn ich war sicher, dass Jean sie abschließen wollte, nachdem ich gegangen war. Ich blieb am Fenster stehen. Der Blonde ging an Jean vorüber, ohne ihn zu beachten. Er nahm die Frau vom Boden auf und trug sie an Jean vorbei hinaus. Er sah mich nicht an, während er mit ihr über die Terrasse ging. Er ging durch die Gartentür, die wir offen gelassen hatten, und verschwand. Die Tür blieb offen. Ich sah sie merkwürdig verschwommen. Ich wandte mich um. Jean stand noch an derselben Stelle wie vorher.

Wie kann einer stehen, der gerade zusammengebrochen ist, dachte ich und wunderte mich über diesen Gedanken. Erst als mir die Tränen übers Kinn liefern, merkte ich, dass ich schon wieder heulte. Ich wandte mich ab, weil ich den Anblick da drinnen nicht mehr ertragen konnte. Ich wischte mir die Tränen aus dem Gesicht, und dann sah ich das dunkle Bündel, das zwischen den Palmen lag. Ich fürchtete mich davor, dort hinüberzugehen und nachzusehen. Aber dann dachte ich, dass das Schlimmste schon geschehen sei, und ging hin.

Als ich erkannte, wer da lag, überkam mich eine unbändige Lust zu lachen. Mir war klar, dass das unfair war, denn es ist sicher nicht angenehm, mit Klebeband von oben bis unten umwickelt zu sein wie eine Mumie. Ich ging zurück in die Küche, um ein Messer zu holen. Als ich am Fenster vorbeikam, sah ich, dass Beringer verschwunden war. Ich fand ein geeignetes Messer und ging wieder hinaus, um Ronny von seinen Fesseln zu befreien.

***

Beringer erinnerte sich nicht an das, was danach geschehen war. Er hörte es von Milena.

***

Es ging meinem Freund Ronny erstaunlich gut, nachdem ich ihn von seinen Fesseln befreit hatte.

„Mir ist ein bisschen übel. Aber das kommt nur, weil das Klebeband so scheußlich riecht“, sagte er als Erstes. „Kann ich was zu trinken haben?“

Ich nahm ihn mit in die Küche. Er kam, seine Glieder schlenkernd, hinter mir her.

„Toll habt ihr’s hier“, sagte er mehrmals. Ich glaube, er meinte den Sternenhimmel, denn er blieb ein paarmal stehen und sah nach oben.

„Wenigstens unter Palmen, hab ich gedacht, als ich da lag und mich nicht rühren konnte“, sagte er, während ihm ein wenig Wasser das Kinn hinunterlief, weil er zu hastig getrunken hatte.

„Sie hätten wohl nicht zufällig ein Bier?“

Ich hatte eins, und dann saßen wir zwei am Küchentisch, und während Ronny erzählte, wie er unter die Palmen gekommen war, versuchte ich, mit halbem Ohr zuhörend, Beringer zu vergessen. Irgendwann setzte er sich zu uns an den Tisch, was die Sache nicht einfacher machte.

„Man muss sich das mal überlegen“, sagte Ronny. „Was wäre denn passiert? Er hätte ihn erwischt, und dann? Es hätte eine Schießerei gegeben. Mal angenommen, Keizer wäre dabei draufgegangen. Das wäre doch Mord gewesen, oder? Was sollte ich also machen? Ich fand nicht, dass das so schwer war.“

„Aber das Geld, woher hattest du überhaupt das Geld, um nach Nizza zu fliegen?“

„Waltraud hat's mir geliehen. Ich hab ihr gesagt, Sie würden es ihr zurückzahlen, weil Sie froh wären, dass Ihnen jemand zu Hilfe gekommen ist. Sind Sie doch, oder?“

Ich holte tief Luft und wusste nicht genau, was ich antworten sollte. Ich hatte darauf gesetzt, dass Beringer im entscheidenden Moment das Richtige tun würde. Aber ich hatte auch darauf gesetzt, dass es mir gelingen würde, ihn für mich zu gewinnen.

„Na ja, wo Sie hin wollten, wusste ich ja. Ich hab das Material mitgenommen und bin einfach zur Polizei nach Vence gegangen. Ich dachte, wenn die wissen, wer der Mann ist, der die Galerie aufgemacht hat, dann nehmen sie ihn fest, für die Deutschen. Und damit ist er aus dem Verkehr gezogen. Und Sie könnten zurückkommen, ohne sich die Hände schmutzig gemacht zu haben.“

Er sah Beringer an, der sich Mühe gab, ein Lächeln in sein Gesicht zu zwingen.

„Ich konnte doch nicht wissen, dass der Polizei nichts Besseres einfallen würde, als der Unterwelt Bescheid zu geben."

Ich war nicht sicher, ob der Blonde, seine Leute und die tote Frau mit der Bezeichnung „Unterwelt" richtig charakterisiert waren, aber ich beließ es dabei.

„Wen hat er da eigentlich weggeschafft?", fragte Ronny.

Wir sahen Beringer an. Er war der Einzige, der auf diese Frage eine Antwort gegeben konnte. Er schwieg und wir schwiegen auch. Aber er fühlte wohl, dass er so nicht davonkommen würde.

„Charlotte", sagte er schließlich. „Das war Charlotte. Sie hat für die Amerikaner an der unsichtbaren Front gearbeitet. Da war der Verdienst schlecht, und die Feindbilder sind, seit der Große Bruder im Osten verschwunden ist, so diffus geworden, dass sie irgendwann die Bösen mit den Guten verwechselt hat. Die Bösen zahlen auch besser."

„Mit Blei", sagte Ronny ungerührt.

Ich hätte ihn küssen mögen. Der melodramatische Ton Beringers ging mir auf die Nerven. Auch wenn jemand gut und böse verwechselt, was ja Vorkommen kann, wer sagt einem schon immer, was richtig und was falsch ist, musste dieser Jemand ja nicht unbedingt nackt dabei herumlaufen.

„Ich gehe schlafen", sagte ich und stand auf. „Du kannst das Sofa nehmen, Ronny."

Ich verließ die Küche, aber ich lehnte die Tür nur an und ließ auch die Tür zu meinem Schlafzimmer angelehnt. Die Männer blieben in der Küche sitzen, und ich hörte sie reden, bis ich einschlief.

Ich schlief lange, und noch heute glaube ich, dass ich mir im Schlaf darüber klar wurde, was ich als Nächstes zu tun hätte. Als ich wach wurde, lag die Zukunft jedenfalls so klar vor mir, als hätte ich Wochen damit zugebracht, über sie nachzudenken.

Ich würde mit Ronny zusammen zurückfliegen. Unterwegs wollte ich ihn fragen, ob er bereit wäre, eine ordentliche Ausbildung zu machen und zwischendurch, wie es seine Zeit erlaubte, für mich zu arbeiten. Der Junge hatte Talent und ich konnte einen tüchtigen Mitarbeiter gebrauchen.

Zu Hause würde ich als Erstes zu Renner gehen, um ihm mitzuteilen, dass ich nicht bei ihm anfangen könne. Mir war klar, dass ich, auch wenn ich mich bemühte, die Standesregeln nicht zu verletzen, immer auf unkonventionelle Methoden zurückgreifen würde. Es wäre nicht fair, den Ruf seiner ehrwürdigen Kanzlei dadurch in Gefahr zu bringen. Ich wusste, er würde mich verstehen und mir seine Freundschaft nicht entziehen. Dann wollte ich zu meinen Eltern gehen und ihnen erklären, dass ich in ihr Haus einziehen, mit Tita dort wohnen und meine Kanzlei dort eröffnen wolle. Tita würde sich freuen und die alten Herrschaften würden zufrieden sein. Sie konnten ja nicht wissen, dass ich die Absicht hatte, auf dem nun einmal für mich bestimmten Weg weiterzugehen.

„Ermittlungen und juristische Vertretung" sollte auf dem Schild stehen, das an der Stelle angebracht werden musste, an dem vorher das Praxisschild meines Vaters gewesen war.

Einen Augenblick lang sah ich in der Sonne, die durch das Fenster schien, das Messingschild glitzern und war glücklich. Dann fiel mir auf, dass die Fensterläden geöffnet worden sein mussten, während ich geschlafen hatte. Ich stand auf, duschte und packte meine Sachen zusammen, bevor ich das Zimmer verließ.

***

Er hatte sich wie ein Idiot benommen und war dabei erwischt worden; so fühlte er sich jedenfalls, und das hinderte ihn daran zu schlafen. Er verbrachte die halbe Nacht mit Ronny in der Küche und hörte ihm zu. Im Grunde hatte der Junge eine Leistung vollbracht, die Beringer nur bewundern konnte. Ohne ein Wort Französisch zu sprechen und ohne genaue Kenntnis ihres Aufenthaltsorts war er losgefahren, nur mit dem festen Vorsatz zu verhindern, „dass Sie sich unglücklich machen“. Wegen der Adresse hatte er sich an die Galerie gewandt.

„Zur Not hätte ich mich Tag und Nacht davor gestellt und auf Sie gewartet“, verkündete er stolz.

In Wirklichkeit war es so gewesen, dass die Galeristin ihn gebeten hatte, noch einmal wiederzukom men.

„Es gibt ja einen Bus von Vence nach Nizza“, sagte er.

„In dem Touristenkaff hier war es mir zu langweilig. Mein Zimmer in Nizza lag am Blumenmarkt. Ich bin aufgestanden und habe zugesehen, wie die ihre Stände aufgebaut haben. Aus dem Lokal unter mir kam Kaffeeduft. Ich glaub nicht, dass man viel Geld braucht, um das Leben zu genießen. Man muss nur wissen, wie man es macht. Und dann hab ich sie schon über den Markt kommen sehen. Ich dachte nicht, dass sie zu mir wollten, aber dass die nicht astrein waren, konnte man ihnen an der Nasenspitze ansehen. Erst als sie in das Lokal gingen, hab ich überlegt, was ich machen würde, wenn solche Leute es auf mich abgesehen hätten. Aber da war es schon zu spät."

„Sie haben dich mitgenommen?"

„Denkste. Die haben mich verpackt und da liegen gelassen, bis es dunkel wurde. Das war das Schlimmste, dass ich nicht wusste, was sie mit mir vorhatten. Und dieses Lokal. Die müssen doch mit denen unter einer Decke stecken. Nicht einer hat in der ganzen Zeit an meine Tür geklopft."

Der Junge redete und redete. Beringer war ihm dankbar dafür, weil ihn das Gerede davon abhielt, darüber nachzudenken, was er tun sollte. Aber irgendwann wurde Ronny müde und verzog sich auf das Sofa im Wohnzimmer.

Beringer blieb in der Küche sitzen und versuchte zu lesen. Es war ihm klar, dass verschiedene Dinge, die sein Leben in den vergangenen Monaten zusammengehalten hatten, nicht mehr existierten. An ihrer Stelle klaffte ein schwarzes Loch, und er weigerte sich, auch nur einen Blick darauf zu werfen. Im Gegenteil, bevor er das Buch in die Hand nahm, hatte er eine Weile ernsthaft nach Strategien gesucht, die es ihm möglich machen sollten, diese Dinge nicht nur zu vergessen, sondern aus seiner Vergangenheit zu vertilgen, sodass er gar nicht mehr an sie erinnert werden könnte. So sehr fürchtete er noch immer den mit der Erinnerung verbundenen Schmerz. Erst als er nicht weiterkam mit seinen Überlegungen, nahm er das Buch zur Hand. Er las und fand darin, wie schon oft, die Sätze, die ihn wieder in die Realität zurückbrachten:

„Auf Grund des unlösbaren Zusammenhangs, der zwischen den verschiedenen Teilen einer Erinnerung besteht und die unser Gedächtnis wohl ausgewogen in einer Gesamtheit bewahrt, an die wir nicht rühren, von denen wir nichts weglassen dürfen …“

Er las, und beim Lesen verstand er, dass er im Begriff gewesen war, sich zu verstümmeln, und zwar bedeutender und mit wesentlicheren Folgen, als es eine zerschossene Kniescheibe jemals sein könnte. Er hatte versucht, sich durch die Amputation eines Teils seiner Vergangenheit unempfindlich zu machen, und dabei die große Stumpfheit nicht bedacht, die das Ergebnis einer solchen Amputation gewesen wäre.

Den Schmerz aushalten, dachte er nun, das heißt auch: lebendig bleiben.

Es war schon hell, als er nach draußen ging und am Haus leise die Fensterläden öffnete. Dann holte er sich einen Stuhl auf die Terrasse und sah in den Morgen.

Ein leichter Dunst lag über den entfernteren Hügelketten. In den Gärten brannten vereinzelt die ersten Herbstfeuer. Die Luft roch nach verbranntem Laub, und es war nicht klar zu erkennen, ob der Dunst über den Hügeln von den Gartenfeuern herrührte oder von dem langsam zurückweichenden Morgennebel.

Er dachte an Charlotte, an ihre Schönheit und ihren Ehrgeiz und an ihren Tod. Sie hatte ihn nicht geliebt, und er gestattete sich, bei dem Gedanken daran, dass sie nicht mehr lebte, eine gewisse Befriedigung zu empfinden. Er schämte sich nicht für diesen Gedanken.

Als er Geräusche aus der Küche hörte, ging er hinein und traf auf Ronny, der damit beschäftigt war,

Kaffee zu kochen. Gemeinsam trugen sie den Frühstücksstisch auf die Terrasse und richteten aus dem Rest der Lebensmittel, die sie noch fanden, eine Art Frühstück her.

Milena kam heraus und setzte sich zu ihnen an den Tisch. Sie sah so müde aus wie Ronny und er, aber sie schien guter Dinge zu sein.

„Man kann aussehen wie ein Gespenst, aufgeschlagene Knie und abgebrochene Fingernägel inbegriffen", sagte sie. „Die Hauptsache ist schließlich, dass man weiß, was man will."

„Gut, dass du davon sprichst", sagte Beringer. „Ich würde dir gern mein Haus zeigen, wenn wir zurück sind. Es ist ziemlich groß. Man könnte ohne weiteres in den unteren Räumen ein paar Büros unterbringen."

„Danke", sagte sie, „aber ich habe eigene Pläne."

„Sie denken an eine Agentur oder so was? Keine Ahnung, wie das heißt, aber Ermittlungen auf jeden Fall?"

Ronnys Augen leuchteten und er verhaspelte sich beim Sprechen beinahe vor Aufregung.

„So in der Art", sagte Beringer und sah Milena an.

***

Ich hatte seit dem Aufstehen an Tita gedacht, an unser Wiedersehen, an unser neues Leben. Es schien mir, dass zu Hause etwas Wunderbares auf mich wartete, eine große Freude und eine ununterbrochene Kette arbeitsamer, fröhlicher, gemeinsamer Tage. Ich hatte nicht einen einzigen Gedanken an Jean Beringer verwendet. Ich hatte ihn einfach ausgeblendet, so, wie man sich bemüht, einen Gegenstand nicht zu berühren, der auf wackeligen Füßen steht und von dem man weiß, er wird bei Berührung umfallen und in seiner Umgebung eine Verwüstung anrichten. Hatte ich wirklich geglaubt, ich könnte ihn übergehen?

Da saß er vor mir. Ich spürte den Ernst und die Anspannung hinter seiner leicht hingeworfenen Frage. Ich brachte es fertig, von ihm zu Ronny zu sehen und Ronny ein flüchtiges Lächeln zu schenken. Dann sah ich Beringer an.

„Wir werden eine Lösung finden", sagte ich.

Das war alles, was mir einfiel, denn ich hatte wieder dieses Gefühl auf der Haut, und dabei lässt sich schlecht denken.

Die Zitate sind folgenden Werken entnommen:

Marcel Proust: Auf der Suche nach der verlorenen Zeit I. In Swanns Welt, 1961
Hubert Fichte: Jean Genet, 1992
HAP Grieshaber: Die Arche, 1975

Lena Avanzini
Nie wieder sollst du lügen
Carla Bukowskis erster Fall
344 Seiten, € 9.95
HAYMON taschenbuch 212
ISBN 978-3-7099-7848-1

Zwei tödliche Autounfälle innerhalb weniger Tage. Und in beiden Fällen fehlen die Bremsspuren. Erweiterter Selbstmord, tragischer Unfall? Glauben zumindest die zuständigen Polizeibeamten. Eindeutig Mord!, ist sich Gruppeninspektorin Carla Bukowski sicher. Nur: Sie darf nicht ermitteln. Beurlaubt. Wegen einer blöden Kurzschlussreaktion. Also zieht sie im Alleingang los.
Die Ermittlerin stößt auf Ungereimtheiten: Was hat es mit dem Kleeblatt auf sich, dem Vierergespann, von dem zwei sterben mussten? Ist das nächste Opfer schon vorprogrammiert? Bukowski gerät immer tiefer hinein in einen packenden Strudel aus Lügen und Geheimnissen im Schatten der Vergangenheit ...

Edith Kneifl
Taxi für eine Leiche
Ein Wien-Krimi
224 Seiten, € 9.95
HAYMON taschenbuch 190
ISBN 978-3-7099-7814-6

Krimispannung mit original Wiener Schmäh: In einem schäbigen Vorstadtkino wird die Leiche eines alten Mannes gefunden. Schon der dritte Tote in einem Monat. Weil die Polizei nicht weiterkommt, geht die Kinobesitzerin Hermine K. selbst auf Mörderjagd. Immer tiefer wird sie in Intrigen verwickelt, die mindestens so düster und grotesk sind wie die Filme, die sie in ihrem Kino zeigt.
Vergnügt verbindet Edith Kneifl erstklassige Krimispannung mit viel schwarzem Humor. Das Buch zum Kultfilm von Wolfgang Murnberger ist abgründig und eigentümlich wie die Wiener Seele selbst!

„Das ist die schöne Kunst Edith Kneifls, dass sie die abgestiegenen und ausgetretenen Protagonisten des Milieus mit cineastischen Mitteln würdigt. So entsteht im Leser großes Kino.“
Podium, Helmuth Schönauer